A ESPIÃ DA REALEZA

O Arqueiro

GERALDO JORDÃO PEREIRA (1938-2008) começou sua carreira aos 17 anos, quando foi trabalhar com seu pai, o célebre editor José Olympio, publicando obras marcantes como *O menino do dedo verde*, de Maurice Druon, e *Minha vida*, de Charles Chaplin.

Em 1976, fundou a Editora Salamandra com o propósito de formar uma nova geração de leitores e acabou criando um dos catálogos infantis mais premiados do Brasil. Em 1992, fugindo de sua linha editorial, lançou *Muitas vidas, muitos mestres*, de Brian Weiss, livro que deu origem à Editora Sextante.

Fã de histórias de suspense, Geraldo descobriu *O Código Da Vinci* antes mesmo de ele ser lançado nos Estados Unidos. A aposta em ficção, que não era o foco da Sextante, foi certeira: o título se transformou em um dos maiores fenômenos editoriais de todos os tempos.

Mas não foi só aos livros que se dedicou. Com seu desejo de ajudar o próximo, Geraldo desenvolveu diversos projetos sociais que se tornaram sua grande paixão.

Com a missão de publicar histórias empolgantes, tornar os livros cada vez mais acessíveis e despertar o amor pela leitura, a Editora Arqueiro é uma homenagem a esta figura extraordinária, capaz de enxergar mais além, mirar nas coisas verdadeiramente importantes e não perder o idealismo e a esperança diante dos desafios e contratempos da vida.

MISTÉRIOS EM SÉRIE

é a nova coleção da Editora Arqueiro, dedicada a um dos gêneros literários mais populares do mundo.

Os Mistérios em Série contêm investigações, crimes e quase sempre algum assassinato. Mas as histórias não se destacam por violência, truculência, cenas fortes ou vocabulário pesado.
Ao contrário, são livros que abordam temas como a bondade inata do ser humano, a amizade, a generosidade, o sentimento de pertencimento a uma comunidade, e, muitas vezes, o bom humor e os prazeres da vida.

A ideia é que você termine a leitura com aquela sensação boa de contentamento, aconchego e tranquilidade. Não por acaso, escolhemos uma confortável poltrona como símbolo da nossa coleção.

Se você gosta de uma boa trama de mistério, adora acompanhar a trajetória dos mesmos personagens ao longo de vários volumes de uma série, mas não quer ler livros com excesso de violência e crueldade, essa coleção é para você.

Mistérios em Série. Leia sem medo.

LOUISE PENNY

LOUISE PENNY mora em um pequeno vilarejo ao sul de Montreal, no Canadá, perto da fronteira com os Estados Unidos. Antes de se dedicar aos livros, ela trabalhou como jornalista. Com apoio do marido, Michael, Louise abandonou o jornalismo e criou o personagem Armand Gamache e a comunidade fictícia de Three Pines, bem como todos os seus habitantes. A série de Louise Penny é publicada em mais de 30 países.

SÉRIE
INSPETOR GAMACHE

Bem-vindo a Three Pines. Nesse minúsculo vilarejo, localizado na região de Québec, no Canadá, Louise Penny criou uma comunidade idílica, povoada por figuras marcantes. Quando um crime inesperado ocorre ali, o inspetor-chefe Armand Gamache e sua equipe vêm se juntar a esse elenco de personagens.

Chefe da divisão de homicídios em Montreal, Gamache é uma lenda na polícia de Québec. Com um estilo avesso à violência, ele investiga usando principalmente a psicologia, a gentileza, a empatia e a generosidade.

MARÇO DE 2022

MAIO DE 2022

AGOSTO DE 2022

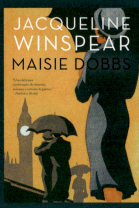

MARÇO DE 2022

JULHO DE 2022

OUTUBRO DE 2022

JACQUELINE WINSPEAR

JACQUELINE WINSPEAR nasceu e foi criada em Kent, na Inglaterra. Seu avô foi gravemente ferido na Primeira Guerra Mundial, e saber de sua história despertou um profundo interesse na guerra e sobre seus efeitos, que mais tarde formariam o pano de fundo de seus romances. Seus livros ganharam diversos prêmios e foram publicados em mais de 10 países.

SÉRIE
MAISIE DOBBS

A formidável Maisie Dobbs, psicóloga e investigadora, protagoniza esta série, passada na Londres pós-Primeira Guerra Mundial. Depois de servir como enfermeira durante a guerra, ela volta à capital britânica para trabalhar com seu mentor, o médico e detetive Dr. Maurice Blanche. Quando Blanche se aposenta, Dobbs assume seu negócio de investigação particular.

No início do primeiro romance da série, passado em 1929, Maisie está abrindo sua própria agência de investigação, representando também a história de uma mulher tentando se firmar profissionalmente num ambiente muito masculino.

Rhys Bowen

RHYS BOWEN é autora de mais de 40 livros, muitos deles best-sellers internacionais. Além de séries de mistério, como A Espiã da Realeza, ela escreve romances históricos independentes. Seus livros já foram traduzidos para 26 idiomas e receberam mais de 20 prêmios literários. Ela nasceu em Bath, na Inglaterra, mas atualmente vive entre a California e o Arizona.

SÉRIE
A ESPIÃ DA REALEZA

Temos o prazer de apresentar Lady Victoria Georgiana Charlotte Eugenie de Glen Garry e Rannoch, mais conhecida como Georgie. Apesar de ser parente da família real e 34ª na linha de sucessão ao trono britânico, ela está completamente falida. Destemida, Georgie foge de seu castelo escocês e vai para Londres tentar encontrar seu caminho no mundo, o que é desafiador para uma jovem aristocrata nos anos 30.

Prepare-se para dar boas gargalhadas na companhia da simpática Georgie – com direito a participações especiais da Rainha do Reino Unido, em cenas memoráveis.

MARÇO DE 2022

JUNHO DE 2022

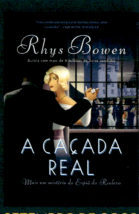

SETEMBRO DE 2022

editoraarqueiro.com.br

Rhys Bowen

A ESPIÃ DA REALEZA

desvenda o primeiro mistério

Título original: *Her Royal Spyness*
Copyright © 2008 por Janet Quin-Harkin
Trecho de *O caso da princesa da Baviera* copyright © 2008 por Janet Quin-Harkin
Copyright da tradução © 2022 por Editora Arqueiro Ltda.

Todos os direitos reservados. Nenhuma parte deste livro pode ser utilizada ou reproduzida sob quaisquer meios existentes sem autorização por escrito dos editores.

tradução: Livia Marina Koeppl
preparo de originais: Cláudia Mello
revisão: Carolina Rodrigues e Taís Monteiro
diagramação: Natali Nabekura
capa: Rita Frangie
imagem de capa: laurencewhiteley.com
adaptação de capa: Gustavo Cardozo
impressão e acabamento: Lis Gráfica e Editora Ltda.

CIP-BRASIL. CATALOGAÇÃO NA PUBLICAÇÃO
SINDICATO NACIONAL DOS EDITORES DE LIVROS, RJ

B782e

Bowen, Rhys
   A espiã da realeza / Rhys Bowen ; [tradução Livia Marina Koeppl]. - 1. ed. - São Paulo : Arqueiro, 2022.
   272 p. ; 23 cm. (A espiã da realeza ; 1)

   Tradução de: Her royal spyness
   Continua com: O caso da princesa da Baviera
   ISBN 978-65-5565-270-3

   1. Ficção inglesa. I. Koeppl, Livia Marina. II. Título. III. Série.

21-74847

CDD: 823
CDU: 82-3(410.1)

Meri Gleice Rodrigues de Souza - Bibliotecária - CRB-7/6439

Todos os direitos reservados, no Brasil, por
Editora Arqueiro Ltda.
Rua Funchal, 538 – conjuntos 52 e 54 – Vila Olímpia
04551-060 – São Paulo – SP
Tel.: (11) 3868-4492 – Fax: (11) 3862-5818
E-mail: atendimento@editoraarqueiro.com.br
www.editoraarqueiro.com.br

Notas e agradecimentos

Esta é uma obra de ficção. Embora algumas figuras históricas reais façam aparições especiais neste livro, Georgie, seus amigos e sua família existem apenas na minha cabeça de escritora. Tentei fazer com que os personagens da realeza não tivessem nenhum comportamento inadequado e desempenhassem seu papel com precisão.

Gostaria de agradecer àqueles que me forneceram informações valiosas e críticas gentis: minhas colegas Jane Finnis e Jacqueline Winspear, também escritoras de mistério; meu marido, John (que sabe quem fez o quê e quem é quem); minhas filhas Clare e Jane; e minha torcida, composta pelas minhas maravilhosas agentes Meg e Kelly.

Agradeço também a Marisa Young por emprestar seu nome a uma debutante inglesa.

Um

Castelo de Rannoch
Perthshire, Escócia
Abril de 1932

Há duas desvantagens em ser um membro menor da realeza.

Em primeiro lugar, as pessoas esperam que você se comporte como condiz a um membro da família real, mas sem ter os meios para fazê-lo. Espera-se que você beije bebês, inaugure feiras, faça aparições em Balmoral (usando um kilt) e carregue caudas de vestidos de noiva. Ter um emprego comum não é visto com bons olhos. Não se pode trabalhar no balcão de cosméticos da Harrods, por exemplo, como eu estava prestes a descobrir.

Quando me arrisco a apontar a injustiça da situação, eu me lembro do segundo item da minha lista. Parece que o único destino aceitável para uma jovem da casa de Windsor é se casar com alguém de uma das inúmeras casas reais que ainda existem espalhadas pela Europa, embora haja poucos monarcas governantes hoje em dia. Pelo visto, até mesmo uma Windsor menor como eu é uma mercadoria desejável para aqueles que almejam uma tênue aliança com a Grã-Bretanha nesses tempos instáveis. Sou sempre lembrada de que é meu dever arrumar um bom casamento com um membro real europeu meio lunático, fraco, dentuço, sem queixo e totalmente horroroso, consolidando assim os laços com um potencial inimigo. Minha prima Alex fez isso, coitada. Aprendi com seu trágico exemplo.

Suponho que eu deva me apresentar antes de continuar. Meu nome é

Victoria Georgiana Charlotte Eugenie, filha do duque de Glen Garry e Rannoch – mais conhecida por meus amigos como Georgie. Minha avó era a menos atraente das filhas da rainha Vitória e, em consequência, não conseguiu fisgar um Romanov nem um kaiser, e sou imensamente grata por isso e espero que ela também tenha sido. Em vez disso, ela foi amarrada a um barão escocês enfadonho que foi subornado com um ducado para tirá-la das mãos da velha rainha. No devido tempo, ela foi obediente e gerou meu pai, o segundo duque, antes de sucumbir a uma dessas doenças causadas pela consanguinidade e pelo excesso de ar puro. Eu nunca a conheci. Também não conheci meu assustador avô escocês, embora os criados digam que seu fantasma assombra o Castelo de Rannoch tocando gaita de fole nas muralhas (o que em si é estranho, já que ele não sabia tocar gaita de fole em vida). Na época em que nasci no Castelo de Rannoch – a residência da família ainda menos confortável do que Balmoral –, meu pai tinha se tornado o segundo duque e estava ocupado cuidando da fortuna da família.

Ele, por sua vez, tinha cumprido seu dever e se casado com a filha de um conde inglês terrivelmente correto. Ela deu à luz meu irmão, olhou para o cenário desolador das Terras Altas à sua volta e morreu no mesmo instante. Tendo assegurado um herdeiro, meu pai fez o impensável e se casou com uma atriz – minha mãe. Jovens como seu tio Bertie – que mais tarde seria o rei Eduardo VII – podiam ter casos com atrizes e eram até encorajados a isso, mas nunca a se casar com elas. Entretanto, como minha mãe era da Igreja Anglicana e vinha de uma família britânica respeitável apesar de humilde, em uma época em que as nuvens tempestuosas da Grande Guerra se formavam na Europa, o casamento foi aceito. Minha mãe foi apresentada à rainha Mary, que a declarou extraordinariamente civilizada para alguém de Essex.

O casamento não durou. Mesmo aqueles com menos energia e graça que minha mãe não conseguiam tolerar o Castelo de Rannoch por muito tempo. O sussurro do vento entrando pelas vastas chaminés e o papel de parede xadrez no banheiro conseguiam causar depressão ou mesmo insanidade quase instantânea. Foi incrível ela ter aguentado tanto tempo. Creio que, a princípio, a ideia de ser duquesa a atraiu. Ela só decidiu fugir em disparada quando percebeu que ser casada com um duque significava passar metade do ano na Escócia. Eu tinha dois anos na época. Sua primeira fuga foi com um jogador de polo argentino. Muitas outras vieram depois, é claro. Teve o piloto de corrida francês, morto de maneira trágica em Monte Carlo, o produtor de cinema americano, o explorador arrojado e, nos últimos tempos, pelo que eu soube, um industrial alemão. Eu a vejo vez ou outra, quando ela dá uma passadinha em Londres. Está cada vez mais maquiada e com chapéus mais exóticos e caros, tentando desesperadamente transmitir aquela aparência jovial que fazia os homens brigarem por ela. Trocamos dois beijinhos na bochecha e conversamos sobre o tempo, roupas e minhas perspectivas de casamento. É como tomar chá com uma desconhecida.

Por sorte, tive uma ótima babá, então minha infância no Castelo de Rannoch foi solitária, mas não tão terrível. De vez em quando, me despachavam para ficar com minha mãe, quando ela estava casada com alguém adequado e morando em uma parte salubre do mundo, mas a maternidade não era seu forte, e ela raramente ficava no mesmo lugar por muito tempo, de modo que o Castelo de Rannoch acabou se tornando o meu porto seguro, o lar que eu conhecia e no qual confiava, mesmo sendo lúgubre e solitário. Meu meio-irmão, Hamish (mais conhecido como Binky), foi enviado àquele tipo de internato em que banhos frios e corridas ao amanhecer são o procedimento padrão para moldar os futuros líderes do império, então eu mal o conhecia também. Nem meu pai, na verdade. Após a muito alardeada fuga da minha mãe, ele foi acometido por um grande desânimo e passou a flanar pelas tabernas da Europa, perdendo cada vez mais dinheiro nas mesas de Nice e Monte Carlo até a infame quebra da bolsa de 1929. Quando soube que havia perdido o que restava de sua fortuna, meu pai se embrenhou num bosque e se suicidou com a espingarda de caça, embora ainda se especule como ele conseguiu fazer isso, já que nunca teve muito jeito com armas.

Lembro de tentar sentir a perda quando me deram a notícia na Suíça. Eu só tinha uma vaga imagem de como ele era. Sentia falta da noção de ter um pai, de saber que ele estaria lá para me proteger e dar conselhos quando fosse necessário. Foi alarmante perceber que, aos 19 anos, eu estava por conta própria.

Binky se tornou o terceiro duque, casou-se com uma jovem sem graça de pedigree impecável e herdou o Castelo de Rannoch. Enquanto isso, fui enviada a uma escola de etiqueta e boas maneiras na Suíça, onde me diverti demais e convivi com as filhas malcriadas dos ricos e famosos. Aprendemos a falar um francês razoável e quase mais nada além de oferecer jantares, tocar piano e caminhar com boa postura. As atividades extracurriculares incluíam fumar atrás do galpão de jardinagem e pular o muro para encontrar os instrutores de esqui na taberna local.

Felizmente, alguns membros mais ricos da família ajudaram a arcar com as despesas da minha educação e permitiram que eu ficasse lá até ser apresentada à corte na minha temporada. Para quem não sabe, toda jovem de boa família tem sua temporada – uma série de bailes, festas e outros eventos esportivos nos quais ela debuta na sociedade e é apresentada à corte. É uma forma educada de anunciar: "Aqui está ela, rapazes. Agora, pelo amor de Deus, alguém a peça em casamento e a leve daqui."

"Temporada", na verdade, é uma palavra grandiosa demais para a série de eventos deprimentes que culminaram em um baile no Castelo de Rannoch durante a temporada de caça a perdizes. Os rapazes vieram caçar e à noite estavam todos cansados demais para dançar. De qualquer maneira, poucos conheciam as danças típicas das Terras Altas que eram esperadas no Castelo de Rannoch, e o som das gaitas de fole ecoando ao amanhecer na torre norte fez com que vários jovens lembrassem que tinham compromissos urgentes em Londres. É desnecessário dizer que nenhuma proposta de casamento adequada foi feita e, portanto, com a idade de 21 anos, eu me vi presa no Castelo de Rannoch, sem a menor ideia do que fazer pelo resto da vida.

Dois

Castelo de Rannoch
Segunda-feira, 18 de abril de 1932

EU QUERIA SABER QUANTAS PESSOAS tiveram experiências transformadoras enquanto estavam no banheiro. Devo mencionar que os banheiros do Castelo de Rannoch não são os cubículos que encontramos nas casas comuns. São lugares vastos e cavernosos, com teto alto, papel de parede xadrez e um encanamento que assobia, geme, tilinta e é famoso por ter causado mais de um ataque cardíaco, além de acessos momentâneos de insanidade, a ponto de certa vez um convidado ter saltado de uma janela aberta do banheiro para o fosso. Também devo acrescentar que as janelas estão sempre abertas. É uma tradição do Castelo de Rannoch.

Nos melhores momentos, a construção não é o lugar mais encantador do mundo. Situa-se sob um impressionante penhasco preto, no promontório de um lago obscuro, protegido dos piores vendavais por uma floresta de pinheiros escura e sombria. Nem mesmo o poeta Wordsworth, convidado a visitar a construção durante suas andanças, encontrou alguma coisa a dizer sobre o local, exceto por um dístico rabiscado em uma folha de papel encontrada no cesto de lixo.

Do alto de uma colina terrível, à beira de um lago sepulcral
Abandona toda a esperança quem visita este local.

E o clima também não era dos melhores. Em abril, no resto do mundo há uma profusão de narcisos, buquês de flores e chapéus de Páscoa. No Castelo de Rannoch nevava – não era aquele pozinho de neve adorável que se vê na Suíça, mas uma neve molhada, pesada e lamacenta que grudava na roupa e congelava a pessoa em segundos. Eu ficava dias sem sair de casa. Meu irmão, Binky, por ter sido condicionado a fazê-lo no internato, insistia em realizar suas caminhadas matinais pela propriedade e chegava em casa parecendo o abominável homem das neves – o que fazia seu filho Hector, carinhosamente conhecido como Podge, fugir correndo, gritando pela babá.

Era o tipo de clima para se aconchegar com um bom livro ao lado de uma lareira crepitante. Infelizmente, minha cunhada, Hilda, conhecida como Fig, estava tentando economizar e só permitia um pedaço de lenha de cada vez na lareira. Claro que era uma falsa economia, como demonstrei em várias ocasiões. Os vendavais derrubavam árvores todos os dias. Mas Fig era obcecada por economizar. Era uma época difícil para todos, e tínhamos que dar um bom exemplo às classes inferiores. Esse exemplo incluía mingau no desjejum, em vez de bacon e ovos, e até feijões cozidos na ceia antes de dormir. *A vida é cruel*, escrevi em meu diário. Ultimamente, eu passava muito tempo escrevendo no diário. Sabia que devia estar fazendo alguma coisa. Eu estava me coçando para fazer alguma coisa, mas, como minha cunhada me lembrava o tempo todo, um membro da família real, por mais inferior que seja, tem o dever de não decepcionar a família. Seu olhar parecia dizer que eu ficaria grávida ou dançaria nua no gramado se fosse para Woolworths desacompanhada. Aparentemente, meu dever era esperar até que alguém encontrasse um marido adequado para mim. Não é um pensamento feliz.

Eu não saberia dizer por quanto tempo teria que esperar pacientemente até meu destino ser selado se não estivesse sentada no banheiro em uma tarde de abril, tentando me proteger do pior da nevasca incessante que entrava pela janela com um exemplar da revista *Horse and Hound*. Percebi vozes que se sobrepunham ao gemido do vento. Pela natureza excêntrica do encanamento do Castelo de Rannoch, instalado muitos séculos depois de sua construção, era possível escutar conversas que vinham de muitos andares abaixo. Esse fenômeno provavelmente contribuía para os delírios e ataques que acometiam até mesmo os mais sensatos dos nossos convidados. Cresci com ele e usei-o a meu favor durante toda a vida, descobrindo muitas coisas que jamais deveriam ter chegado aos meus ouvidos. Contudo, para um visitante perdido em contemplações no banheiro e encarando alternadamente, horrorizado, os rochedos escuros lá fora e o papel de parede xadrez ali dentro, as vozes ecoantes que saíam com estrondo dos canos eram suficientes para fazê-lo perder a cabeça.

– O que a rainha quer que façamos?

Isso foi suficiente para me animar e chamar minha atenção. Eu sempre ansiava por ouvir mexericos sobre nossos parentes reais, e Fig tinha dado um gritinho estarrecido, algo que ela não costumava fazer.

– É só um fim de semana, Fig.

– Binky, não quero que esse palavreado americano horrível faça parte do nosso vocabulário. Daqui a pouco você vai ensinar o Podge a dizer essas coisas.

– Deus me livre, Fig. É que "fim de semana" define tão bem a ideia, não acha? Quer dizer, que outra expressão nós temos que englobe a sexta, o sábado e o domingo?

– Ela implica que somos escravos de uma semana de trabalho, e não somos. Mas não tente mudar de assunto. Acho que foi muito grosseiro da parte de Sua Majestade.

– Ela só está tentando ajudar. Georgie precisa fazer alguma coisa.

Redobrei minha atenção nesse momento.

– Concordo que ela não pode passar o resto da vida amuada por aqui, fazendo palavras cruzadas. – A voz aguda de Fig ecoou de um jeito alarmante, fazendo um dos canos gemer. – Mas, por outro lado, ela poderia ser útil com o pequeno Podge. Só precisaríamos contratar uma governanta quando ele fosse para a escola preparatória. Devem ter ensinado alguma coisa a ela naquele estabelecimento ridiculamente caro na Suíça.

– Você não pode usar minha irmã como governanta não remunerada, Fig.

– Todo mundo tem que dar sua contribuição hoje em dia, Binky, e, francamente, ela não está muito ocupada, está?

– O que você espera que ela faça? Sirva canecas de cerveja no bar?

– Não seja ridículo. Também quero ver sua irmã bem encaminhada e feliz. Mas me dizer que tenho que convidar um príncipe para uma festa em casa, na esperança de empurrá-lo para Georgiana... sério, isso é demais, até mesmo para Sua Majestade.

Nesse instante, colei os ouvidos aos canos. O único príncipe que me veio à mente foi meu primo David, de Gales. Ele certamente era um bom partido, alguém que eu não pensaria em recusar. Muito mais velho do que eu, é verdade, e não muito alto, mas espirituoso e um dançarino esplêndido. E gentil. Por ele, eu até estaria disposta a usar sapatos de salto baixo pelo resto da vida.

– Na minha opinião, é muito dinheiro investido em uma causa perdida. – Era a voz aguda de Fig mais uma vez.

– Eu não chamaria Georgie de causa perdida. Ela é linda. Talvez um pouco alta demais para a maioria dos rapazes e um pouco desajeitada, mas é saudável, tem bons ossos e não é burra. Ela é muito mais inteligente do que eu, para dizer a verdade. Vai ser uma esposa excelente para o homem certo.

– Ela recusou todos os pretendentes que encontramos para ela até agora. O que o faz pensar que ela se interessaria por esse Siegfried?

– O fato de ele ser príncipe e herdeiro do trono.

– Que trono? O último rei foi assassinado.

– Há rumores sobre o restabelecimento da família real em um futuro próximo. Siegfried é o próximo na linha de sucessão.

– A família real não vai durar tempo suficiente para ele chegar ao trono. Todos vão ser assassinados de novo.

– Chega, Fig. E não precisamos falar sobre isso com Georgie. Sua Majestade pediu, e não se pode recusar um pedido de Sua Majestade. É só uma festa simples em casa. Para o príncipe Siegfried e alguns conhecidos ingleses dele. Jovens suficientes para Georgie não desconfiar de imediato dos nossos planos.

– É um plano caro, Binky. Você sabe que esses jovens bebem demais. E nessa época do ano nem podemos oferecer aves para eles treinarem a mira. Nem uma caçada. O que vamos fazer com eles o dia todo? Duvido que esse Siegfried goste de escalar montanhas.

– Vamos dar um jeito. Afinal, eu sou o chefe da família. Cabe a mim ver minha irmã bem encaminhada.

– Ela é sua meia-irmã. Deixe que a mãe de Georgie encontre alguém para ela. Deus sabe que ela tem pretendentes suficientes entre a gentalha, e a maioria deles é milionária.

– Agora você está sendo maldosa, Fig. Por favor, responda a Sua Majestade dizendo que vamos ficar encantados em organizar a festa em nossa casa em um futuro próximo.

As vozes saíram do alcance. Fiquei parada na janela do banheiro, indiferente à neve que caía em mim. O príncipe Siegfried da Romênia, entre todas as pessoas. Eu o conheci quando estudava em Les Oiseaux, a escola de etiqueta e boas maneiras na Suíça. Ele me pareceu um sujeito inexpressivo, com olhos esbugalhados, um aperto de mão frouxo e uma expressão que indicava um mau cheiro perpétuo sob o nariz. Quando fomos apresentados, ele bateu os calcanhares e murmurou *"Enchanté"* de um modo que fez com que eu sentisse que a honra tinha sido concedida a mim, não o contrário. Desconfiei que ele ficaria tão encantado em me ver de novo quanto dessa primeira vez.

– Está na hora de agir! – gritei para a tempestade.

Eu não era mais menor de idade. Podia ir aonde quisesse sem acompanhante, tomar minhas próprias decisões e escolher a vida que eu queria. Eu não era a primeira nem a segunda herdeira, só a trigésima quarta na linha de sucessão ao trono. Como uma mera mulher, jamais poderia herdar o ducado nem o Castelo de Rannoch, mesmo que Binky não tivesse gerado um filho. Eu não ia ficar nem mais um minuto ali sentada, esperando que decidissem meu futuro. Eu ia conhecer o mundo e escolher o meu próprio destino.

Bati a porta do banheiro e segui pelo corredor até meu quarto, onde surpreendi minha criada pessoal pendurando minhas blusas recém-engomadas no armário.

– Por favor, pode procurar o meu baú no sótão, Maggie? – pedi. – E separe roupas adequadas para a cidade. Vou para Londres.

Esperei até que Binky e Fig estivessem tomando chá no grande salão e entrei praticamente levitando. Na verdade, não era difícil entrar levitando em nenhum aposento do Castelo de Rannoch, já que o vendaval uivava pelos corredores e fazia as tapeçarias tremularem. Binky estava de costas para a lareira, impedindo que o calor do único pedaço de lenha que queimava chegasse ao resto da sala. O nariz de Fig estava azul o suficiente para combinar com seu sangue. Percebi que ela mesma manejava o bule, em vez de deixar Ferguson, a copeira, servir o chá.

– Ah, Georgie, aí está você – disse meu irmão com entusiasmo. – Como foi seu dia? O tempo está medonho lá fora. Você não foi passear, não é?

– Eu não seria tão cruel com meu cavalo – respondi, erguendo a tampa de prata sobre um dos pratos. – Torrada – murmurei, decepcionada. – Estou vendo que hoje não temos bolinhos.

– Por economia, Georgiana – disse Fig. – Não podemos comer bolinhos se o resto do mundo não consegue pagar por eles. Não seria certo. Deus sabe que nós mesmos mal poderemos arcar com esse tipo de luxo por muito tempo. Se não tivéssemos vacas leiteiras, teríamos que comer margarina em vez de manteiga.

Percebi que ela espalhava uma quantidade generosa de geleia de groselha preta da loja mais cara de Londres na torrada, mas, sabiamente, não falei nada. Em vez disso, esperei até ela ter dado uma boa mordida para dizer:

– Vou passar um tempo em Londres se vocês estiverem de acordo.

– Em Londres? Quando? – perguntou Fig, fitando-me furiosa com os olhinhos penetrantes.

– Pensei em ir amanhã. Se não tivermos sido soterrados pela neve.

– Amanhã? – perguntou Binky. – Não é um pouco súbito?

– Sim, por que não falou nada sobre isso antes? – acrescentou Fig.

– Só tive a ideia hoje – respondi, concentrando-me em espalhar manteiga na torrada. – Uma das minhas colegas mais queridas da escola vai se casar e quer que eu a ajude com os preparativos do casamento. E, como não estou fazendo nada de útil aqui, achei que deveria apoiá-la nesse momento de estresse. Baxter pode me levar de automóvel até a estação, não é?

Eu tinha inventado essa história na escada. Estava muito orgulhosa dela.

– Isso é muito inconveniente, Georgie – disse Binky.

– Inconveniente? Por quê? – perguntei, fitando-o com olhos inocentes.

– Bem, sabe, é que... – Ele se virou para Fig em busca de inspiração, depois continuou: – Estávamos planejando uma pequena festa aqui em casa. Convidar gente jovem para entretê-la. Percebemos que deve ser muito enfadonho ficar presa aqui com um casal de velhos como nós, sem bailes ou diversões.

Fui até ele e dei-lhe um beijo na bochecha.

– Você é um amor por pensar em mim, Binky. Mas não posso deixar que gaste um tostão comigo. Não sou mais criança. Sei que o dinheiro está curto e que você teve que pagar aquele valor absurdo do imposto sobre a herança da propriedade.

Dava para perceber que Binky estava muito agoniado de indecisão. Ele sabia que Sua Majestade esperava que o pedido dela fosse atendido, e agora eu estava prestes a escapar. Ele não podia me dizer por que queria que eu ficasse, porque era segredo. Fazia tempo que eu não me divertia tanto.

– Não precisa se preocupar comigo – falei. – Vou conhecer os jovens de Londres, ajudar uma amiga e seguir com a vida. Posso ficar na Rannoch House, certo?

Vi que Fig e Binky se entreolharam rapidamente.

– Na Rannoch House? – perguntou Fig. – Você quer abrir a Rannoch House só para você?

– Não preciso da casa inteira – respondi. – Só do meu quarto.

– Não podemos dispensar uma criada para ir com você – disse Fig. – Já estamos com o mínimo de empregados. Na última temporada de caça, Binky mal conseguiu reunir batedores suficientes. E Maggie jamais deixaria a mãe inválida para ir a Londres com você.

– Tudo bem – falei. – Não quero levar uma criada. Eu nem pretendo ligar o aquecimento central.

– Mas, se você vai ajudar essa garota nos preparativos do casamento, não vai se hospedar com ela? – perguntou Fig.

– Em algum momento. Mas ela ainda não chegou do continente.

– A garota é do continente? Não é inglesa?

Fig parecia horrorizada.

– Nós não somos ingleses – apontei. – Eu e Binky, pelo menos. Somos parte escoceses com uma boa dose de sangue alemão.

– Vou corrigir o que eu disse. Vocês foram criados para serem britânicos. Essa é a grande diferença. Essa garota é estrangeira?

Fiquei morrendo de vontade de inventar uma misteriosa condessa russa, mas estava frio demais para meu cérebro reagir com rapidez.

– Ela estava morando no exterior – falei. – Para cuidar da saúde. Ela é bem frágil.

– Eu me pergunto, então, como foi que um pobre rapaz quis se casar com ela – disse Binky com sinceridade. – Parece que ela não vai ser muito boa em gerar um herdeiro.

– Ele a ama, Binky – respondi, defendendo minha heroína fictícia. – Algumas pessoas se casam por amor, sabia?

– É, mas não na nossa classe social – retrucou Binky com tranquilidade. – Cumprimos nosso dever. Casamos com alguém adequado.

– Gosto de pensar que o amor vem com o tempo, Binky – disse Fig, com um tom frio.

– Se a pessoa der sorte, Fig. Como nós dois.

Ele não era tão burro quanto parecia, concluí. Era desprovido de malícia, tinha necessidades simples, prazeres simples, mas definitivamente não era burro.

Fig conseguiu até esboçar um sorriso.

– Você vai precisar tirar sua tiara do cofre? – perguntou ela, voltando às questões práticas.

– Acho que não é um casamento para se usar uma tiara – respondi.

– Então não vai ser na igreja de St. Margaret?

– Não, vai ser uma cerimônia pequena. Já falei que a noiva tem uma saúde frágil.

– Então será que ela precisa mesmo de ajuda com os preparativos? Qualquer um pode organizar um casamento simples.

Fig deu outra grande mordida na torrada com geleia.

– Ela pediu minha ajuda e vou atendê-la, Fig – retruquei. – Só estou atrapalhando aqui e, quem sabe, posso até conhecer alguém em Londres.

– Sim, mas como você vai se virar sem criados?

– Vou contratar uma garota local para cuidar de mim.

– Verifique bem as referências – disse Fig. – Essas garotas de Londres não são confiáveis. E deixe a prataria trancada.

– Provavelmente não vou precisar da prataria – respondi – Só vou usar a casa para ter um lugar para dormir algumas noites.

– Bem, suponho que, se você tem que ir, pode ir. Mas vamos sentir demais a sua falta, não é, Binky?

Binky abriu a boca para dizer algo, mas mudou de ideia e depois falou:

– Vou sentir sua falta, irmãzinha.

Foi a coisa mais gentil que ele me disse em toda a vida.

FIQUEI SENTADA OLHANDO PELA JANELA DO TREM enquanto seguíamos para o sul, vendo o inverno derreter e se transformar em uma gloriosa primavera. Havia novos cordeiros brancos nos campos e as primeiras prímulas surgiam nas encostas. Minha empolgação aumentou quando nos aproximamos de Londres. Eu estava sozinha, sozinha de verdade, pela primeira vez na vida. Pela primeira vez, eu ia tomar minhas próprias decisões, planejar meu próprio futuro – fazer alguma coisa. No momento, eu não tinha ideia do que faria, mas me lembrei que estávamos na década de 1930. As moças podiam fazer mais do que bordar, tocar piano e pintar aquarelas. E Londres era uma cidade grande, repleta de oportunidades para uma jovem brilhante como eu.

A bolha de entusiasmo estourou quando cheguei à Rannoch House. Nos arredores de Londres, começara a garoar e, quando cheguei à estação de King's Cross, já caía um temporal. Havia homens de aspecto miserável em filas para conseguir uma sopa no refeitório público ao longo da Euston Road, e mendigos em cada esquina. Desci do táxi e entrei em uma casa tão fria e triste quanto o Castelo de Rannoch. A Rannoch House ficava no lado norte da Belgrave Square. Eu me lembrava da casa como um lugar movimentado e alegre, com pessoas entrando e saindo, indo a teatros, jantares ou fazendo compras. Agora estava mais fria do que um túmulo, vazia e com os móveis envoltos em lençóis. Tive a constatação de que era a primeira vez, em toda a vida, que eu estava sozinha em uma casa. Virei-me e fitei a porta da frente, ao mesmo tempo com medo e empolgada. Será que eu tinha sido tola de ir a Londres sem ninguém para me acompanhar? Como ia me virar sozinha?

Vou me sentir melhor depois de um bom banho e uma xícara de chá, pensei. Subi até meu quarto. A lareira estava vazia, e o fogo, apagado. Eu precisava de uma chama para me animar, mas não tinha ideia de como acendê-la. Na verdade, nunca tinha visto alguém acender uma lareira. Eu sempre acordava com um alegre fogo crepitante, sem nunca ter visto a criada que entrava sorrateiramente no quarto às seis da manhã para acendê-lo. Fig esperava que eu contratasse uma empregada para fazer todo o trabalho, mas eu não tinha dinheiro para isso, então teria de aprender a fazer as coisas por conta própria. Mas eu realmente não acreditava que conseguiria aprender a acender uma lareira naquele momento. Estava cansada, exaurida da viagem e com frio. Fui ao banheiro e comecei a preparar meu banho. Só quando havia uns quinze centímetros de água dentro da banheira eu percebi que jorrava água fria de ambas as torneiras. A caldeira obviamente tinha sido desligada, e eu não tinha ideia de como era uma caldeira ou como eu poderia fazê-la funcionar. Comecei a questionar seriamente a minha partida repentina. Se eu tivesse esperado e planejado melhor, teria conseguido um convite de alguém que morasse em uma casa aconchegante e confortável, com criados para preparar o banho e fazer o chá.

Agora nas profundezas da escuridão, desci de novo e enfrentei a porta que levava à escada que descia até a parte da casa reservada aos serviçais. Lembrei-me de ter ido lá quando criança e de ter me sentado em um banquinho enquanto a Sra. McPherson, nossa cozinheira, me deixava raspar a tigela do bolo ou cortar os biscoitos de gengibre. A grande cozinha quase subterrânea estava impecável, fria e vazia. Encontrei uma chaleira e até um acendedor e uma tira de papel para acender o gás. Sentindo um grande orgulho, fervi um pouco de água. Até encontrei uma lata de chá. É claro que nesse momento percebi que não havia leite e que não haveria a menos que eu contatasse o leiteiro. O leite era deixado na porta. Isso eu sabia. Vasculhei a despensa e descobri um pote de patê Bovril. Então, em vez do chá, preparei uma xícara de patê diluído em água quente, acompanhado de alguns biscoitos Jacobs, e fui para a cama. *Tudo vai parecer melhor pela manhã*, escrevi no diário. *Dei os primeiros passos de uma nova e emocionante aventura. Pelo menos estou livre da minha família pela primeira vez na vida.*

Três

Rannoch House
Belgrave Square, Londres
Sexta-feira, 22 de abril de 1932

NEM MESMO O MEMBRO MAIS BAIXO da família real deve chegar ao Palácio de Buckingham a pé. O modo de entrada apropriado é, no mínimo, a bordo de um automóvel Rolls-Royce ou, em caso de contenção de despesas, um Bentley ou um Daimler. O ideal seria uma luxuosa carruagem fechada, puxada por uma parelha de cavalos, embora muitos de nós não usem carruagens hoje em dia. A visão de uma mulher se esgueirando pelo átrio a pé definitivamente faria minha estimada parenta por casamento, Sua Majestade Real e Imperatriz da Índia, rainha Mary, erguer uma sobrancelha. Bem, ela talvez não erguesse a sobrancelha, pois os indivíduos de sangue real são treinados para não esboçar a menor reação mesmo diante das maiores impropriedades. Se um nativo de algum canto obscuro das colônias tirasse sua tanga e dançasse balançando seu você-sabe-o-quê com alegre desembaraço, nem sequer uma contração de sobrancelha era permitida. A única reação adequada seria bater palmas por educação quando a dança acabasse.

Esse tipo de autocontrole é imposto a nós desde cedo, da mesma forma que se treina um cão de caça para não reagir ao som de um tiro disparado a curta distância ou um cavalo da polícia montada a não fazer um movimento rápido no meio da multidão. A Srta. MacAlister, a governanta que me instruiu antes da escola de etiqueta na Suíça, costumava cantarolar para mim, como uma ladainha: "Uma dama sempre consegue se controlar. Uma dama sempre consegue controlar suas emoções. Uma dama sempre consegue controlar suas expressões. Uma dama sempre consegue controlar seu corpo." E, de fato, há rumores de que membros importantes da realeza conseguem adiar visitas a sanitários desconhecidos por dias a fio. Eu não seria rude a ponto de entregar quem conseguiu realizar essa façanha.

Felizmente, há outras maneiras de entrar no Palácio de Buckingham, todas preferíveis a enfrentar os formidáveis portões com espigões dourados e, em seguida, atravessar a vasta extensão de átrio sob o olhar atento dos guardas bizarramente altos, com chapéu de pele de urso e, possivelmente, de Sua Majestade em pessoa. Se você contornar os portões e seguir à esquerda, em direção à Victoria Station, pode ingressar no palácio pelo Ambassador's Court e pela entrada de visitantes. Melhor ainda: se seguir o muro alto de tijolos ao longo dessa rua, vai encontrar uma discreta porta preta no muro. Imagino que tenha sido usada pelo tio do meu pai, Bertie (que teve um reinado curto mas feliz como rei Eduardo VII), quando queria visitar alguma amiga de origem duvidosa. Espero que meu primo David, o atual príncipe de Gales, a tenha usado de vez em quando ao visitar os pais. Eu certamente vou usá-la hoje.

Devo dizer que não tenho o hábito de ir ao palácio por escolha própria. Não se pode simplesmente aparecer para tomar o chá da tarde e conversar, mesmo sendo da família. Eu tinha sido convocada dois dias após minha chegada a Londres. Minha estimada parenta, a rainha, contava com uma das melhores redes secretas de inteligência do país. Não creio que Fig a tenha contatado, mas, de algum modo, ela descobriu que eu estava na cidade. Recebi uma carta com o papel timbrado do palácio, escrita pelo secretário pessoal de Sua Majestade, sir Giles Ponsonby-Smythe, dizendo que Sua Majestade ficaria encantada se eu tomasse chá com ela. E essa era a razão pela qual eu ingressava furtivamente no Palácio de Buckingham pela rua lateral em plena tarde de sexta-feira. Não se recusa um convite de Sua Majestade.

Evidentemente, eu estava mais do que curiosa para saber por que tinha sido convocada. Na verdade, passou pela minha cabeça a ideia de que Sua Majestade poderia me sentar para tomar o chá e depois chamar o príncipe Siegfried e o arcebispo de Canterbury para realizar a cerimônia de casamento ali mesmo. Eu me senti como Ana Bolena quando Henrique VIII chamou-a para entornar umas cervejas e pediu para ela não usar nada que não fosse decotado.

Eu não me lembrava de ver meus nobres parentes desde o meu debute, uma ocasião que não esquecerei tão cedo e estou certa de que eles também não. Sou uma dessas pessoas cujos braços e pernas nem sempre obedecem em situações de crise. Meu vestido, com uma longa cauda, sem mencionar as três penas de avestruz ridiculamente altas balançando sobre o enfeite de cabelo, era uma receita para o desastre. Entrei na sala do trono na hora certa, assim que ouvi o estrondoso anúncio "Lady Victoria Georgiana Charlotte Eugenie de Glen Garry e Rannoch!" e executei uma reverência perfeita, como havia praticado um milhão de vezes na escola de debutantes. No entanto, quando tentei me levantar, vi que meu salto alto, de alguma forma, havia se enganchado na cauda. Tentei me mexer, mas fiquei presa pelo salto. Tentei puxá-lo com graciosidade, consciente dos olhos reais pousados em mim. Nada. Senti o suor escorrendo pelas costas nuas. (Sim, eu sei que damas não suam, mas alguma coisa escorreu pelas minhas costas.) Puxei com força redobrada. O salto do sapato se soltou e fui catapultada para o fundo da sala do trono, como se tivesse sido lançada por um tiro de canhão no momento em que deveria me afastar da presença real. Até mesmo Sua Majestade pareceu um pouco surpresa, mas não disse nada na ocasião nem depois. Eu me perguntei se o assunto seria abordado na hora do chá.

Fiz uma entrada bem-sucedida por um corredor estreito que ladeava as cozinhas do palácio e estava atravessando o corredor inferior, passando por vários gabinetes, criadas e lacaios chocados pelo caminho até ser surpreendida por uma voz horrorizada, que exclamou:

– Ei, você, garota! Aonde pensa que vai?

Eu me virei e me deparei com um cavalheiro idoso e austero vindo na minha direção.

– Não conheço você – disse ele de um jeito acusador.

– Sou lady Georgiana, prima de Sua Majestade – respondi. – Fui convidada para tomar chá com ela. A rainha está me esperando.

Há algumas vantagens em ser um membro menor da realeza. O velho ficou vermelho como um tomate.

– Milady, peço desculpas. Não consigo imaginar por que não fui informado da sua chegada. Sua Majestade a espera na sala de estar amarela. Por aqui, por favor.

Ele me conduziu por uma escada lateral até o *piano nobile*, que não tem nenhuma relação com o instrumento musical, mas sim é o andar em que a maior parte da vida real do palácio ocorre. A sala de estar amarela fica na extremidade sudeste, com as janelas dando para o Mall, o Admiralty Arch e também para o início da Buckingham Palace Road. Uma bela vista, de fato. Como sala, no entanto, nunca me agradou. Foi decorada, em grande parte, com objetos do Pavilhão Real em Brighton, reunidos pelo rei Jorge IV em uma época em que o estilo chinês estava no auge da moda. Muitos dragões, crisântemos e porcelanas pintadas com cores vivas. Um pouco espalhafatosa e florida demais para o meu gosto.

— Lady Georgiana, madame — disse meu amigo pomposo em voz baixa.

Sua Majestade não estava sentada à mesa perto da janela, mas de pé, fitando uma das redomas de vidro que adornavam as paredes. Ela ergueu brevemente os olhos quando entrei.

— Ah, Georgiana. Não vi você chegar. Veio de táxi?

— Vim a pé, madame.

Devo explicar que os membros da realeza são sempre "madame" e "sir", até mesmo para os parentes mais próximos. Eu me aproximei para dar um beijo respeitoso na bochecha dela, além de fazer uma reverência. A ordem dessas duas ações requer a mais delicada sincronia. Apesar de uma vida inteira de prática, sempre consegui bater meu nariz na bochecha real quando me levantava da reverência.

Sua Majestade se empertigou.

— Obrigado, Soames. Chá em quinze minutos.

O velho senhor recuou, fechando as portas duplas. Sua Majestade voltou a olhar para a redoma de vidro.

— Diga-me, Georgiana — começou ela —, estou certa em pensar que seu falecido pai tinha uma bela coleção de porcelana Ming? Tenho a clara lembrança de falar disso com ele.

— Ele colecionava muitas coisas, madame, mas sinto dizer que não sei distinguir um vaso do outro.

— Que pena. Você precisa vir ao palácio com mais frequência para que eu possa educá-la. Colecionar belos objetos traz um grande conforto.

Não mencionei que era necessário ter dinheiro para colecionar belos objetos e que, naquele momento, eu era uma indigente.

A rainha continuou com os olhos fixos na redoma de vidro.

– Suponho que seu irmão, o atual duque, tenha pouco interesse em objetos de arte e antiguidades, estou certa? – indagou ela casualmente. – Ele foi educado para caçar, atirar e pescar como o avô, um típico cavalheiro do campo.

– Isso é verdade, madame.

– Portanto, pode ser que ainda haja alguns vasos Ming no Castelo de Rannoch... negligenciados?

Havia um leve tremor em sua voz, e de repente compreendi o rumo que aquela conversa estava tomando. A rainha queria pôr as mãos nos itens que faltavam na própria coleção. Ela confirmou minha impressão dizendo de forma muito casual:

– Talvez você pudesse dar uma olhada para mim, na próxima vez em que for para casa. Há um vaso como este, mas menor, que ficaria perfeito nesta redoma. E se seu irmão não estiver mesmo interessado...

Fiquei morrendo de vontade de perguntar: *quer que eu o afane para você, não é?* Sua Majestade tinha uma paixão avassaladora por antiguidades e, se não fosse rainha da Inglaterra e imperatriz da Índia, teria sido uma das mais habilidosas regateadoras da história do comércio de antiguidades. É claro que ela possuía um trunfo que ninguém mais tinha. Ao expressar admiração por um objeto, o protocolo exigia que ela o recebesse de presente. Quase todas as famílias nobres escondiam seus objetos valiosos quando uma visita real era iminente.

– Não irei mais ao Castelo de Rannoch com tanta frequência, madame – retruquei com diplomacia. – Agora que a propriedade passou para Hamish e ele está casado, não é mais minha casa.

– Que pena – disse ela. – Mas você pode ir visitá-los quando for passar o verão conosco em Balmoral. Você vai a Balmoral, não é?

– Obrigada, madame. Eu ficaria encantada.

Como eu poderia recusar? Quando alguém era convidado a Balmoral, tinha que ir. E, a cada verão, o temido convite recaía sobre um ou outro dos nossos parentes. Todo verão, tentávamos inventar uma desculpa adequada para explicar por que não podíamos ir. As desculpas iam desde iatismo no Mediterrâneo a uma visita às colônias. Reza a lenda que uma parente do sexo feminino tinha um bebê todo ano durante a temporada de Balmoral, embora eu achasse que isso era um pouco de exagero. Não era tão ruim para alguém criado no Castelo de Rannoch. O papel de parede xadrez, o tapete xadrez, a gaita de fole ao amanhecer e o vento frio soprando pelas janelas abertas só me faziam lembrar de casa. Outras pessoas, contudo, achavam difícil de aguentar.

– Então podemos ir a Glenrannoch juntas. Sempre achei o trajeto de carro um passeio agradável.

Ela me conduziu para longe das redomas de vidro, até uma mesinha de chá. Decidi que precisava me lembrar de escrever a Binky e avisá-lo para trancar a prataria e nossa melhor porcelana chinesa no próximo verão.

– Na verdade – prosseguiu ela –, desconfio que meu filho David esteja planejando persuadir seu irmão a convidar uma certa mulher para se hospedar no Castelo de Rannoch no verão. David sabe muito bem que ela não seria bem-vinda em Balmoral, e o Castelo de Rannoch é convenientemente próximo. – Ela tocou no meu braço enquanto eu puxava uma cadeira para ela se sentar. – E uso a palavra "mulher" de propósito, porque ela não é uma dama – sussurrou. – É uma aventureira americana que já se casou duas vezes. – Ela suspirou enquanto se acomodava. – Não entendo por que ele não consegue encontrar uma mulher adequada e sossegar. Ele não está ficando mais jovem, e eu queria que se casasse antes de assumir o trono. Por que ele não se casa com alguém como você, por exemplo? Você seria ótima.

– Eu não faria objeção – falei. – Mas receio que ele ainda me veja como uma garotinha. Ele gosta de mulheres mais velhas e sofisticadas.

– Ele gosta é de mulheres da vida – disse Sua Majestade com frieza. Ela ergueu os olhos quando as portas se abriram e uma série de bandejas de chá foi trazida. – Ah, tortinhas. – Ela mudou de assunto, para que o comentário não chegasse aos ouvidos dos criados.

Um a um, os pratos foram colocados na mesa. Pequenos sanduíches com agrião escapando pelos lados, suportes de bolo abarrotados de éclairs em miniatura e tortinhas de morango. Era o suficiente para levar às lágrimas alguém que vivera sob a austeridade de Fig durante todo o inverno e nos últimos dois dias sobrevivera à base de torradas e feijões cozidos. Mas as lágrimas não eram de alegria. Eu havia participado de eventos reais suficientes na vida para conhecer o protocolo. O convidado só come o que Sua Majestade comer. E Sua Majestade provavelmente não pegaria mais do que uma ou duas fatias de pão integral. Suspirei, esperei que ela pegasse o pão integral e peguei uma fatia igual.

– Pensei em contratá-la como minha espiã – disse ela enquanto o chá era servido.

– Para ir ao Castelo de Rannoch no verão, a senhora diz?

– Preciso descobrir a verdade antes disso, Georgiana – atalhou ela. – Só ouvi rumores. Quero um relato em primeira mão de alguém em quem eu possa confiar. Eu soube que David convenceu lorde e lady Mountjoy a darem uma festa em sua casa e convidar essa mulher e o marido dela...

– Marido? – Eu sabia que nunca se deve interromper a rainha. Simplesmente deixei escapar.

Ela assentiu.

– Esse comportamento pode ser considerado aceitável na América. Parece que ela ainda mora com o marido e arrasta a pobre criatura para todo lado para ter alguma respeitabilidade e dissipar os rumores. Mas é claro que é impossível dissipá-los completamente. Temos feito de tudo para manter a imprensa calada, mas, se David insistir em cortejá-la dessa forma descarada, acho que não vamos mais conseguir abafar os boatos por muito tempo. Eu disse que David insiste em cortejá-la, mas, sinceramente, acredito que seja o contrário. Suspeito que essa mulher o esteja seduzindo de maneira implacável. Você sabe como ele é, Georgiana. Ele tem um coração inocente, e é muito fácil lisonjeá-lo e seduzi-lo. – Ela largou a fatia de pão integral e se inclinou para se aproximar de mim. – Preciso saber a verdade, Georgiana. Preciso saber se é só um flerte para essa mulher ou se ela tem planos mais sérios para o meu filho. Meu pior medo é que, como todas as americanas, ela tenha fascínio pela realeza e sonhe em se tornar rainha da Inglaterra.

– Claro que não, madame. Uma mulher divorciada? Isso é impossível.

– Vamos esperar que seja impossível. A única solução é o rei continuar vivo até que David esteja velho demais para ser um bom partido. Mas a saúde do meu marido está piorando. Ele nunca mais foi o mesmo depois da Grande Guerra. A pressão foi demais para ele.

Balancei a cabeça, demonstrando empatia.

– Madame disse que gostaria que eu fosse sua espiã?

– Isso. A festa na residência dos Mountjoys deve ser uma boa oportunidade para você observar essa mulher e David juntos.

– Infelizmente, não fui convidada – atalhei.

– Mas você foi apresentada à sociedade com a filha dos Mountjoys, não foi?

– Sim, madame.

– Problema resolvido, então. Vou informar que você está em Londres e que gostaria de retomar a amizade com a filha deles. As pessoas não costumam recusar minhas sugestões. E você precisa frequentar a sociedade, se quiser encontrar um marido. – Nesse instante, ela me olhou com atenção e acrescentou: – Agora me diga: o que pretende fazer em Londres?

– Acabei de chegar, madame. Ainda não decidi o que vou fazer.

– Isso não é nada bom. Com quem você vai ficar?

– No momento, estou na Rannoch House.

A sobrancelha real se ergueu.

– Você está sozinha na casa de Londres? Sem uma acompanhante?

– Tenho mais de 21 anos, madame. Já fui apresentada à sociedade.

Ela balançou a cabeça.

– Na minha época, uma jovem precisava de uma acompanhante até o dia em que se casava. Caso contrário, o futuro marido não podia ter certeza se estava… hum… adquirindo uma mercadoria danificada, por assim dizer. Nenhuma proposta de casamento à vista?

– Nenhuma, madame.

– Céus! Eu gostaria de saber o motivo. – Ela me olhou de um jeito crítico, como se eu fosse uma de suas obras de arte. – Você não é feia, e pelo menos metade do seu pedigree é impecável. Consigo pensar em vários rapazes que seriam adequados. O rei Alexandre da Iugoslávia tem um filho, não é? Não, talvez aquela parte do mundo seja um pouco violenta e eslava demais. O que me diz da família real grega? Aquele adorável garotinho loiro. Mas receio que ele seja jovem demais, até mesmo para você. Claro, sempre temos o jovem Siegfried, um dos Hohenzollern-Sigmaringens da Romênia. Ele é meu parente. Vem de uma boa linhagem.

Ah, sim, Siegfried. Ela não conseguiu resistir a mencioná-lo na conversa. Eu tinha que afastar essa ideia de uma vez por todas.

– Estive com o príncipe Siegfried várias vezes, madame. Ele não pareceu muito interessado em mim.

Ela suspirou.

– Isso era tão mais simples na minha época. Os casamentos eram arranjados e nós cumpríamos o combinado. A princípio eu estava destinada a me casar com o irmão de Sua Majestade, o duque de Clarence, mas ele morreu de repente. Quando sugeriram que eu me casasse com Sua Majestade, concordei sem questionar. Não há dúvidas de que somos felizes juntos, e sua bisavó adorava o príncipe Albert, como todos sabemos. Bem, vou ver o que posso fazer.

– Estamos na década de 1930, madame – arrisquei. – Tenho certeza de que vou acabar conhecendo alguém, agora que estou morando em Londres.

– É disso que tenho medo, Georgiana. Seu pai não era famoso por fazer as escolhas mais sensatas, não é mesmo? No entanto, não tenho dúvidas de que você vai se casar um dia. Com alguém adequado, espero. Você precisa aprender a administrar uma casa grande e atuar como embaixadora do seu país, e Deus sabe que você não teve uma mãe para lhe ensinar essas coisas. Aliás, como está sua mãe? Você costuma se encontrar com ela?

– Às vezes, quando ela vem a Londres – respondi.

– E quem é o namorado dela da vez, posso saber? – Ela assentiu para a criada que oferecia rodelas de limão para o chá.

– Um industrial alemão, que eu saiba – respondi. – Mas já faz alguns meses que fiquei sabendo.

Vislumbrei um leve brilho nos olhos reais. Minha parenta austera podia parecer empertigada e ameaçadora, mas, no fundo, tinha senso de humor.

– Eu mesma vou cuidar desse assunto, Georgiana – disse Sua Majestade. – Não é bom que moças como você fiquem ociosas e desacompanhadas. Há muitas tentações na cidade grande. Eu a tomaria como uma das minhas damas de companhia, mas no momento o contingente já está completo. Deixe-me pensar. Talvez a princesa Beatrice precise de outra dama de companhia, embora ela não saia tanto quanto antes. É, isso seria esplêndido. Vou falar com ela.

– Princesa Beatrice, madame? – Minha voz tremeu um pouco.

– Você deve tê-la conhecido. É a única filha sobrevivente da velha rainha. A tia do rei, ou seja, sua tia-avó, Georgiana. Ela tem uma charmosa casa no campo e uma residência em Londres também, acredito, embora raramente venha à cidade nos dias de hoje.

O chá terminou. Fui dispensada. E estava condenada. Se eu não tivesse uma ideia brilhante para arrumar um emprego em um futuro próximo, seria a dama de companhia da única filha sobrevivente da rainha Vitória, que não saía mais de casa para nada.

Quatro

Rannoch House
Sexta-feira, 22 de abril de 1932

SAÍ DO PALÁCIO DE BUCKINGHAM em uma melancolia profunda. Na verdade, a melancolia vinha se aprofundando desde o fim da minha temporada, quando constatei que teria que enfrentar a vida sem fundos e sem perspectivas. Agora eu tinha a impressão de que ficaria trancada na propriedade rural de uma princesa idosa, enquanto minha família real encontrava um marido adequado para mim. A única centelha de empolgação no meu futuro sombrio seria o desafio de espionar meu primo David e sua "mulher" da vez.

Senti uma nítida necessidade de me animar, então peguei o trem da linha distrital para visitar minha pessoa favorita. Aos poucos, a paisagem da cidade deu lugar à zona rural de Essex. Desembarquei em Upminster Bridge e logo estava caminhando ao longo de uma fileira de modestas casas geminadas em Glanville Drive, com seus minúsculos jardins decorados com anões e piscinas de pássaros em profusão. Bati na porta de número 22 e ouvi um resmungo abafado:

– Estou indo, estou indo.

Em seguida, um rosto enérgico espiou pela porta entreaberta.

O rosto em questão tinha um nariz adunco e era enrugado como uma ameixa velha. Ele levou um segundo para me reconhecer, depois se iluminou com um enorme sorriso.

– Ora, ora, quem diria – falou, escancarando a porta. – Mas que bela surpresa. Eu não esperava ver você por muito, muito tempo. Como está, minha querida? Entre e dê um beijo no seu velho avô.

Suponho que eu deveria ter mencionado que, embora uma de minhas avós fosse filha da rainha Vitória, meu único avô vivo era um policial aposentado que morava em Essex, em uma casa geminada com anões de jardim.

O rosto barbudo espetou minha bochecha ao me beijar. Ele cheirava a sabão barato. Eu o abracei com força.

– Estou bem, obrigada, vovô. E o senhor, como está?

– Não tenho do que reclamar. Meu peito velho não é mais como era antigamente, mas, na minha idade, o que se pode esperar, não é? Entre, entre. A chaleira está no fogo e tem um bom pedaço de bolo de sementes, que a morcega velha da casa ao lado fez. Ela continua me mandando comida na esperança de provar que é uma boa cozinheira e um bom partido.

– E ela é mesmo um bom partido? – perguntei. – O senhor mora sozinho há tanto tempo.

– Estou acostumado com a minha companhia. Não preciso de uma velha intrometida na minha vida. Entre e sente, querida. Você é um colírio para os meus olhos cansados.

Ele me deu outro sorriso iluminado.

– Então, o que você veio fazer neste canto do mundo? Arrumar uma boa refeição, pelo visto. Você está só pele e osso.

– Na verdade, preciso mesmo de uma boa refeição – respondi. – Acabei de vir do palácio, onde o chá só teve duas fatias de pão integral.

– Bem, eu com certeza posso oferecer mais do que isso. Que tal uns ovos pochê com queijo derretido e depois um pedaço daquele bolo?

– Perfeito. – Suspirei, feliz.

– Aposto que você não contou ao povo do palácio para onde iria depois. – Ele entrou na cozinha pequena e meticulosamente arrumada e quebrou dois ovos no escalfador. – Eles não iam gostar disso. Quando você era pequena, eles interceptavam as cartas que mandávamos.

– Claro que não contei.

– Ah, sim. Eles não queriam nenhum contato conosco, pobres plebeus. É claro que se sua mãe tivesse ficado em casa e cumprido o dever de criá-la direito, teríamos sido convidados para visitá-los ou ela poderia ter trazido você aqui para nos ver. Mas ela estava muito ocupada se exibindo por aí. Sempre nos preocupamos com você, pobrezinha, sozinha naquele lugar enorme e cheio de correntes de ar.

– Tinha a babá. E a Srta. MacAlister.

Ele sorriu de novo. Era o tipo de sorriso que iluminava o rosto inteiro.

– E você se virou muito bem, preciso admitir. Olhe só para você. Uma perfeita dama. Aposto que tem uma fila de rapazes brigando por você, não é?

– Não exatamente – respondi. – Na verdade, estou meio perdida, sem saber muito bem o que fazer. Não recebo mais a mesada do meu irmão, sabia? Ele alega estar em uma pobreza abjeta.

– Maldito patife. Quer que eu vá até lá e dê uma lição nele?

– Não, obrigada, vovô. Não tem nada que o senhor possa fazer. Acho que eles estão falidos mesmo e, no fim das contas, sou só meia-irmã dele. Binky disse que eu poderia ficar no Castelo de Rannoch, mas ter que entreter o pequeno Podge e ajudar Fig no tricô era horrível demais. Então eu fugi, como minha mãe. Só que sem tanto sucesso. Estou acampada na casa de Londres. Binky me deixou ficar lá por enquanto, mas está um frio pavoroso com o aquecimento central desligado, e não tenho nenhuma criada para cuidar de mim. Será que o senhor poderia me ensinar a acender uma lareira?

Meu avô olhou para mim e começou a rir. Era uma risada ofegante que se transformou em uma tosse grave.

– Ah, mas você é uma peça mesmo. Ensiná-la a acender uma lareira? Ora, ora, eu vou até a casa de Belgravia e acendo a lareira, se é isso que você quer. Ou você pode vir acampar aqui comigo. – Seus olhos brilharam de alegria com essa ideia. – Você consegue imaginar a cara deles se soubessem que a trigésima quarta na linha de sucessão ao trono está morando em uma casa geminada em Hornchurch?

Eu também ri.

– Não seria engraçado? Eu poderia muito bem fazer isso, mas a rainha daria um jeito de acelerar os planos dela de me enviar para a casa de uma tia-avó da realeza como dama de companhia. Ela acha que eu preciso aprender a cuidar de uma casa grande.

– Bem, talvez ela tenha razão.

– Eu ia morrer de tédio, vovô. O senhor não imagina como é triste não saber o que fazer depois de toda a empolgação da temporada, de tantas festas de debutantes e bailes.

A chaleira começou a assobiar e ele fez o chá.

– Arrume um emprego – disse ele.

– Um emprego?

– Você é uma moça inteligente e bem-educada. O que a impede?

– Acho que eles não aprovariam essa ideia.

– Eles não estão sustentando você, certo? E não são seus donos. Não é como se você estivesse gastando dinheiro público para cumprir suas obrigações reais. Você deveria sair e se divertir, minha garota. Descobrir o que realmente quer fazer da vida.

– Estou muito tentada – respondi. – Hoje em dia, as garotas têm empregos de todos os tipos, não é?

– Claro que sim. Só não invente de ser atriz, como sua mãe. Ela era uma boa garota, bem-criada, até ficar deslumbrada e subir ao palco.

– Mas ela fez sucesso, não foi? Ganhou rios de dinheiro e se casou com um duque.

– Sim, mas a que preço, querida? A que preço? Minha filha vendeu a alma. Foi isso que ela fez. Agora só pensa na aparência, morrendo de medo de um dia nenhum homem se interessar por ela.

– Ela comprou esta casa para o senhor, não foi?

– Não estou dizendo que ela não foi generosa. Só estou dizendo que isso mudou por completo a personalidade dela. Agora é como falar com uma desconhecida.

– Concordo – retruquei –, mas a verdade é que eu nunca a conheci realmente. Fiquei sabendo que agora ela está com um barão industrial alemão.

– Um maldito alemão – resmungou ele. – Perdoe a minha linguagem, querida, mas fico irritado só de falar neles. E aquele sujeito novo, o tal Hitler, vai aprontar alguma, isso eu posso garantir. Precisamos tomar cuidado com ele, escreva o que estou dizendo.

– Talvez ele seja bom para os alemães e ajude a reerguer o país – sugeri.

Ele fez uma careta.

– Aquele país merece ficar onde está. Não precisa se reerguer. Você não serviu nas trincheiras.

– Nem o senhor – lembrei a ele.

– Não, mas seu tio Jimmy, sim. Ele tinha só dezoito anos e nunca mais voltou para casa.

Eu nem sabia que tinha um tio chamado Jimmy. Ninguém tinha me contado.

– Sinto muito – falei. – Foi uma guerra horrível. Vamos rezar para que nunca mais haja outra.

– Não vai haver, enquanto o velho rei estiver vivo. Se ele bater as botas, ninguém sabe o que pode acontecer.

Ele colocou um prato grande de comida na minha frente e, por um tempo, fiquei em silêncio.

– Tenho certeza que você vai dar conta – disse ele. – Você estava passando fome?

– Vivendo à base de feijões cozidos – confessei. – Ainda não encontrei uma mercearia em Belgravia. Todo mundo pede para entregar as compras. E, sinceramente, não tenho nenhum dinheiro.

– Então é melhor você vir para cá e jantar comigo no domingo. Acho que posso fazer um assado com verduras. Tenho repolhos maravilhosos no quintal dos fundos e é claro que no fim do verão terei feijões. Não consigo imaginar nada melhor do que isso, mesmo nos seus restaurantes chiques e elegantes de West End.

– Vou adorar, vovô – falei, e percebi que ele precisava tanto de mim quanto eu dele naquele momento. Vovô também estava sozinho.

– Não gosto da ideia de você morar sozinha naquela casa enorme – disse ele, balançando a cabeça. – Tem uns tipos esquisitos por aí hoje em dia. Não batem muito bem da cabeça desde a guerra. Não abra a porta para nenhum desconhecido, ouviu? Tenho vontade de pegar meu antigo uniforme e montar guarda na porta da sua casa.

Eu ri.

– Eu ia gostar de ver isso. Nunca vi o senhor de uniforme.

Eu sabia que meu avô tinha sido policial, mas ele tinha se aposentado havia muito tempo.

Ele deu uma risada ofegante.

– Eu também ia gostar de ver isso. Hoje em dia, a jaqueta não ia abotoar na cintura, e meus velhos pés não aguentariam aquelas botas. Mas continuo não gostando da ideia de você tentando sobreviver sozinha naquele lugar enorme.

– Vou ficar bem, vovô. – Fiz um carinho na mão dele. – Então me ensine a acender uma lareira e lavar a louça. Preciso aprender tudo.

– O primeiro passo para acender a lareira é descer até o depósito de carvão – começou ele.

– Depósito de carvão?

– É, ué. Eles despejam o carvão em bueiros na rua e a gente o pega com a pá por uma portinha nos fundos de casa. Tenho certeza de que é assim na sua casa também. Mas geralmente é um lugar escuro e sujo, cheio de aranhas. Não consigo imaginar você querendo fazer isso.

– Se eu tiver que escolher entre me sujar e congelar, prefiro ficar suja.

Ele se virou para mim.

– Devo dizer que admiro a sua coragem. Sua mãe era assim. Ela também não deixava que nada a atrapalhasse...

Ele teve outro acesso de tosse barulhento.

– Essa tosse está horrível – comentei. – Já foi ao médico?

– Várias vezes durante o inverno – respondeu ele.

– E o que ele disse?

– É bronquite, querida. Toda essa fumaça no ar e os nevoeiros do inverno são ruins para mim. Ele disse que eu deveria tirar umas boas férias no litoral.

– Boa ideia.

Ele suspirou.

– É preciso ter dinheiro para tirar férias, meu anjo. No momento, não posso dizer que estou nadando em dinheiro. Muitas visitas ao médico no último inverno. E o preço do carvão subiu. Estou tentando viver com o pouco que guardei.

– Mas o senhor não recebe uma pensão da polícia?

– É muito pouco. Não fiquei na corporação por tempo suficiente, entende? Acabei me envolvendo em um pequeno tumulto, levei uma pancada de cassetete na cabeça e, desde então, comecei a ter crises de tontura.

– Então peça ajuda à minha mãe. Tenho certeza de que ela tem o suficiente.

O rosto dele endureceu.

– Não vou aceitar dinheiro alemão. Prefiro morrer de fome.

– Tenho certeza de que ela tem o próprio dinheiro. Ela conheceu muitos homens ricos enquanto estava no auge.

– Talvez ela tenha conseguido guardar um pouco, mas vai precisar das economias quando a beleza finalmente acabar e ela ficar sozinha. Além disso, ela foi muito boa comprando esta casa para mim e sua avó. Ela não me deve nada. E não vou pedir esmola a ninguém.

Enquanto levava meu prato até a pia, percebi que a cozinha parecia vazia. Tive a horrível sensação de que ele havia me dado seus dois últimos ovos.

– Vou arranjar um emprego, vovô – garanti. – E vou aprender a cozinhar e o senhor vai poder jantar comigo na Rannoch House.

Isso o fez rir de novo.

– Só acredito vendo – disse ele.

Eu me senti péssima no trem de volta para Londres. Meu avô precisava muito de dinheiro, e eu não podia ajudá-lo. Agora eu teria que arrumar um emprego com urgência. Parece que escapar da família não era tão fácil quanto eu pensava.

Era uma noite clara e cálida, e eu não suportei a ideia de voltar àquela casa vazia e sombria, com os móveis cobertos por lençóis e salas que nunca ficavam aquecidas o suficiente para serem confortáveis. Desci em South Kensington e comecei a subir a Brompton Road. Knightsbridge ainda fervilhava de casais elegantes a caminho de uma noite de entretenimento. Ninguém imaginaria que estávamos em uma crise e que boa parte do mundo fazia fila para conseguir uma tigela de sopa. Tendo crescido em círculos tão privilegiados, eu tinha acabado de tomar consciência das terríveis injustiças no mundo, e elas me preocupavam. Se eu fosse uma dama com uma renda pessoal considerável, teria me voluntariado para ajudar na distribuição de sopa. Porém, agora eu também era uma das pobres desempregadas. Talvez em breve também precisasse de pão e sopa. É claro que eu sabia que a situação era diferente para mim. Bastava eu concordar em morar com uma princesa idosa e logo estaria jantando bem e bebendo os melhores vinhos, sem nenhuma preocupação na vida. Só que agora eu tinha a consciência de que era necessário se importar. Era necessário fazer algo que valesse a pena.

Parei diante das vitrines da Harrods. Todos aqueles vestidos e sapatos estilosos! Minha única tentativa de acompanhar a última moda foi durante a minha temporada, quando recebi uma parca mesada para roupas, analisei revistas para ver o que as moças mais elegantes da cidade estavam vestindo naquela estação e pedi para a esposa do guarda-caça fazer cópias. A Sra. MacTavish sabia costurar, mas os trajes eram, na melhor das hipóteses, pobres imitações. Ah, como seria bom ter dinheiro para flanar pela Harrods e escolher uma roupa!

Eu estava perdida em devaneios quando um táxi parou no meio-fio, uma porta bateu e uma voz exclamou:

– Georgie! É você. Achei mesmo que fosse e pedi para o taxista encostar. Que surpresa. Eu não sabia que você estava na cidade.

Diante de mim, parecendo deslumbrante e glamourosa, estava a minha antiga colega de escola Belinda Warburton-Stoke. Ela usava uma capa de ópera de cetim verde-esmeralda, o tipo de roupa cujas laterais são unidas para formar as mangas, fazendo com que boa parte das pessoas que as vestem pareçam pinguins. O cabelo estava enfiado em um elegante gorro preto com um enfeite de cabelo garboso em um dos lados e uma ridícula pena de avestruz que balançava sem parar enquanto ela corria na minha direção.

Também corri para abraçá-la.

– Que bom ver você, Belinda! Você está deslumbrante. Quase não a reconheci.

– É preciso manter as aparências, senão os clientes não aparecem.

– Clientes?

– Minha querida, você não soube? Comecei meu próprio negócio. Sou estilista de moda.

– É mesmo? E como está indo?

– Incrivelmente bem. As mulheres quase se estapeiam para ter a chance de usar as minhas criações.

– Que bom para você. Que inveja.

– Bem, eu tinha que fazer alguma coisa. Não sou da realeza, como você.

– Ser da realeza não me parece muito promissor no momento.

Ela pegou algumas moedas para pagar o taxista, encaixou o braço no meu e começou a me conduzir pela Brompton Road.

– O que você está fazendo na cidade?

– Fugi. Puxei à minha mãe, eu acho. Não consegui ficar na Escócia nem mais um minuto.

– Ninguém consegue, querida. Aqueles banheiros horríveis com papel de parede xadrez! Tenho uma enxaqueca permanente quando estou lá. Você estava indo a algum lugar? Porque, se não estava, vamos tomar um drinque na minha casa.

– Você mora aqui perto?

– Bem ao lado do parque. Incrivelmente vanguardista. Comprei um lindo chalezinho e moro lá sozinha com a minha empregada. Mamãe está furiosa, mas já tenho 21 anos e ganho meu próprio dinheiro, então ela não pode fazer nada, não é?

Permiti que ela me arrastasse pela Brompton Road, ao longo da Knightsbridge e por um beco de paralelepípedos onde estábulos antigos tinham sido transformados em moradias. O chalé de Belinda parecia antiquado por fora, mas por dentro era bem moderno: elegante, com paredes todas brancas, baquelite e cromo com uma pintura cubista na parede, talvez até um Picasso. Ela me sentou em uma dura cadeira roxa e, em seguida, dirigiu-se a um aparador generosamente abastecido.

– Vou preparar um dos meus famosos coquetéis para você.

Com isso, despejou quantidades perigosas de várias garrafas em uma coqueteleira, finalizou com um líquido verde brilhante, depois serviu o resultado da mistura batida em um copo e jogou umas cerejas ao marasquino ali dentro.

– Beba isso e você vai se sentir maravilhosa – disse ela.

Ela se sentou na minha frente e cruzou as pernas, revelando uma longa extensão de meia de seda e apenas o vislumbre de uma anágua de seda cinza.

O primeiro gole me tirou o fôlego. Tentei não tossir enquanto erguia os olhos e sorria.

– Muito interessante – falei. – Não tenho muitas oportunidades de beber coquetéis.

– Você se lembra daqueles terríveis experimentos que fizemos criando coquetéis no dormitório de Les Oiseaux? – Belinda riu, enquanto dava um longo gole do próprio copo. – É um milagre não termos apagado.

– Foi por pouco. Lembra daquela garota francesa, Monique? Ela vomitou a noite inteira.

– Eu me lembro. – O sorriso de Belinda desapareceu. – Já parece que foi há tanto tempo, como um sonho, não é?

– É verdade – concordei. – Um lindo sonho.

Ela me olhou atentamente.

– Presumo que a vida não esteja tão boa assim para você, no momento.

– Está uma bela droga, se quer saber. – Era óbvio que o coquetel já estava fazendo efeito. "Droga" não era uma palavra que eu costumava usar. – Se eu não arrumar alguma coisa para fazer em breve, vou ser enviada para uma pomposa mansão no campo até meus parentes da realeza encontrarem um príncipe estrangeiro horroroso para se casar comigo.

– Podia ser pior. Há príncipes estrangeiros muito atraentes. E pode ser maravilhoso virar rainha um dia. Pense nas lindas tiaras.

Fiz uma careta.

– Caso você não se lembre, restam pouquíssimos reinos na Europa. E as famílias reais parecem ser um artigo descartável. Além disso, os jovens adequados que conheci eram tão enfadonhos que eu prefiro ser assassinada a ter uma longa vida com eles.

– Meu Deus – disse Belinda. – Estamos mal-humoradas hoje, não é? Quer dizer que sua vida sexual deve estar um belo de um fracasso.

– Belinda!

– Ah, me desculpe. Eu não queria chocá-la. É que meu grupo de amigos não tem o menor pudor em discutir a própria vida sexual. E por que teria? É saudável falar de sexo.

– Não me importo de falar de sexo – respondi, embora, na verdade, estivesse morrendo de vergonha. – Deus sabe que costumávamos falar disso o tempo todo, na escola.

– Mas fazer é muito melhor do que falar, não acha? – Ela sorriu como um gato que acabou de ver um prato de leite. Depois pareceu horrorizada. – Você ainda é virgem?

– Sinto dizer que sim.

– Não se exige mais isso de uma princesa em potencial, certo? Não me diga que eles ainda enviam um arcebispo e o lorde chanceler para verificar pessoalmente antes que o casamento seja consumado!

Comecei a rir.

– Garanto que não estou me guardando por opção. Eu ficaria bem feliz em arrancar as roupas e rolar no feno assim que encontrasse o homem certo.

– Quer dizer que nenhum dos rapazes que conhecemos na nossa temporada te fez ficar com a calcinha molhada?

– Belinda! Que palavreado é esse?

– Tenho saído com americanos. Eles são tão divertidos. Tão indecentes.

– Se quer saber, todos os jovens que conheci eram insuportáveis e enfadonhos. E, levando em conta a minha limitada experiência com bolinações nos bancos traseiros de táxis, creio que sexo seja algo superestimado.

– Ah, confie em mim, você vai gostar. – Belinda sorriu de novo. – É uma delícia. Com o homem certo, é claro.

– Enfim, nem adianta falar nisso, porque é muito provável que eu não coloque essa ideia em prática, a menos que seja com um guarda-caça, como lady Chatterley. Vou ser banida para o campo para ser dama de companhia de uma parente idosa.

– Eles não podem bani-la. Não vá.

– Não posso ficar em Londres indefinidamente. Não tenho como me sustentar.

– Então arrume um emprego.

– É claro que eu adoraria arrumar um emprego, mas suspeito que não vai ser tão fácil assim. Você já viu homens na fila em busca de trabalho. Metade do mundo está procurando empregos que não existem neste momento.

– Ah, existem empregos para as pessoas certas. Você só precisa descobrir seu nicho na vida. Encontre uma necessidade e preencha-a. Olhe para mim. Estou me divertindo horrores... boates, toda a vida social que eu sempre quis, minha foto na *Vogue*.

– Sim, mas obviamente você tem talento para ser estilista de moda. Não imagino o que eu poderia fazer. Nossa escola só nos capacitou para o casamento. Meu nível de francês é razoável, sei tocar piano e também onde acomodar um arcebispo à mesa. Isso dificilmente me torna uma pessoa empregável, não é?

– É claro que torna, querida. Todos os novos-ricos esnobes de classe média vão querer empregá-la só para se gabarem depois.

Eu a encarei, horrorizada.

– Mas eles não poderiam saber quem eu sou. A notícia ia chegar ao palácio e, antes que eu tivesse tempo de recuperar o fôlego, seria escorraçada para me casar com um príncipe da Mongólia.

– Você não precisa dizer quem é. Qualquer um percebe que você é uma garota de alto nível só de olhar. Então vá se divertir um pouco.

– Ganhar dinheiro é o que mais me interessa.

– Querida, você está dura mesmo? E os seus parentes ricos?

– O dinheiro vem com grilhões na minha família. Se eu for dama de companhia, obviamente terei uma mesada. Se concordar em me casar com o príncipe Siegfried, tenho certeza que vou ganhar um enxoval maravilhoso.

– Príncipe Siegfried? Aquele que conhecemos em Les Oiseaux? O que chamamos de Cara de Peixe?

– O próprio.

– Que horror, querida. Claro que você não pode se casar com ele. Sem contar o fato de que a monarquia da Romênia está meio confusa agora. O exílio pode ser bem triste.

– Não sei se quero me casar com um príncipe – retruquei. – Acho que prefiro construir uma carreira, como você. Eu só queria ter algum talento.

Ela me olhou de um jeito crítico, como a rainha havia feito.

– Você é alta. Poderia ser modelo. Conheço muita gente.

Balancei a cabeça.

– Ah, não. Modelo não. Andar para lá e para cá na frente das pessoas? Você não se lembra do fiasco que foi meu baile de debutante?

Ela deu uma risadinha.

– Ah, é verdade. Talvez não seja uma boa ideia mesmo. Mas você vai conseguir alguma coisa. Que tal ser secretária de uma estrela de cinema?

– Não sei taquigrafia nem datilografia.

Ela se inclinou e deu um tapinha no meu joelho.

– Vamos encontrar alguma coisa para você. Que tal a Harrods? É perto de casa e seria um bom começo.

– Trabalhar atrás do balcão de uma loja de departamentos? – falei, chocada.

– Querida, não estou sugerindo que você seja dançarina em um cabaré. É uma loja de departamentos muito respeitável. Faço compras lá o tempo todo.

– Acho que poderia ser divertido. Mas eles me aceitariam sem experiência?

– Aceitariam se uma mulher renomada e cosmopolita da sociedade escrevesse uma fabulosa carta de recomendação.

– Quem você sugere?

– Eu, sua idiota. – Belinda riu. – Quando eu terminar a carta, ninguém vai ousar recusá-la.

Ela pegou papel e caneta e começou a escrever.

– Que nome você vai usar? – perguntou ela.

– Florence Kincaid – respondi, depois de pensar por um momento.

– Quem diabos é Florence Kincaid?

– Uma boneca que minha mãe comprou para mim em Paris quando eu era pequena. Mamãe queria que eu a chamasse de Fifi la Rue, mas decidi que Florence Kincaid era melhor.

– Você provavelmente teria ofertas de empregos mais interessantes se chamasse a si mesma de Fifi la Rue – disse Belinda com um sorriso perverso. Ela mordeu a ponta da caneta. – Agora, deixe-me ver. A Srta. Florence Kincaid trabalhou dois anos como minha assistente na organização de desfiles de moda beneficentes. Tem um caráter e uma educação impecáveis, é proativa, confiável e tem tino para os negócios. Além disso, é encantadora e excelente funcionária. Eu a libero com profunda relutância, ao constatar que não posso mais oferecer a oportunidade que seu talento e sua ambição necessitam para florescer na vida profissional. Que tal?

– Fantástico – falei. – Você está perdendo tempo como estilista de moda. Devia ser escritora.

– Bem, vou passar a carta a limpo e você pode levá-la à Harrods pela manhã – disse ela. – E, agora que eu sei que você está morando quase do lado da minha casa, vamos nos ver mais. Vou apresentá-la a alguns homens indecentes. Eles vão lhe mostrar o que você está perdendo.

A proposta me pareceu interessante. Eu ainda não tinha conhecido um homem indecente de verdade. Os únicos que chegaram perto disso foram os instrutores de esqui que frequentavam a taverna do outro lado da rua da Les Oiseaux, e nossa interação com eles se limitava a jogar bilhetinhos pelas janelas ou, em algumas ocasiões, beber uma taça de vinho quente em sua companhia, com o braço deles nos enlaçando. Os rapazes ingleses eram revoltantemente corretos, talvez porque nossas acompanhantes estivessem sempre por perto, à espreita. Se eles levassem uma moça para dar uma volta e fizessem uma rápida e esperançosa tentativa de apalpá-la, uma única reprimenda severa seria capaz de produzir uma torrente de pedidos de desculpas:

– Sinto muito. Que grosseria. Não sei o que deu em mim. Não vai acontecer de novo, eu prometo.

Pois bem, eu tinha 21 anos. Não tinha acompanhante e estava morrendo de vontade de ver o que os rapazes indecentes tinham a oferecer. Tudo que eu tinha ouvido sobre sexo havia me deixado um tanto confusa. Parecia algo bem desagradável, mas Belinda obviamente gostava... e minha mãe tinha feito aquilo com muitos homens em cinco continentes diferentes. Como Belinda disse, já estava na hora de eu descobrir o que estava perdendo.

Cinco

Rannoch House
Sábado, 23 de abril de 1932

Acordei na manhã seguinte determinada a aceitar a outra sugestão de Belinda: arrumar um emprego remunerado. Armada com a elogiosa recomendação da minha amiga, eu me sentei para enfrentar o chefe de pessoal da Harrods. Ele me olhou com desconfiança e sacudiu a carta na minha direção.

– Se a senhorita realmente se mostrou tão satisfatória, por que deixou esse emprego?

– A honorável Belinda Warburton-Stoke está passando por um período difícil, como sempre ocorre quando uma pessoa cria um novo negócio, e foi obrigada a adiar os eventos beneficentes por enquanto.

– Sei. – Ele me examinou criticamente, como várias outras pessoas haviam feito nas últimas 24 horas. – A senhorita é articulada e teve uma boa educação, isso está claro. Seu nome é Florence Kincaid, certo? Bem, Srta. Kincaid, sua família não a sustenta? Eu me pergunto por que a senhorita ia desejar um emprego como esse. Não só por diversão, espero, quando tantas pobres almas estão à beira da inanição.

– Ah, claro que não, senhor. É que meu pai morreu há alguns anos. Meu irmão herdou a propriedade, e a nova esposa dele não me quer mais por lá. Preciso de um emprego tanto quanto qualquer outra pessoa.

– Entendo. – Ele franziu a testa para mim. – Kincaid. Não seriam os Kincaids de Worcester, certo?

– Não.

Nós nos entreolhamos por algum tempo, depois minha impaciência me dominou.

– Se o senhor não tem um cargo vago, por favor, me diga logo, para que eu possa oferecer meus talentos à Selfridges.

– Selfridges? – Ele pareceu horrorizado. – Minha jovem, ninguém precisa ter talento para trabalhar na Selfridges. Vou deixá-la em experiência. A Srta. Fairweather precisa de ajuda no balcão de cosméticos. Venha comigo.

Recebi um avental em um tom rosa-salmão nada lisonjeiro que, aliado às minhas sardas e ao meu cabelo celta loiro-avermelhado, me fez parecer um grande camarão cozido, e me instalei no setor de cosméticos sob o olhar de desaprovação da Srta. Fairweather, que me fitou com mais superioridade do que os meus parentes austeros.

– Sem nenhuma experiência? Ela não tem nenhuma experiência com vendas? Não sei como vou encontrar tempo para treiná-la.

E suspirou. Ela falava com um sotaque exageradamente elegante de classe alta desenvolvido por aqueles de nascimento humilde que desejam disfarçar esse fato.

– Eu aprendo rápido – garanti.

Dessa vez, ela fungou. Para falar a verdade, achei que ela era uma péssima opção para se ter no comando do balcão de cosméticos, já que nenhuma quantidade de creme, pó ou ruge faria aquele rosto parecer agradável, atraente ou glamouroso. Seria como maquiar granito.

– Muito bem, acho que você vai ter que servir – disse ela.

Ela fez um rápido tour pelo balcão, mostrando os produtos e suas funções. Até então, eu pensava que todos os cosméticos se resumiam a creme hidratante, um simples batom cor de boca, talco de bebê para empoar o nariz ou aqueles lenços umedecidos muito úteis. Fiquei surpresa em ver a seleção de pós e cremes – e os preços. Algumas mulheres obviamente ainda tinham dinheiro, mesmo com a crise.

– Se uma cliente lhe pedir um conselho, me procure – disse a Srta. Fairweather. – Lembre-se que você não tem experiência.

Murmurei minha humilde aquiescência. Ela voou para o outro lado do balcão como uma flecha. Os clientes estavam começando a chegar. Chamei a Srta. Fairweather quando necessário e comecei a sentir que estava pegando o jeito e que, no fim das contas, aquele não seria um trabalho tão detestável, quando uma voz imperiosa disse:

– Preciso de um pote do meu creme facial especial, aquele que você sempre guarda escondido, só para mim.

Ergui os olhos e me vi frente a frente com minha mãe. Não sei quem ficou mais horrorizada.

– Meu Deus, Georgie, o que diabos você está fazendo aqui? – exclamou ela.

– Tentando ganhar a vida honestamente, como qualquer pessoa.

– Não seja ridícula, querida. Você não foi criada para ser vendedora. Tire logo esse avental horrível. Você parece um camarão. E vamos tomar um café na Fortnum.

Ela ainda tinha aquele aspecto de boneca de porcelana que a tornou a queridinha dos palcos londrinos, mas os cílios eram compridos demais para serem reais e havia círculos de ruge nas duas bochechas. Seu cabelo agora estava preto, e ela vestia um elegante casaco vermelho obviamente assinado por algum estilista parisiense e uma alegre boina vermelha para combinar. Enrolada no pescoço havia uma pele de raposa prateada, completa, com cabeça e tudo. Tive que admitir que o efeito ainda era deslumbrante.

– Por favor, você pode ir embora? – sibilei para ela.

– Não me diga para ir embora – sibilou minha mãe em resposta. – Isso são modos de falar com a sua mãe, que não a vê há meses?

– Mamãe, você vai me fazer ser despedida. Por favor, vá embora.

– Claro que não vou embora – disse minha mãe, com a voz cristalina que havia encantado o público dos teatros de Londres, antes que meu pai a roubasse para si. – Eu vim comprar creme facial e não saio daqui sem ele.

Um supervisor de loja apareceu ao lado dela por milagre.

– Algum problema, madame?

– Sim, essa jovem não parece apta nem disposta a me ajudar – disse minha mãe, aborrecida, acenando com a mão para ele. – Eu só preciso de um creme facial. Não devia ser difícil, não é?

– Claro que não, madame. Nossa melhor vendedora virá ajudá-la assim que terminar com a outra cliente. E você, garota, pegue uma cadeira e uma xícara de chá para a madame.

– Muito bem, senhor – falei. – Eu estava perfeitamente disposta a ajudar essa senhora – coloquei ênfase na palavra –, mas ela não me disse a marca do creme facial que queria.

– Não responda, garota – retrucou ele para mim.

Fervendo de irritação, fui buscar uma cadeira e uma xícara de chá para minha mãe. Ela aceitou ambas com um sorriso malicioso.

– Preciso me animar, Georgie – disse ela. – Estou totalmente desolada. Você soube do pobre Hubie, não é?

– Hubie?

– Sir Hubert Anstruther. Meu terceiro marido... ou foi o quarto? Bem, tenho certeza de que fomos casados porque ele era do tipo puritano, que não aceitaria viver em pecado.

– Ah, sir Hubert. Eu me lembro dele – respondi, com uma espécie de ternura.

Era um dos poucos maridos que realmente me queria por perto, e eu tinha boas lembranças do tempo que passei na casa dele quando tinha uns cinco anos. Era um homem grande como um urso, que vivia rindo e me ensinou a subir em árvores, caçar e nadar em seu lago ornamental. Fiquei arrasada quando minha mãe o deixou e se mudou para novas paragens. Eu mal o vira desde então, mas de vez em quando recebia postais de lugares exóticos do mundo, e ele me enviou um cheque bem generoso no meu aniversário de 21 anos.

– Ele sofreu um acidente horroroso, querida. Você sabe que ele é explorador e alpinista. Bem, parece que ele acabou de sofrer uma queda terrível nos Alpes. Dizem que foi arrastado por uma avalanche. Não acreditam que ele vá sobreviver.

– Que coisa horrível.

Senti uma culpa instantânea por não ter ido vê-lo nos últimos tempos ou até mesmo por não ter escrito nada mais substancial do que simples cartas de agradecimento.

– Pois é. Estou arrasada desde que soube. Eu adorava aquele homem. Venerava. Na verdade, acredito que ele foi o único homem que amei de verdade. – Ela fez uma pausa. – Bem, além do querido Monty, é claro, e daquele lindo rapaz argentino.

Ela deu de ombros, fazendo com que a raposa prateada no pescoço se contorcesse de maneira terrivelmente real.

– Hubert também gostava muito de você. Na verdade, ele queria adotá-la, mas seu pai não quis nem saber. Acredito que você ainda esteja no testamento dele. Se ele morrer mesmo, e dizem que os ferimentos são medonhos, você não vai ter mais que trabalhar em balcões de loja. Aliás, o que a realeza pensa disso?

– Eles não sabem – respondi –, e você não vai contar a ninguém.

– Querida, eu nem sonharia em contar a eles, mas não posso vir a Londres sabendo que posso ser atendida pela minha filha. Isso não está certo. Na verdade...

Ela ergueu os olhos com um sorriso encantador quando a Srta. Fairweather se aproximou.

– Lamento tê-la feito esperar assim, Vossa Senhoria. Ainda é Vossa Senhoria, não é?

– Não, infelizmente não. Agora sou apenas Sra. Clegg, pois ainda estou casada na justiça com Homer Clegg. Um nome horrível, realmente, mas Homer é muito recatado, um desses milionários texanos do petróleo, e não acredita em divórcio, infelizmente. Hoje, meu desejo é muito simples. Só um pote daquele creme facial especial que você sempre esconde para mim.

– Aquele que importamos especialmente de Paris, madame, na jarra de cristal com querubins?

– Esse mesmo. Você é um anjo por lembrar.

Minha mãe lhe deu seu sorriso fulgurante e até mesmo o rosto severo da Srta. Fairweather corou, tímido. Compreendi como minha mãe tinha feito tantas conquistas na vida. Quando a Srta. Fairweather foi caçar o creme de rosto, minha mãe endireitou o chapéu no espelho do balcão.

– O pupilo de Hubert também deve estar arrasado com a notícia, coitado – disse ela, sem olhar para mim. – Ele também idolatrava o tutor, pobrezinho. Então, se você por acaso esbarrar com ele, seja gentil. Tristram Hautbois. – Naturalmente, ela anglicizou o nome francês, como os ingleses costumam fazer sempre que possível. – Vocês dois eram muito amigos quando você tinha cinco anos. Eu me lembro do dia em que arrancaram as roupas e foram brincar nas fontes. Hubie riu até não poder mais.

Pelo menos eu tinha tido algumas aventuras ilícitas com o sexo oposto na vida, mesmo sendo muito jovem para me lembrar delas.

– Mãe, sobre o vovô – falei, em voz baixa, sem querer perder a oportunidade. – Ele não está muito bem. Acho que você devia ir vê-lo...

– Eu adoraria, querida, mas vou pegar um trem e um barco para Colônia ainda esta tarde. Max está louco de saudades. Diga a ele que nos veremos na próxima vez, está bem?

O creme foi trazido, embalado e registrado na conta da minha mãe. Ela foi escoltada até a saída com muitas mesuras e muita efusividade. Eu a observei partir, sentindo aquele incômodo que eu sempre sentia após um encontro com minha mãe – havia tantas coisas por dizer, e eu nunca tinha a chance de dizê-las. Então o fiscal da loja e a Srta. Fairweather voltaram juntos para o balcão, murmurando entre si. Ela me lançou um olhar gelado e deu uma fungada quando passou por mim, a caminho do lado dela do balcão.

– E você, garota, tire esse avental – disse o fiscal de loja.

– Tirar o avental?

– Você está demitida. Ouvi o tom com que você se dirigiu a uma das nossas melhores clientes. E a Srta. Fairweather afirma que até escutou você mandar a cliente embora. Você pode ter arruinado a reputação da Harrods para sempre. Pode ir. Devolva o avental e vá embora.

Eu não podia me defender sem revelar que havia mentido e era uma fraude. Fui embora. Minha experiência com o trabalho remunerado tinha durado cinco horas.

Eram cerca de duas da tarde quando saí da loja e me deparei com uma gloriosa tarde de primavera. O sol brilhava, os pássaros dos jardins de Kensington cantavam e eu tinha no bolso quatro xelins que havia ganhado.

Vaguei sem rumo pela multidão vespertina, sem querer ir para casa e sem saber o que fazer a seguir. Era sábado e as ruas estavam apinhadas de pessoas que tinham metade do dia livre. Eu nunca mais conseguiria um emprego em outra loja, concluí, triste. Provavelmente nunca mais ia conseguir trabalho em lugar nenhum e ia morrer de fome. Meus pés começaram a doer, e eu estava meio tonta de fome. Percebi que eles nem tinham me dado uma pausa para o almoço. Parei e olhei em volta. Eu não entendia muito de restaurantes. As pessoas que eu conhecia não pagavam para comer fora. Comiam em casa, a menos que fossem convidadas para jantar com um amigo ou vizinho. Durante a minha temporada em

Londres, jantamos nos diversos bailes. A tia de uma amiga me levou para tomar chá no Ritz, mas eu não conseguiria ir lá com quatro xelins no bolso. Eu conhecia a Fortnum e Mason e o Café Royal, e acabava aí o que eu sabia sobre restaurantes.

Percebi quanto eu havia caminhado quando a Kensington Road se tornou a Kensington High Street. Reconheci a Barkers e sabia que ela abrigava um salão de chá, mas estava decidida a não pôr mais os pés em uma loja de departamentos. No fim, entrei em uma desanimadora casa de chá da rede Lyons, pedi um bule de chá e um bolinho e me sentei, sentindo pena de mim mesma. Pelo menos, eu comeria bem como dama de companhia de uma princesa. Pelo menos, seria abordada com educação e não teria que aturar pessoas como a Srta. Fairweather e aquele fiscal de loja. E não correria o risco de topar com minha mãe.

Olhei para cima quando uma sombra pairou sobre a mesa. Era um rapaz de cabelos escuros, meio desgrenhados, mas nem um pouco mal-apessoado. Ele sorria para mim.

– Meu Deus, é você mesma – disse, com uma voz com traços de um sotaque irlandês. – Não consegui acreditar quando passei e a vi pela janela. Não pode ser Sua Senhoria, eu disse a mim mesmo, então tive que entrar para ver. – Ele puxou a cadeira à minha frente e sentou-se sem ter sido convidado, ainda me analisando com divertido interesse. – O que você está fazendo por aqui? Veio ver como o resto do mundo vive?

Ele tinha cachos escuros rebeldes e olhos azuis que brilhavam de um jeito perigoso. Fiquei tão desconcertada que recorri à reação padrão em uma situação como essa.

– Sinto muito, acho que não fomos apresentados – respondi. – E não costumo falar com homens desconhecidos.

Ao ouvir isso, ele jogou a cabeça para trás e gargalhou.

– Ah, essa foi boa. Homens desconhecidos. Gostei. Você não se lembra de ter dançado comigo em um baile de caça em Badminton alguns anos atrás? Claro que não. Estou mortalmente ofendido. Costumo causar uma impressão muito melhor nas garotas que tive nos meus braços. – Ele estendeu a mão. – Darcy O'Mara. Ou devo dizer Honorável Darcy O'Mara, já que você obviamente se importa com essas coisas. Meu pai é lorde Kilhenny, um nobre cuja linhagem é muito mais antiga que a da sua admirável família.

Apertei a mão estendida.

– Como vai? – perguntei hesitante, porque, na verdade, eu tinha certeza de que me lembraria se o conhecesse e, mais ainda, se tivesse estado em seus braços. – Tem certeza de que não está me confundindo com outra pessoa?

– Lady Georgiana, não é? Filha do falecido duque, irmã do enfadonho Binky?

– Sim, mas... – gaguejei. – Como é possível eu não me lembrar de ter dançado com você?

– Obviamente você deve ter tido parceiros mais desejáveis naquela noite.

– Posso garantir que não – falei com veemência. – Todos os rapazes que conheci eram muito entediantes. Só queriam falar de caça.

– Não há nada de errado em falar de caça – disse Darcy O'Mara – no momento certo. Mas existem muitas atividades melhores quando se está na presença de uma moça.

Ele me olhou com tanta franqueza que corei e fiquei furiosa comigo mesma.

– Se me permite, eu gostaria de beber meu chá antes que esfrie.

Fitei o líquido acinzentado e pouco apetitoso.

– Ah, não vou impedi-la – disse ele, fazendo um gesto expansivo. – Vá em frente se acha que vai sobreviver à experiência sem ser envenenada. Eles perdem um cliente por dia aqui, sabia? Basta expulsá-los em silêncio pela porta dos fundos e continuar como se nada tivesse acontecido.

– Claro que eles não fazem isso! – Eu tive que rir.

Ele também sorriu.

– Assim é melhor. Nunca vi um rosto tão soturno quanto o seu ainda agora. O que aconteceu? Foi abandonada por um sedutor?

– Não, nada do tipo. É que, no momento, minha vida está insuportavelmente desanimadora. – E me ouvi contando a ele sobre meu quarto naquela casa fria, o constrangimento na Harrods e a perspectiva de exílio para o campo. – Como pode ver – concluí –, não tenho muitos motivos para me alegrar no momento.

Ele me olhou fixamente e disse:

– Posso saber se você trouxe um vestido chique?

– Chique para jantar ou para ir à igreja?

– Chique para ir a um casamento.

Eu ri de novo, dessa vez um pouco inquieta.

– Você está sugerindo que fujamos e nos casemos só para me animar?

– Meu Deus, não. Sou um irlandês selvagem. Vai demorar muito até que alguém me amanse e me arraste até o altar. Você tem um vestido adequado ou não?

– Tenho, sim.

– Ótimo. Vá vesti-lo e me encontre no Hyde Park Corner daqui a uma hora.

– Posso saber o porquê do convite?

Ele adotou um ar de mistério.

– Você vai ver – disse ele. – De qualquer forma, garanto que vai ser bem melhor do que tomar chá com bolinhos na Lyons. Você vai?

Olhei para ele por um instante e suspirei.

– O que eu tenho a perder?

Os olhos marotos brilharam mais uma vez.

– Eu não sei – disse ele. – O que você tem a perder?

Você está muito, muito louca, disse a mim mesma várias vezes, enquanto tomava banho, me vestia e tentava domar o cabelo e deixá-lo liso como exigia a moda. Sair por mero capricho com um estranho do qual eu não sabia nada. Ele poderia ser o pior tipo de impostor. Poderia gerenciar uma lucrativa rede de escravas brancas, fingindo conhecer garotas e atraindo-as para a perdição. Parei o que estava fazendo, corri até a biblioteca e puxei uma cópia do livro de genealogia da nobreza e aristocracia irlandesa, o *Burke's Irish Peerage*. Lá estava o que eu procurava: Thaddeus Alexander O'Mara, lorde Kilhenny, décimo sexto barão, etc. Seu filho: William Darcy Byrne...

Então existia mesmo um Darcy O'Mara. Estávamos no meio da tarde. As ruas estavam apinhadas de gente. E eu não o deixaria me levar a uma espelunca barata ou um hotel decadente. E ele era terrivelmente bonito. Como ele disse: o que eu tinha a perder?

Seis

Rannoch House
Sábado, 23 de abril de 1932

QUASE NÃO RECONHECI DARCY O'MARA quando ele veio na minha direção em Park Lane. Vestia um fraque completo, os cachos selvagens tinham sido domados e ele parecia bem apresentável. A rápida olhadela que ele lançou em minha direção deixou claro que ele também achou que eu havia passado no teste.

– Milady. – Ele fez uma reverência muito adequada.

– Sr. O'Mara. – Inclinei a cabeça para retribuir a saudação. (Nunca se deve chamar alguém de "honorável", mesmo que a pessoa de fato o seja.)

– Por favor, me perdoe – disse ele –, mas a forma correta de tratá-la é "milady", e não "Vossa Alteza Real"? Eu nunca sei direito as regras quando se trata de duques.

Eu ri.

– Só os filhos varões dos duques da realeza podem usar o "Vossa Alteza Real" – respondi. – Mas, como sou uma simples mulher e meu pai não é um duque da realeza, mesmo tendo sangue real, sou uma reles "milady". Mas pode me chamar de Georgie.

– Reles? De jeito nenhum, Georgie. Que bom que você veio. Garanto que não vai se arrepender. – Ele pegou meu cotovelo e me guiou pela multidão. – Agora vamos sair daqui. Estamos parecendo dois pavões no viveiro.

– Você se importa de me dizer para onde estamos indo?

– Para a Grosvenor House.

– Sério? Se você vai me levar para jantar, não é um pouco cedo? E, se vai me levar para tomar chá, não exageramos na formalidade do traje?

– Vou levá-la a um casamento, como prometi.

– A um casamento?

– Bem, à recepção.

– Mas eu não fui convidada.

– Tudo bem – disse ele com calma quando começamos a descer a Park Lane –, eu também não fui.

Puxei o braço e me desvencilhei dele.

– O quê? Você enlouqueceu? Não podemos ir a uma recepção de casamento sem ter sido convidados.

– Ah, não se preocupe – disse ele. – Faço isso o tempo todo. Sempre dá certo.

Olhei para ele com desconfiança. Ele estava sorrindo de novo.

– Onde mais eu conseguiria uma refeição decente uma vez por semana?

– Deixe-me ver se eu entendi. Você pretende entrar de penetra em um casamento na Grosvenor House?

– Isso mesmo. Como eu disse, nunca tive problemas. Se você tem boa aparência, fala com o sotaque certo e sabe se comportar, todos acham que é um convidado legítimo. O lado do noivo acha que a noiva convidou você e vice-versa. No seu caso, como você pertence à mais alta sociedade, eles vão ficar orgulhosos e felizes em tê-la ali. É algo que engrandece a ocasião. Depois, eles podem dizer um ao outro: "Espero que você tenha notado que havia um membro da família real presente."

– Sou só uma parente distante da rainha, Darcy.

– Isso não muda o fato de que você é da realeza. Eles vão ficar extasiados, você vai ver.

Eu me afastei dele.

– Não posso fazer isso. Não é certo.

– Você está hesitando porque não acha certo ou porque tem medo de ser pega? – perguntou ele.

Olhei furiosa para ele.

– Fui educada para me comportar de maneira adequada, o que talvez não aconteça nos confins da Irlanda.

– Você está apavorada. Tem medo que façam um escândalo.
– Não estou. Só acho que não é a coisa certa a fazer.
– Roubar a comida deles sob um falso pretexto, você quer dizer? Como se uma pessoa com meios de pagar por uma recepção de casamento na Grosvenor House fosse notar se alguém furtasse umas fatias de salmão frio.
– Ele pegou minha mão. – Vamos, Georgie. Não me deixe na mão agora. E não diga que você não está interessada. É óbvio que qualquer um que estava tentando comer um bolinho da Lyon precisa de uma boa refeição.
– É que... – comecei, consciente da mão que segurava a minha. – Se eu for pega, isso pode arruinar minha reputação.
– Se eles repararem em você e perceberem que não a convidaram, vão ficar envergonhados por terem deixado você fora da lista e felizes por você ter ido.
– Bem...
– Olhe para mim. Você prefere comer salmão defumado e beber champanhe ou ir para casa comer feijões cozidos?
– Bem, vendo por esse lado... é melhor nos apressarmos, Macduff.
Ele riu e pegou meu braço.
– Esse é o espírito – falou, me arrastando pela Park Lane.
– Se você é mesmo filho de lorde Kilhenny – perguntei, com a coragem voltando –, por que precisa entrar de penetra no casamento dos outros?
– Minha história é igual à sua – respondeu ele. – Minha família não tem um tostão. Meu pai investiu muito na América e perdeu tudo em 1929; depois houve um incêndio nos estábulos dos cavalos de corrida dele. Também perdeu tudo. Teve que vender a propriedade e, quando eu fiz 21 anos, ele disse que não havia nada para mim e eu teria que seguir meu próprio caminho. Estou fazendo o melhor que posso. Ah, chegamos.
Olhei para a formidável construção de tijolos vermelhos e brancos em Park Lane enquanto Darcy me arrastava pelos degraus da colunata até chegarmos à entrada da frente do Hotel Grosvenor House.
O porteiro fez uma saudação ao abrir a porta.
– Veio para a recepção, senhor? À sua direita, no salão de baile azul.
Fui arrastada pelo vestíbulo e, de repente, me vi em uma fila para cumprimentar os noivos. Achei que a desgraça se abateria sobre mim a qualquer momento, quando a noiva e o noivo se entreolhassem. Dava para ouvi-los dizendo, em voz alta: "Eu não a convidei. Foi você?"

Por sorte, as noivas e os noivos devem ficar em um estado de choque nessas ocasiões. A mãe da noiva murmurou:

– Que gentileza você ter vindo.

A noiva e o noivo se entretiveram por um instante com a pessoa à nossa frente e Darcy aproveitou a oportunidade para me guiar até uma bandeja de champanhe.

Depois de alguns minutos sentindo que o coração ia sair pela boca, esperando sentir a qualquer segundo uma mão no meu ombro e uma voz rugir "Essa jovem é penetra, por favor, retirem-na do recinto", comecei a relaxar e olhar ao redor. Era um local muito agradável. O evento não estava sendo realizado no grande salão, onde eu havia comparecido para um baile durante a minha temporada; era em uma sala menor, grande o suficiente para abrigar só umas duzentas pessoas e maravilhosamente decorada com flores do início da primavera. Havia um aroma celestial no ar. Na outra extremidade, havia uma mesa comprida, coberta com uma toalha branca, na qual dava para ver várias camadas de um bolo. Em um canto, a orquestra (composta, como de costume, por homens mais velhos) tocava valsas de Strauss. Peguei um canapé delicioso de uma bandeja que passou por mim e comecei a me divertir.

Darcy estava certo. Se você se comporta como convidado, ninguém questiona a sua presença. Vez ou outra, alguém achava que me conhecia de algum lugar e perguntava coisas como:

– Você conhece o Roly há muito tempo?

– Não posso dizer que o conheço bem.

– Ah, então você é uma das convidadas de Primrose. Ela está deslumbrante.

– Está vendo como é fácil? – sussurrou Darcy. – A única dificuldade é quando há um banquete com lugares designados à mesa.

– O que diabos você faz nesses casos? – perguntei, sentindo o pânico voltar, enquanto olhava em volta, a fim de detectar uma possível sala de jantar adjacente.

– Peço desculpas porque preciso pegar um trem e dou o fora antes de começar. Mas esta recepção só tem canapés e bolo. Eu verifiquei antes. Geralmente faço isso.

– Você é incrível.

Ele riu.

– Nós, irlandeses, aprendemos a usar a inteligência para viver, depois de séculos sendo ocupados por vocês, ingleses.

– Na verdade, eu sou escocesa. Bem, um quarto escocesa, na verdade.

– Ah, mas foi a sua bisavó que saiu subjugando metade do mundo. Imperatriz de tudo, até onde a vista alcança e muito mais. Essa qualidade deve estar presente em você em algum lugar.

– Ainda não tive a chance de subjugar ninguém, então não sei dizer – confessei –, mas estou sempre me divertindo e parece que ela nunca fez isso. Pelo menos não depois que Albert morreu. Na verdade, dada minha sombria lista de ancestrais, eu diria que sou bem normal.

– Eu diria que você se saiu muito bem para alguém que é quase inteiramente inglesa – disse ele e, para minha irritação, eu corei de novo.

– Acho que vou experimentar um pouco daquele caranguejo – falei e me virei, mas esbarrei em um rosto conhecido.

– Querida! – exclamou Belinda com animação. – Eu não fazia ideia de que você viria a esta festa. Por que não me contou? Podíamos ter dividido um táxi. Que loucura, não? Quem diria que Primrose acabaria com alguém como Roly?

– Primrose? – Olhei pela sala e vi a noiva de costas, escondida sob um longo véu em torno do qual todos pisavam com cautela.

– A noiva, querida. Primrose Asquey d'Asquey. Ela frequentou a escola conosco, você não se lembra? Bem, só por um período, na verdade. Ela foi expulsa por dar uma aula sobre como usar a touca holandesa às garotas novas.

Nós nos entreolhamos e começamos a rir.

– Eu me lembro – falei.

– E agora ela está se casando com Roland Aston-Poley. Ele vem de uma família de militares. O que significa que ela deixou de ser Primrose Asquey d'Asquey para ser Primrose Roly Poley. Não foi uma escolha muito feliz, se você quer saber.

Caímos na gargalhada juntas.

– Então você faz parte da brigada de Roly – disse ela. – Eu não sabia que você tinha conexões com o exército.

– Na verdade, não tenho. – Eu comecei a corar de novo, depois agarrei o braço dela e arrastei-a para longe da multidão formada pelos convidados. – Na realidade, eu vim com um rapaz extraordinário, Darcy O'Mara. Você conhece?

– Não conheço, não. Aponte-o para mim.

– Ele está bem ali, perto daquele arranjo de flores.

– Ora, ora. Nada mau. Pode me apresentar a ele quando quiser. Conte-me tudo sobre ele.

– Esse é o problema – sussurrei. – Não tenho certeza se ele é quem afirma ser ou só um vigarista talentoso.

– Ele lhe pediu dinheiro emprestado?

– Não.

– Então provavelmente não é vigarista. Quem ele afirma ser?

– Filho de lorde Kilhenny. Um barão irlandês.

– Há um milhão deles. Eu não duvidaria disso nem por um instante. Então é ele que conhece Roly?

Inclinei-me ainda mais perto.

– Ele não conhece nenhum dos dois. Viemos de penetras. Parece que ele faz esse tipo de coisa com frequência, só para comer de graça. Chocante, não é? Não acredito que estou fazendo isso.

Para meu horror, ela começou a rir. Quando conseguiu controlar a gargalhada, ela se inclinou em minha direção.

– Vou lhe contar um segredinho. Estou fazendo exatamente a mesma coisa. Também não fui convidada.

– Belinda! Como pôde?

– É fácil. Do mesmo jeito que você. Meu rosto é meio familiar. Sou vista em Ascot e na ópera, então ninguém questiona se fui convidada ou não. Funciona maravilhosamente bem.

– Mas você disse que estava indo muito bem em sua carreira.

Ela fez uma careta.

– Não tão bem, na verdade. É difícil começar um negócio, ainda mais quando você quer desenhar roupas para gente elegante. As clientes nunca querem pagar, sabia? Ficam entusiasmadas com o traje que desenhei para elas, dizem que adoraram e que eu sou a pessoa mais inteligente que elas já conheceram. Depois, usam a peça na ópera e, quando eu lembro a elas do pagamento, elas argumentam que fizeram propaganda das minhas roupas só por usá-las e que eu deveria ser grata. Às vezes, ficam me devendo centenas e centenas de libras, e os tecidos não são baratos.

– Que coisa horrível.

– É difícil – concordou ela –, porque, se eu fizer um escarcéu e chatear uma dessas devedoras, ela vai contar às outras, e elas vão falar mal de mim para todo mundo.

Imaginei que era provável que isso acontecesse.

– E o que você vai fazer? Não pode continuar financiando as roupas novas delas para sempre.

– Estou esperando minha grande chance, suponho. Se alguém da família real ou uma das amiguinhas do príncipe de Gales decidir que gosta dos meus vestidos, todo mundo vai querê-los. É nisso que você pode me ajudar, aliás. Quando for socializar com seus primos da realeza e pessoas do mesmo nível, vou lhe emprestar uma das minhas criações e você pode me elogiar para eles.

– Não garanto que as mulheres dos meus primos vão pagar com mais rapidez do que suas clientes atuais – falei. – Mas não me importo em fazer essa experiência para ajudá-la. Ainda mais se isso me permitir usar um vestido elegante e novo em folha.

– Esplêndido! – Belinda deu um enorme sorriso.

– Lamento que você esteja passando por um momento tão difícil – falei.

– Ah, eu tenho algumas clientes honestas, a maioria de famílias antigas, sabe? São bem-educadas como você. Aquelas novas-ricas pavorosas é que tentam se esquivar de pagar. Teve uma beldade da sociedade que me olhou bem nos olhos e insistiu que já havia pagado, apesar de ela saber muito bem que era pura mentira. Elas simplesmente não são como nós, querida.

Eu apertei o braço dela.

– Pelo menos você está frequentando a sociedade. Logo vai conhecer um homem rico e bonito e suas preocupações com dinheiro vão acabar.

– Você também, querida. Você também. – Ela olhou pela sala. – Quer dizer que o filho bonitão do nobre irlandês não é rico?

– Não tem nem um centavo – falei.

– Céus. Não é uma escolha sensata, então, apesar da aparência dele. Se bem que, depois da conversinha que tivemos ontem à noite sobre nossa vida sexual, talvez ele seja perfeito para…

– Belinda! – sibilei, pois Darcy estava vindo na nossa direção. – Acabei de conhecê-lo e não tenho a menor intenção...

– Nós nunca temos, querida. Esse é o problema. Nunca temos. – Belinda se virou e cumprimentou Darcy com um sorriso angelical.

A tarde foi passando. Eles serviram salmão defumado, rolinhos de camarão e linguiça e éclairs salgados. Comecei a me animar com o champanhe até estar me divertindo de verdade. Darcy havia desaparecido na multidão e eu estava sozinha quando notei uma palmeira balançando em um vaso, como se estivesse sendo sacudida por um vento forte. Fiquei intrigada, já que o vento não tinha autorização para soprar pelos salões de baile da Grosvenor House. Fui até o canto e espiei atrás da palmeira. Uma figura em um chamativo traje de cetim púrpura estava ali, agarrada à palmeira, enquanto a árvore balançava. E mais: eu a reconheci. Era outra velha amiga da escola, Marisa Pauncefoot-Young, filha do conde de Malmsbury.

– Marisa – sussurrei.

Ela tentou focar no meu rosto.

– Ah, olá, Georgie. O que você está fazendo aqui?

– Eu é que pergunto: o que você pensa que está fazendo? Dançando com uma palmeira?

– Não, é que eu fiquei meio tonta e pensei em ir para um canto sossegado, mas a maldita árvore não fica parada.

– Marisa – falei de um jeito grave –, você está bêbada.

– Acho que sim. – Ela suspirou. – É tudo culpa de Primrose. Ela insistiu em tomar um desjejum bem alcoolizado para criar coragem antes da cerimônia e, de repente, eu fiquei bem deprimida. Mas o champanhe tem um jeito maravilhoso de levantar os ânimos, não é?

Peguei o braço dela.

– Venha, venha comigo. Vamos encontrar um lugar para sentar e conseguir um café preto para você.

Eu a conduzi para fora do salão de baile e encontrei duas cadeiras douradas no corredor. Chamei um garçom que passava.

– Lady Marisa não está se sentindo bem – sussurrei. – Você acha que consegue um pouco de café preto para ela?

O café apareceu no mesmo instante. Marisa bebia e estremecia alternadamente.

– Por que eu nunca consigo ser uma bêbada feliz? – perguntou ela. – Um drinque a mais e minhas pernas já ficam bambas. É muito gentil da sua parte, Georgie. Eu nem sabia que você viria.

– Nem eu, só soube na última hora – falei com sinceridade. – Então me diga, por que você estava tão deprimida?

– Olhe só para mim. – Ela fez um gesto dramático apontando para si mesma. – Parece que fui engolida por uma variedade detestável de jiboia.

Ela não estava errada. O vestido era longo, justo e roxo. Como Marisa é muito magra e tem quase um metro e oitenta, ela parecia um tubo de encanamento roxo e brilhante.

– E eu pensei que Primrose fosse minha amiga – disse ela. – Fiquei lisonjeada quando ela me convidou para ser dama de honra, mas agora vejo que ela só fez isso porque somos primas. Ela não teve escolha, mas fez questão de que eu não a ofuscasse no altar. Na verdade, eu mal consegui cambalear até o altar por causa desse vestido justo. E estava tão escuro na igreja de St. Margaret que aposto que eu parecia uma cabeça flutuante, com braços sem corpo, segurando esse buquê medonho. Não vou perdoá-la tão cedo.

Ela suspirou e bebeu o resto do café preto.

– Eu vim para cá e achei que pelo menos teria algumas vantagens como dama de honra, como costuma acontecer. Você sabe, trocar um beijinho rápido com um padrinho atraente atrás dos vasos de palmeiras. Mas olhe só para eles: não tem um único rapaz com quem se poderia trocar algumas carícias. Boa parte deles são os irmãos mais velhos de Roly, e eles trouxeram as esposas. E os outros não estão interessados. Não gostam da fruta, entendeu?

– Você quer dizer homossexuais? – perguntei.

– Hein? Bem, você sabe a que eu me refiro, não é? Então, não houve nem um pouquinho de excitação a tarde toda. Não me admira que eu tenha bebido demais. Foi bom você me resgatar.

– Ora, imagina. Para que servem as amigas da escola?

– Nós nos divertimos muito em Les Oiseaux, não foi? Ainda sinto falta, às vezes, da escola e de todas as velhas amigas. Não vejo você há anos. O que tem feito?

– Ah, nada importante – falei. – Acabei de chegar à cidade e estou procurando um emprego adequado.

– Que sorte a sua. Que inveja. Estou presa em casa com a mamãe. Ela não está muito bem, sabe, e não quer saber de mim morando em Londres sozinha. Não consigo imaginar como vou encontrar um marido desse jeito. A temporada foi um fracasso irremediável, não foi? Todos aqueles camponeses horríveis e desastrados nos segurando como se fôssemos sacos de batatas. Pelo menos mamãe está falando em alugar uma casa em Nice para passarmos o resto da primavera. Eu certamente não recusaria um conde francês. Eles têm aqueles olhos caídos maravilhosos que nos chamam para a cama.

Ela ergueu a cabeça quando uma salva de palmas veio do salão de baile.

– Ah, céus. Começaram os discursos. Acho que preciso estar lá quando Whiffy propuser um brinde às damas de honra.

– Você acha que consegue ficar de pé sem balançar?

– Vou tentar.

Eu a ajudei a se levantar, e ela cambaleou hesitante até o salão de baile. Esgueirei-me para trás da multidão que agora se agrupava ao redor do pódio com o bolo.

O bolo foi cortado e distribuído. Os discursos começaram. Também comecei a sentir os efeitos de três taças de champanhe em um estômago meio vazio. Não há nada pior do que discursos sobre alguém que você não conhece feitos por alguém que você também não conhece. O fato de meus parentes da realeza conseguirem ficar sentados, dia após dia, e parecerem interessados em um discurso mortalmente enfadonho atrás do outro despertava minha maior admiração. Procurei Darcy, mas não consegui encontrá-lo, então vasculhei atrás da multidão na esperança de achar uma cadeira em que pudesse me sentar sem atrapalhar. As únicas cadeiras estavam ocupadas por senhoras idosas e por um coronel centenário com uma perna de pau. Pensei ter visto a parte de trás da cabeça de Darcy e voltei para a multidão.

– Senhoras e senhores, por favor, ergam suas taças para um brinde à saúde do rei – disse o mestre de cerimônias com uma voz retumbante.

Aceitei outra taça de champanhe de uma bandeja que passava. Quando a levantei, meu cotovelo foi empurrado com violência, e o champanhe voou no meu rosto e no meu vestido. Antes que eu pudesse fazer qualquer coisa além de arquejar, ouvi uma voz dizendo:

– Lamento terrivelmente. Vou pegar um guardanapo para você.

Como tantos rapazes de nossa classe social, ele falava de um jeito peculiarmente arrastado.

Ele estendeu a mão para uma mesa próxima e me entregou um pedaço de tecido.

– Isso é uma toalha de bandeja – falei.

– Sinto muito – disse ele mais uma vez. – Foi a única coisa que consegui encontrar.

Limpei o rosto com a toalha de bandeja e consegui me concentrar nele. O rapaz era alto e magro, como um menino vestindo o fraque do irmão mais velho. Ele tinha feito uma tentativa de alisar o cabelo castanho-escuro, mas este ainda caía na testa em cachos infantis. Os sinceros olhos castanhos eram tão suplicantes que me fizeram lembrar de um *cocker spaniel* que eu tive.

– Destruí seu lindo vestido. Sou desajeitado como um elefante numa loja de cristais – continuou ele, enquanto observava eu me secar. – Fico muito desesperado em eventos como este. Quando visto um fraque ou um smoking, tenho certeza de que vou derramar alguma coisa, tropeçar nos cadarços ou fazer papel de idiota. Estou pensando em virar eremita e viver em uma caverna em algum lugar no topo de uma montanha. Na Escócia, talvez.

Tive que rir.

– Acho que você não encontraria uma comida tão boa por lá – observei. – Penso também que você acharia uma caverna escocesa incrivelmente fria e cheia de correntes de ar. Acredite em mim, eu sei do que estou falando.

– Acho que você tem razão. – Ele me observou e disse: – Creio que já nos conhecemos.

Isso não era bom. Mas imaginei que uma hora fosse acontecer algo assim. Tentei localizar Darcy no meio da multidão, caso a situação ficasse constrangedora. Contudo, eu não estava nem um pouco preparada para o que o rapaz disse em seguida:

– Acho que somos parentes.

Repassei mentalmente uma lista de primos de primeiro, segundo e terceiro grau.

– É mesmo? – perguntei.

– Bem, mais ou menos parentes. Pelo menos, não diretamente. Sua mãe foi casada com meu tutor, e nós brincávamos juntos quando éramos pequenos. Sou Tristram Hautbois, pupilo de sir Hubert Anstruther.

Eu só conseguia pensar na terrível reviravolta do destino, que fez com que um rapaz que não conseguia pronunciar o "r" corretamente fosse batizado de Tristram. Ele pronunciava "Twistwam".

– Dizem que corríamos nus pelas fontes – falei.

O rosto dele se iluminou.

– Você também se lembra disso? Achamos que íamos arranjar uma bela encrenca porque muitas pessoas importantes tinham sido convidadas para o chá no gramado, mas meu tutor achou tudo muito engraçado. – Seu rosto voltou a ficar solene. – Imagino que você saiba o que aconteceu. O bom e velho sir Hubert sofreu um acidente terrível. Está em coma em um hospital suíço. Os médicos acham que ele não vai sobreviver.

– Eu só soube hoje de manhã – retruquei. – Lamento muitíssimo. Eu me lembro dele como um homem muito amável.

– Ah, ele era mesmo. Um dos melhores. Foi tão bom para mim, sabe, embora eu fosse só um parente distante. Minha mãe era prima da mãe dele. Imagino que você saiba que a mãe dele era francesa. Bem, meus pais foram mortos na Grande Guerra, e ele correu riscos terríveis para me resgatar na França. E me criou como se eu fosse um filho. Tenho uma enorme dívida de gratidão que jamais conseguirei pagar.

– Então você é francês, e não inglês?

– Eu sou, mas meu domínio da língua não é melhor que o de um menininho em idade escolar. Consigo dizer alguns poemas infantis em francês e é só. É vergonhoso, mas eu só tinha dois anos quando fui trazido para Eynsleigh. É uma linda residência, não é? Uma das mais bonitas da Inglaterra. Você se lembra bem de lá?

– Muito pouco. Tenho uma vaga lembrança dos gramados e daquelas fontes. Tinha também um pônei gordo, não é?

– Squibbs. Você tentou fazê-lo pular sobre um tronco e ele a derrubou no chão.

– É, eu me lembro disso.

Nós nos entreolhamos e sorrimos. Até aquele momento, eu achava que ele fosse só um palerma desastrado, mas o sorriso iluminou o rosto e o deixou bem atraente.

– O que vai acontecer com a propriedade, caso sir Hubert morra? – perguntei.

– Será vendida, espero. Ele não tem descendentes para herdá-la. Sou o mais próximo que ele tem de filho, mas ele nunca me adotou de maneira oficial, infelizmente.

– O que você está fazendo agora?

– Acabei de chegar de Oxford. Sir Hubert fez arranjos para que eu fosse contratado por um procurador em Bromley, Kent, imagine só. Não tenho certeza de que sirvo para ser advogado, mas meu tutor queria que eu tivesse uma profissão estável, então acho que terei que me contentar com isso. Na verdade, eu preferia sair em aventuras e expedições, como ele.

– Uma profissão um pouco mais perigosa – observei.

– Mas não enfadonha. E você?

– Acabei de chegar a Londres e ainda não sei o que fazer da vida. Não é tão fácil eu simplesmente arrumar um emprego.

– Imagino – disse ele. – Bem, agora que está em Londres, talvez possamos fazer umas explorações juntos. Conheço a cidade muito bem e ficaria encantado em lhe mostrar tudo.

– Seria ótimo – respondi. – Estou na casa da minha família, Rannoch House, na Belgrave Square.

– E eu em um alojamento em Bromley – disse ele. – Uma pequena diferença.

Outro rapaz de fraque se aproximou.

– Anime-se, meu amigo – disse ele a Tristram. – Precisamos de todos os padrinhos lá fora agora mesmo. Temos que sabotar o carro antes que eles saiam.

– Ah, certo. Estou indo. – Tristram deu um sorriso pesaroso. – O dever me chama – disse ele. – Espero que nos encontremos de novo em breve.

Nesse momento, Darcy apareceu.

– Está pronta para ir, Georgie? A noiva e o noivo estão de saída e pensei que... – Ele parou quando viu que eu estava ao lado de Tristram. – Ah, perdão. Eu não quis interromper. Como vai, Hautbois?

– Muito bem. E você, O'Mara?

– Não tenho do que reclamar. Pode nos dar licença? Preciso levar Georgie para casa.

– É que eu viro abóbora às seis horas. – Tentei fazer uma piada.

– Estou ansioso para vê-la de novo, lady Georgiana – disse Tristram de um jeito formal.

Quando Darcy se virou para tentar abrir caminho pela multidão e chegar até a porta, Tristram segurou meu braço.

– Cuidado com O'Mara – sussurrou. – Ele é um devasso. Não é muito confiável.

Sete

Rannoch House
Sábado, 23 de abril de 1932

Saímos do recinto e nos deparamos com um crepúsculo ameno de abril. O sol poente iluminava o parque inteiro.

– Pronto – disse Darcy, pegando meu braço para me ajudar a descer os degraus. – Não foi tão ruim, foi? Você sobreviveu perfeitamente bem e está mais bem alimentada do que algumas horas atrás, além de ter bebido vinho. Na verdade, suas bochechas estão com um belo e saudável tom rosado.

– Suponho que sim – falei –, mas não pretendo fazer isso de novo. Achei muito arriscado. Encontrei pessoas que me conheciam.

– Como aquele idiota do Hautbois? – perguntou Darcy com sarcasmo.

– Quer dizer que você conhece Tristram?

– Não convivo com ele nos dias de hoje. Nós só estudamos juntos. Na verdade, eu estava algumas séries acima dele. Uma vez, ele me dedurou para os professores e eu levei uma baita surra.

– Por fazer o quê?

– Por tentar roubar uma coisa dele, eu acho – disse ele. – Um garoto estúpido e chorão, é isso que ele era.

– Ele me parece bem agradável, agora – retruquei.

– Ele pediu para se encontrar de novo com você?

– Ele se ofereceu para me mostrar Londres.

– Não diga.

Tremi ao perceber que ele talvez estivesse com ciúme. Dei um sorrisinho.

– Então, como diabos você o conheceu? – prosseguiu Darcy. – Claro que ele não pode ter sido um dos seus parceiros de dança naqueles bailes enfadonhos de debutantes.

– Nós dois éramos praticamente parentes. Minha mãe foi casada com o tutor dele. Costumávamos... brincar juntos. – Por algum motivo, não consegui usar a palavra "nus" com Darcy.

– Imagino que você seja parente de muitas pessoas de vários continentes – disse ele, erguendo uma sobrancelha.

– Acho que minha mãe só se casou nas primeiras fugas – falei. – Naquela época, ela era convencional o bastante para acreditar que deveria se casar com eles. Agora ela só...

– Vive em pecado? – Mais uma vez, ele deu aquele sorriso desafiador que me fazia sentir algo estranho na barriga.

– Exato.

– Isso nunca funcionaria comigo – disse ele. – Como católico, eu estaria condenado a arder no inferno se me casasse e me divorciasse várias vezes. A igreja considera o casamento sagrado e o divórcio um pecado mortal.

– E se você vivesse sempre em pecado com alguém?

Ele sorriu.

– Acho que a igreja preferiria isso, considerando as opções.

Olhei para ele enquanto esperávamos para atravessar a Park Lane. Um pobretão irlandês e católico. Bem inadequado em todos os sentidos. Se eu ainda tivesse uma acompanhante, ela me enfiaria no primeiro táxi que aparecesse e me levaria embora na mesma hora.

– Vou levá-la até sua casa – disse ele, pegando meu braço de novo, quando cambaleei ao atravessar a rua.

– Sou perfeitamente capaz de encontrar o caminho de casa em plena luz do dia – respondi, embora tivesse que admitir que minhas pernas não estavam muito firmes depois de todo aquele champanhe e com a perspectiva inebriante de tê-lo caminhando ao meu lado.

– Tenho certeza que sim, mas você não prefere aproveitar essa noite adorável na minha companhia? Se eu tivesse dinheiro, arrumaria uma carruagem puxada por cavalos e passearíamos devagar pelas avenidas arborizadas. Mas podemos passear pelo parque.

– Tudo bem, então – retruquei, de maneira um tanto indelicada.

Vinte e um anos de rígida educação gritavam que eu deveria me afastar daquele homem que tinham me alertado ser um canalha e ter um caráter duvidoso. Ainda por cima, ele era pobre e católico. Mas quando eu teria outra chance tão tentadora de passear pelo parque com alguém tão atraente?

Não há nada tão adorável quanto um parque londrino na primavera. Narcisos silvestres entre as árvores, um novo verde emergindo nas castanheiras, cavalos elegantemente ornamentados saindo dos estábulos em direção a Rotten Row e casais de namorados caminhando de mãos dadas ou sentados muito próximos uns dos outros nos bancos. Olhei de soslaio para Darcy. Ele caminhava com tranquilidade, a passos largos, desfrutando da paisagem. Eu sabia que deveria estar conversando com ele naquele momento. Em todas as sessões de treinamento de Les Oiseaux, quando jantávamos alternadamente com cada uma das professoras, elas martelavam na nossa cabeça que era um pecado mortal permitir que o silêncio se instalasse em um jantar.

– Você mora mesmo em Londres? – perguntei a Darcy.

– No momento, sim. Estou morando na casa de um amigo em Chelsea, enquanto ele está no próprio iate no Mediterrâneo.

– Parece incrivelmente glamouroso. Você já foi ao Mediterrâneo?

– Ah, sim. Muitas vezes. Mas nunca em abril. Não é muito agradável. Sou um péssimo marinheiro.

Tentei formular a pergunta que estava morrendo de vontade de fazer.

– Mas você tem uma profissão? Quero dizer, se você tem que entrar de penetra em casamentos para ter uma boa refeição e seu pai o deixou sem um centavo, como faz para sobreviver?

Ele olhou para mim e sorriu.

– Eu sobrevivo da minha inteligência, garota. É o que faço. E não é uma vida ruim. As pessoas me convidam para formar pares em jantares. Sei tudo de etiqueta. Nunca derramo sopa no paletó. Sou convidado para dançar com as filhas dos anfitriões em bailes da temporada de caça. É claro que nem todos sabem o que eu lhe disse sobre não ter um tostão furado. Sou filho do lorde Kilhenny. Eles acham que sou um bom partido.

– Você vai ser lorde Kilhenny um dia, não é?

Ele riu.

– Provavelmente meu velho vai viver para sempre, só para me irritar. Nós dois nunca fomos bons amigos.

– E a sua mãe? Ainda está viva?

– Morreu na epidemia de gripe – disse ele. – Meus irmãos pequenos também. Eu estava na escola, por isso sobrevivi. As condições lá eram tão brutais e a comida era tão ruim que nem os micróbios achavam que valia a pena fazer uma visita. – Ele sorriu e, em seguida, o sorriso desapareceu. – Acho que meu pai me culpa por ter sobrevivido.

– Mas você vai ter que fazer alguma coisa da vida um dia. Você não pode continuar entrando escondido na casa das pessoas para comer nas festas delas.

– Espero me casar com uma herdeira rica, provavelmente uma americana, e viver feliz para sempre em Kentucky.

– Você ia gostar disso?

– Kentucky tem bons cavalos – disse ele. – Eu gosto de cavalos, e você?

– Adoro. Também adoro caçar.

Ele assentiu.

– Está no sangue. Não há nada que possamos fazer a respeito. Uma coisa que lamento é a destruição do nosso estábulo de cavalos de corrida. Durante um tempo, tivemos os melhores puros-sangues da Europa. – Ele parou de falar, como se tivesse lhe ocorrido uma ideia. – Devíamos ir para Ascot juntos. Sei escolher os vencedores. Se você for comigo, vai ganhar uma bolada.

– Se consegue me fazer ganhar uma bolada, por que você mesmo não ganha uma bolada e deixa de ser tão pobre?

Ele sorriu.

– E quem disse que eu não ganho uma boa bolada de vez em quando? É um ótimo jeito de não me afogar em dívidas. Mas não posso fazer isso com muita frequência, senão eu arranjaria encrenca com as casas de apostas.

Ergui a cabeça e vi, para meu pesar, que nos aproximávamos do Hyde Park Corner e que a Belgrave Square estava bem do outro lado.

Era uma daquelas raras noites de primavera que guardam a promessa do verão. O sol estava prestes a se pôr, e o Hyde Park inteiro cintilava. Eu me virei para aproveitar a cena.

– Vamos esperar um pouco antes de entrar. Adoro ficar ao ar livre. Fui criada como uma garota do campo. Detesto ver chaminés e telhados quando olho pela janela.

– Eu também. Você tinha que ver a vista do Castelo de Kilhenny... todas aquelas lindas colinas verdes e o mar brilhando a distância. Impossível encontrar uma paisagem tão linda em qualquer outro lugar no mundo.

– Você já viajou pelo mundo? – perguntei.

– Vi uma boa parte dele. Fui para a Austrália uma vez.

– É mesmo?

– É, meu pai sugeriu que eu tentasse fazer fortuna lá.

– E?

– Não era o lugar certo para mim. Todos são plebeus e se conhecem. Eles gostam de trabalhar muito e depois ir ao banheiro no quintal. Ah, e esperam que as pessoas trabalhem até cair. Infelizmente, fui feito para a civilização.
– Ele encontrou um banco e se jogou nele, indicando que eu me sentasse ao lado com um tapinha: – Há uma bela vista daqui.

Sentei-me ao lado dele, consciente da proximidade e do calor da perna encostada na minha.

– Então me diga – disse ele. – O que você planeja fazer agora, depois de perder o emprego na Harrods?

– Vou precisar procurar outro emprego – falei –, mas receio que Sua Majestade tenha feito alguns planos para mim. No momento, devo escolher entre me casar com um príncipe estrangeiro horroroso ou ser dama de companhia de uma tia-avó, a derradeira filha da rainha Vitória, nas profundezas do campo, onde o ápice da minha diversão vai ser segurar a lã para ela tricotar ou jogar cartas.

– Então me conte. – Ele me olhou com interesse. – Quantas pessoas estão entre você e o trono?

– Sou a trigésima quarta na linha de sucessão, eu acho – respondi. – A não ser que alguém tenha tido um bebê e ele tenha me empurrado mais para o fim da linha.

– Trigésima quarta, é?

– Espero que não esteja pensando em se casar comigo na esperança de conquistar a coroa da Inglaterra um dia!

Ele riu.

– Seria um trunfo para os irlandeses, não é mesmo? Rei da Inglaterra, ou melhor, príncipe consorte da Inglaterra.

Eu também ri.

– Eu costumava fazer isso quando era pequena: deitava na cama e tentava imaginar maneiras de matar aqueles que estavam na minha frente na linha de sucessão. Agora que cresci, não quero ser rainha nem que me paguem. Na verdade, estou mentindo. Se meu primo David me pedisse em casamento, eu provavelmente aceitaria.

– O príncipe de Gales? Você acha que ele é um bom partido?

Fiquei surpresa.

– Acho, você não?

– Ele é um filhinho da mamãe – disse Darcy com desdém. – Você não percebeu? Ele está procurando uma mãe. Não quer uma esposa.

– Acho que você está errado. Ele só está esperando para encontrar uma esposa adequada.

– Bem, essa última não é nada adequada – disse Darcy.

– Você a conheceu?

– Ah, sim.

– E?

– Nada adequada. Encantadora, mas muito mais velha e mundana do que ele. Jamais a deixariam ser rainha.

– Você acha que ela quer ser?

– Bem, como ela ainda está casada com outra pessoa, esse é o nó da questão – disse ele. – Mas eu não deveria alimentar suas esperanças. Seu primo David nunca vai escolher você como consorte. E, sinceramente, você logo se cansaria dele.

– Por quê? Acho que ele é muito divertido e dança muito bem.

– Ele é fraco – disse Darcy. – Não tem nenhuma substância. É uma mariposa voando por aí, tentando descobrir o que fazer da vida. Vai ser um péssimo rei.

– Acho que ele vai melhorar quando chegar a hora – retruquei, mal-humorada. – Todos nós fomos criados com o dever sendo enfiado goela abaixo. Tenho certeza de que David vai cumprir o dele um dia.

– Espero que você esteja certa.

– De qualquer forma – sussurrei fazendo uma confidência –, me pediram para espioná-la.

Percebi que tinha falado demais, que o excesso de champanhe havia soltado a minha língua e que eu não devia confidenciar essas coisas a desconhecidos, mas, quando dei por mim, já era tarde demais.

– Espioná-la? Quem mandou você fazer isso? – Darcy estava bem interessado.

– A rainha. Tenho que ir a uma festa para a qual o príncipe e a amiga dele foram convidados e, depois, repassar minhas impressões a Sua Majestade.

– Você não vai ter nada de bom a dizer sobre ela. – Darcy sorriu. – Todos os homens a consideram encantadora e todas as mulheres encontram alguma coisa venenosa para dizer sobre ela.

– Tenho certeza de que serei justa na minha avaliação – garanti. – Não sou uma pessoa venenosa.

– Essa é uma das coisas que eu acho que posso gostar em você – disse Darcy. – Entre outras. – Ele olhou em volta. O sol havia se posto e o tempo tinha esfriado de repente. – Melhor levá-la para casa antes que você congele nesse vestido chique.

Tive que concordar que estava sentindo frio, ainda mais porque o champanhe no vestido ainda não havia secado. E eu não tinha uma criada para esfregar e tirar as manchas. Como ia fazer para limpá-lo?

Ele pegou minha mão e me arrastou por entre o tráfego de Hyde Park Corner.

– Bem, chegamos – falei, parada na frente da porta e remexendo na bolsa em busca da chave. Como sempre, em momentos de estresse, meus dedos não me obedeciam muito bem. – Obrigada pela tarde adorável.

– Agradeça aos Asquey d'Asqueys, não a mim. Eles pagaram por tudo. Você não vai me convidar para entrar?

– Acho que não é uma boa ideia. Estou morando sozinha, entende?

– E não pode nem convidar um rapaz para uma xícara de chá? Não sabia que as regras da realeza ainda eram tão rigorosas.

– Não são as regras da realeza. – Eu ri de nervoso. – É que... nenhum dos aposentos adequados para receber pessoas está aberto. E ainda não tenho criados. Estou meio acampada em um quarto e na cozinha, e meus talentos culinários não vão além de feijões cozidos e chá. Tive aulas de culinária na escola, mas só aprendi a fazer pratos inúteis como canapés, e nem esses eu sei preparar muito bem.

– Prefiro canamãos – disse ele, me fazendo sorrir.

– Nunca aprendi a preparar esses.

Olhei para o interior sombrio do salão frontal e, depois, para Darcy de novo. A ideia de ficar sozinha com ele era tentadora. Mas os 21 anos de treinamento venceram.

– Obrigada pela tarde adorável – repeti e estendi a mão. – Adeus, então.

– Adeus, então? – Ele adotou um ar suplicante e irresistível de menino perdido. Meu coração quase derreteu. Mas eu aguentei firme.

– Olha, Darcy, eu adoraria convidá-lo para entrar, mas está ficando tarde e… você entende, não é?

– Abandonado na neve. Isso é muito cruel. – E fez uma cara triste.

– Você disse há cinco minutos que foi uma tarde adorável.

– Ah, tudo bem – disse ele. – Estou vendo que você não vai mudar de ideia, não importa o que eu diga. São 21 anos de educação aristocrática. Não importa, teremos outras oportunidades. – Ele pegou minha mão, levou-a aos lábios e, dessa vez, a beijou, provocando um arrepio que percorreu todo o meu braço. – Se quiser, posso levá-la a uma festa no Café de Paris na próxima semana – disse ele casualmente, soltando minha mão.

– Você vai entrar de penetra nessa também?

– Claro. É uma festa de americanos. Eles simplesmente adoram a nobreza britânica. Quando souberem que você é parente da família real, vão beijar seus pés, enchê-la de coquetéis e convidá-la para se hospedar nos ranchos deles. Você quer ir?

– Eu adoraria.

– Não me lembro do dia, agora. Mas eu a aviso.

– Tudo bem – falei. Continuei parada, me sentindo estranha. – Obrigada mais uma vez.

– O prazer foi todo meu.

De algum modo, ele fez essa frase soar pecaminosa. Fugi para dentro de casa antes que ele me flagrasse corando de novo. Quando fechei a porta e fiquei parada no saguão frontal frio e escuro, com piso xadrez preto e branco e paredes escuras em relevo, tive um pensamento perturbador. Ocorreu-me que Darcy estivesse me usando para entrar de penetra em mais eventos. Talvez eu fosse uma espécie de salvo-conduto para ele conseguir entrar em lugares onde tinha sido barrado.

Fiquei indignada por alguns segundos. Não gostei da ideia de ser elogiada e usada nem de ser cortejada como se fosse verdade. Mas tive que concordar que aquilo tinha sido muito mais divertido do que a vida monótona que eu estava levando nos últimos tempos. Com certeza era melhor do que fazer palavras cruzadas no Castelo de Rannoch ou ficar sentada na cozinha subterrânea comendo feijões cozidos. Como eu disse antes, o que eu tinha a perder?

Oito

Rannoch House
Sábado, 23 de abril de 1932

Eu estava prestes a subir para tirar o vestido chique, como Darcy o chamava, quando percebi que havia algumas cartas enfiadas na caixa de correio. Quase ninguém sabia que eu estava na cidade, então as cartas eram uma novidade. Havia dois envelopes. Reconheci a letra da minha cunhada em um deles e o brasão dos Glen Garry e Rannoch (duas águias tentando eviscerar uma à outra no topo de uma montanha escarpada), então abri primeiro o outro. Como previsto, era um convite. Lady Mountjoy ficaria encantada se lady Georgiana lhe desse a honra de ser comparecer à propriedade da família no campo para uma festa e um baile de máscaras.

Havia dois P. S. no final. O primeiro era bem formal: *Por favor, traga sua fantasia, pois não há estabelecimentos que aluguem esses artigos nas imediações.*

O segundo, menos formal: *Imogen ficará muito feliz em revê-la.*

Imogen Mountjoy era uma das moças mais enfadonhas e indigestas do mundo. Nunca trocamos mais do que duas palavras durante a nossa temporada, e ambas foram sobre caça, então eu não conseguia imaginá-la ficando feliz com a ideia de me ver. De todo modo, era um gesto amável, e resolvi responder assim que lesse a missiva de Fig:

Cara Georgiana,
  Binky acabou de me informar que terá de ir à cidade na segunda-feira

por causa de um assunto urgente e inesperado. Como o mundo está passando por um momento lamentável e todos precisam economizar, achei que seria uma tolice e um grande desperdício enviar um grupo de serviçais antes dele para abrir a casa, já que você está aí. Como está vivendo "de favor", por assim dizer, espero que não seja demais pedir que abra as janelas do quarto e do escritório de Binky para arejar os aposentos, e talvez a salinha matinal, onde ele gosta de ler os jornais. (Espero que você tenha encomendado o Times.*)*

Ele certamente fará as refeições no clube, então não precisa se preocupar muito com a questão da comida. Imagino que a casa esteja muito fria. Talvez você possa acender a lareira do quarto de Binky no dia previsto para a chegada dele. Ah, e também colocar uma garrafa de água quente na cama dele.

Com amor,
Sua cunhada, Hilda

Fig era famosa por sua formalidade sufocante. Ninguém jamais a chamava pelo verdadeiro nome. E era fácil entender o motivo. Nunca vi uma duquesa com um nome mais ridículo que aquele. Se eu me chamasse Hilda, teria me afogado na banheira do berçário, em vez de crescer sobrecarregada com esse fardo.

Encarei a carta por um instante.

– Que audácia – falei em voz alta.

As palavras ecoaram no teto alto do saguão.

Não só deixaram de me sustentar como também passaram a me tratar como empregada. Talvez ela tenha esquecido que estou aqui sozinha, sem nenhum criado. Ela quer que eu tire o pó, arrume as camas e acenda a lareira sozinha? Então percebi que provavelmente não havia ocorrido a Hilda que eu estava morando ali sem criados. Ela obviamente esperava que eu já tivesse contratado uma empregada.

Depois de me acalmar, achei que ela não tinha feito um pedido tão irracional. Eu era fisicamente capaz de tirar alguns lençóis de cima dos móveis e até mesmo passar uma vassoura em um ou dois aposentos, não? Eu tinha crescido sem arrumar a própria cama e sem pegar um copo de água sozinha até ir para a escola, mas era capaz de fazer as duas coisas. Na verdade, eu tinha feito um grande progresso. Ainda não tentara acender a lareira, é claro, embora meu avô tivesse me dado as instruções básicas no dia anterior. A ideia de ir até o depósito de carvão, como ele o chamava (situado no temido porão repleto de aranhas), é que me deixava desanimada. Mas eu teria que encarar aquilo mais cedo ou mais tarde. Com todos aqueles ancestrais que haviam lutado em Bannockburn e Waterloo e em todas as batalhas ocorridas entre uma e outra, era de se esperar que eu tivesse herdado coragem suficiente para enfrentar um depósito de carvão. O dia seguinte seria domingo, dia de almoçar com o meu avô. Eu faria com que ele me ensinasse tudo que eu precisava saber sobre a experiência de acender uma lareira. Jamais diga que uma Rannoch foi derrotada!

No domingo de manhã, acordei bem cedo, pronta para enfrentar a tarefa. Coloquei um avental que encontrei pendurado em um armário embaixo da escada e amarrei um lenço no cabelo. Na verdade, achei muito divertido tirar os lençóis dos móveis e sacudi-los na janela. Eu estava dançando pela sala com o espanador na mão quando ouvi uma batida na porta da frente. Não parei para pensar em como estava vestida quando abri e encontrei Belinda na soleira da porta.

– Sua senhoria está em casa? – perguntou ela e em seguida se assustou ao me reconhecer. – Georgie! Mas como assim? Você vai fazer teste para o papel de Cinderela?

– O quê? Ah, isso. – Olhei para o espanador. – Estou seguindo as ordens da minha querida cunhada. Ela quer que eu deixe a casa pronta para o meu querido irmão, o duque, que chega amanhã. Entre.

Eu a conduzi pelo corredor e escada acima até a sala matinal. As janelas estavam abertas, e uma brisa fresca agitava as cortinas de renda.

– Sente-se – falei. – Acabei de espanar a cadeira.

Ela me encarou como se eu tivesse me transformado em uma nova e perigosa criatura.

– Claro que ela não tinha a intenção de mandar você mesma limpar a casa.

– Foi exatamente isso que ela quis dizer. Sente-se.

– O que ela estava pensando? – Belinda se sentou.

– Acho que a palavra que define minha cunhada é "frugal", na melhor das hipóteses. Ela não quis pagar as passagens de trem para enviar os empregados antes de Binky. Ela me lembrou que eu estava aqui de graça e sugeriu que eu devia um favor a ela, Sua Graça.

– Mas que ousadia! – exclamou Belinda.

– Foi o que eu pensei, a princípio, mas ela obviamente presumiu que eu já tinha contratado uma empregada, a essa altura. Ela me deu um longo sermão sobre como as serviçais londrinas não são confiáveis e como eu deveria verificar todas as referências.

– Por que você não trouxe uma criada?

– Fig não quis liberar uma das delas e, sinceramente, eu não poderia bancar o salário de uma criada. Mas, sabe, não é tão ruim assim. Na verdade, está sendo muito divertido. Estou ficando boa nisso. Devo ter herdado alguma coisa do lado humilde da família da minha mãe, pois fico muito satisfeita de polir as coisas.

Então, de repente, foi como se eu tivesse sido atingida por uma inspiração divina.

– Espere! Acabei de ter uma ideia maravilhosa! Eu queria um trabalho remunerado, não é? Eu poderia fazer isso para outras pessoas em troca de uma remuneração.

– Georgie! Sou totalmente a favor de você ganhar seu próprio sustento, mas há limites. Uma jovem da casa de Windsor trabalhando de arrumadeira? Minha querida, pense no escândalo que seria quando descobrissem.

– Ninguém precisa saber quem eu sou, certo? – Fiz alguns gestos teatrais com o espanador enquanto desenvolvia a ideia. – Posso dizer que faço parte de uma agência de arrumadeiras, a Limpeza Real. Ninguém precisa saber que eu sou a mente por trás da agência. É melhor do que morrer de fome, de qualquer maneira.

– E quanto à proposta de ser dama de companhia? Como se recusa o pedido de uma rainha?

– Com muito cuidado – respondi. – Mas, felizmente, nada no palácio ocorre da noite para o dia. Quando Sua Majestade tiver arranjado tudo, vou dizer a ela que estou muito ocupada e financeiramente estável.

– Bem, então boa sorte, eu suponho – disse Belinda. – Você não vai me ver limpando banheiros.

– Ah, céus – falei, voltando à realidade com um sobressalto. – Não me lembrei dos banheiros. Estava pensando em tirar o pó das coisas com o espanador. Isso eu consigo fazer.

Ela riu.

– Acho que você pode ter uma surpresa desagradável. Algumas pessoas são bem porcas, sabia?

Ela se recostou no estofado de veludo e cruzou as pernas com um movimento que deve ter sido idealizado e praticado para enlouquecer os rapazes. Em mim, o único efeito foi uma onda de inveja por causa das meias de seda.

– Como foi seu passeio com o atraente Sr. O'Mara? – perguntou ela.

– Ele é muito vistoso, não é?

– É uma pena que seja um pobretão. Não é o tipo de companhia que você precisa nessa fase da vida.

– Talvez formemos um belo par – falei.

– Você já tentou? – perguntou Belinda.

– Tentei o quê?

– Formar um belo par com ele.

– Acabamos de nos conhecer, Belinda. Embora ele tenha beijado minha mão na entrada e sugerido que eu o convidasse para entrar.

– Ele fez isso? Não foi nada britânico da parte dele.

– Devo confessar que gostei da parte do beijo na mão. Quase cedi e o deixei entrar.

Ela assentiu.

– Ele é irlandês, claro. Os irlandeses são uma raça selvagem, mas é preciso admitir que são muito mais divertidos que os ingleses. Deus sabe que os ingleses não conhecem nada da sutil arte da sedução. O melhor que a maioria deles consegue fazer é lhe dar um tapa no traseiro e perguntar se você quer rolar no feno com ele.

Eu concordei.

– Isso resume minha experiência até agora.

– Foi o que eu pensei. Então ele talvez seja o escolhido.

– Para casar? Nós íamos morrer de fome.

– Não para casar. – Ela balançou a cabeça ao ouvir minha estupidez. – Para livrá-la do fardo que pesa sobre seus ombros. Estou falando da sua virgindade.

— Belinda! Pelo amor!

Ela riu do meu rosto vermelho.

— Alguém tem que fazer isso, antes que você se transforme em uma velha solteirona azeda. Meu pai sempre diz que, depois dos 24 anos, as mulheres não têm mais salvação, então você só tem mais um ano ou dois. — Ela me olhou, esperando uma resposta, mas eu ainda estava sem palavras. Discutir minha virgindade não era fácil para mim. — Você vai sair com ele de novo? — perguntou ela.

— Ele vai me levar a uma festa no Café de Paris na semana que vem.

— Ah, querida. Quanta elegância.

— Mas vamos como penetras de novo. Ele disse que é uma festa de americanos e que eles vão adorar ter alguém da família real presente, mesmo que seja um membro menor.

— Ele está absolutamente certo. Quando é? — Ela tirou um caderninho da bolsa.

— Belinda, você é tão má quanto ele.

— Talvez sejamos almas gêmeas. É melhor eu ficar longe desse rapaz. Acho que eu poderia gostar dele, mas jamais passaria uma velha amiga da escola para trás. E o negócio de ele não ter nem um centavo diminui o desejo. Tenho gostos terrivelmente caros. — Ela deu um pulo e tirou o espanador da minha mão. — Quase esqueci de dizer o motivo que me trouxe aqui. Ontem, no casamento, esbarrei com outra velha amiga da escola. Sophia, aquela condessa húngara pequena e roliça. Você não a viu?

— Não. Tinha muita gente, e eu estava tentando não aparecer muito.

— Bem, de todo modo, ela me convidou para uma festinha hoje à tarde, em uma casa-barco em Chelsea, e eu perguntei se poderia levar você. Tentei encontrá-la, mas você tinha desaparecido.

— Darcy e eu escapulimos antes que a festa acabasse.

— Então, quer ir na festa na casa-barco?

— Parece muito divertido. Ah, espere. Não, acho que não posso ir. Acabei de me lembrar que prometi almoçar com meu avô. Na verdade — olhei para o relógio —, tenho que correr e me trocar agora mesmo.

— Seu avô que não pertence à realeza, imagino.

— O outro está morto há muito tempo, então eu teria que ir a uma sessão espírita, e não a um almoço.

– E o seu avô vivo? Pelo que me lembro, sua família tinha desencorajado toda a comunicação com ele. Por qual motivo?

– Ele mora em Essex, Belinda, mas é um velhinho muito querido e a pessoa mais maravilhosa que eu conheço. Eu queria poder fazer mais pelo meu avô. Ele está um pouco duro no momento e precisa de umas boas férias à beira-mar. – Eu me animei de novo. – Talvez meu experimento com faxinas tenha tanto sucesso que eu possa mandá-lo para as merecidas férias e tudo melhore.

Belinda me olhou com desconfiança.

– Normalmente, não sou de ver o lado ruim das coisas, mas acho que você está procurando encrenca, meu docinho. Se os relatos da sua nova carreira chegarem ao palácio, vão obrigá-la a se casar com o detestável Siegfried e trancá-la em um castelo na Romênia antes que você consiga dizer duas frases.

– Estamos em um país livre, Belinda. Tenho 21 anos e ninguém para me proteger. Não sou a próxima na linha de sucessão e, sinceramente, não dou a mínima para o que eles pensam!

– Sábias palavras, minha amiga. – Ela aplaudiu. – Vamos, então, vou ajudá-la a redigir o anúncio antes de ir embora.

– Está bem. – Fui até a escrivaninha e peguei caneta e papel. – Onde você acha que posso atrair a clientela certa: no *Times* ou na *Tattler*?

– Nos dois. Algumas mulheres nunca leem jornais, mas sempre dão uma olhada na *Tattler* para ver se saiu alguma matéria sobre elas.

– Vou arriscar e pagar por ambos. Espero que chegue logo uma oferta de emprego, senão eu vou ter que correr para a fila do pão.

– É uma pena você não poder ir à festa comigo hoje à tarde. Sophia é uma garota robusta, com um corpo bem típico da Europa Central, então tenho certeza de que a comida vai ter lugar de destaque. E ela anda com muitos boêmios adoráveis... escritores e pintores, esse tipo de gente.

– Eu queria poder ir, mas tenho certeza de que a comida também terá lugar de destaque na casa do meu avô. Ele me prometeu um assado e dois vegetais. O que vamos dizer no anúncio?

– Você tem que deixar bem claro que não tem interesse em limpar banheiros, só em tirar o pó e abrir as casas para eles. Que tal: "Você está vindo para Londres, mas quer deixar os empregados na casa de campo?"

Eu escrevi.

– Ah, isso ficou bom. Depois podemos dizer: "A agência Limpeza Real vai arejar a sua casa e deixá-la pronta para a sua chegada".

– E você tem que apresentar o endosso de alguém com status.

– Como? Não posso pedir a Fig para me recomendar, e a única casa que já limpei até agora foi a dela.

– Você endossa a si mesma, sua idiota. Diga que o serviço foi aprovado por lady Victoria Georgiana, irmã do duque de Glen Garry e Rannoch.

Eu comecei a rir.

– Belinda, você é brilhante.

– Eu sei – disse ela com modéstia.

O ALMOÇO FOI UM GRANDE SUCESSO: uma deliciosa perna de cordeiro, batatas assadas e crocantes e repolho do quintal do vovô, seguidos por maçã assada e pudim. Senti a ocasional pontada de culpa quando me perguntei se ele podia bancar uma refeição como aquela, mas era tão óbvio que ele estava feliz em me ver comer que me permiti desfrutar de cada mordida.

– Depois do almoço – falei –, o senhor precisa me ensinar a acender um fogo. Não estou brincando. Meu irmão vai chegar amanhã e fui instruída a deixar a lareira acesa no quarto dele.

– Você só pode estar brincando. Que audácia! – exclamou ele. – O que eles pensam que você é? Uma serviçal? Vou dar uma bela lição nesse seu irmão.

– Ah, não foi Binky – retruquei. – Na verdade, ele é muito bonzinho. Muito distraído, é claro, pois nunca percebe nada. E não é muito inteligente. Mas em essência é uma pessoa gentil. E, em parte, a culpa é minha, eu suponho. Minha cunhada presumiu que eu contrataria criados assim que chegasse a Londres. Eu devia ter deixado bem claro que não tinha condições de pagar por isso. Maldito orgulho.

Meu avô balançou a cabeça.

– Eu lhe disse, querida. Se quiser acender uma lareira, você vai ter que descer até o depósito de carvão no porão.

– Se não tem outro jeito, vou fazer isso – falei. – Tenho certeza que muitos serviçais foram até o depósito de carvão e sobreviveram. E depois?

Ele me explicou tudo que eu precisava saber, desde o jornal velho até a maneira correta de posicionar os gravetos, colocar o carvão por cima e retirar as telas dos abafadores. Parecia assustador.

– Eu gostaria de poder fazer isso por você – disse ele. – Mas acho que seu irmão não ia gostar se eu entrasse na casa.

– Eu gostaria que você pudesse morar comigo por um tempo – comentei. – Não para cuidar de mim, mas para me fazer companhia.

Ele me olhou com olhos escuros e sábios.

– Ah, mas isso jamais daria certo, não é mesmo? Vivemos em mundos diferentes, minha querida. Você ia querer que eu dormisse no andar de cima da sua casa e eu não me sentiria bem fazendo isso, mas também não gostaria de dormir embaixo da escada, como um criado. Não, é melhor assim. Fico feliz quando você me visita, mas depois você volta para o seu mundo e eu continuo no meu.

Olhei para trás com saudade enquanto caminhava pela Glanville Drive vendo os anões de jardim.

Nove

Rannoch House
Sábado, 24 de abril de 1932

Quando voltei à Rannoch House, coloquei minha roupa de criada, prendi o cabelo e me aventurei escada abaixo até localizar o temido depósito de carvão. Como vovô havia previsto, era horrível: uma abertura escura do lado de fora, situada a mais ou menos um metro de altura. Não consegui encontrar uma pá e não ia colocar meu braço naquela escuridão desconhecida. Quem sabe o que haveria escondido ali? Voltei à cozinha e avistei uma grande concha de sopa e uma toalha pendurada em uma prateleira. Usei a concha para raspar pedaços de carvão, um de cada vez, depois peguei-os com a toalha para colocá-los no recipiente de carvão. Com esse método, demorei uma boa meia hora para encher o recipiente, mas pelo menos não encostei em nenhuma aranha e continuei com as mãos limpas. Por fim, subi a escada cambaleando com o carvão, sentindo uma nova admiração e respeito por minha criada, Maggie, que tinha que fazer essa tarefa todas as manhãs.

Tentei acender a lareira do meu próprio quarto e, no fim da tarde, tinha um cômodo muito enfumaçado, mas também uma chama crepitante. Fiquei orgulhosa de mim mesma. O quarto de Binky também estava pronto para recebê-lo, com lençóis limpos e janelas abertas. Acendi o fogo na lareira dele e fui para a cama satisfeita.

Na segunda-feira de manhã, fui ao escritório do *Times* e coloquei um anúncio na primeira página. Providenciei uma caixa postal para receber as respostas, pois achei que Binky não gostaria muito de receber a correspondência de uma arrumadeira na Rannoch House. Em seguida, fui até a sede da *Tattler* e repeti o processo.

Eu tinha acabado de voltar para casa quando ouvi uma batida na porta da frente. Fui atender e me deparei com um homem desconhecido na soleira. Era uma figura de aparência sinistra, vestido de preto da cabeça aos pés, com um longo sobretudo preto e um chapéu de abas largas da mesma cor, inclinado para a frente, de maneira que era difícil ver seus olhos. Não gostei do que vi naquele rosto. Talvez um dia tivesse sido bonito, mas agora apresentava uma daquelas feições decadentes. E tinha a palidez doentia de uma pessoa que não costumava pegar ar fresco. Ninguém no Castelo de Rannoch tinha essa compleição. Pelo menos o vento cortante proporcionava bochechas bem rosadas.

– Vim ver o duque – disse ele, com o que me pareceu um sotaque francês. – Vá informá-lo imediatamente que Gaston de Mauxville está aqui.

– Sinto muito, mas o duque ainda não chegou – falei. – Acho que só vai chegar no fim da tarde.

– Mas que inconveniente – disse ele, batendo com a luva preta na palma da outra mão.

– Ele está esperando o senhor?

– É claro que está. Vou entrar e aguardá-lo. – Ele tentou passar por mim.

– Não vai, não, senhor – falei, sentindo uma antipatia instantânea pelo homem e pelos modos arrogantes. – Não conheço o senhor. Sugiro que volte mais tarde.

– Ora, mas que atrevida. Você vai ser demitida por isso. – Ele ergueu a luva e, por um momento, achei que ia me esbofetear com ela. – Você sabe com quem está falando?

– O senhor é que deveria se perguntar com quem está falando – retruquei, lançando-lhe meu olhar mais gelado. – Sou a irmã do duque, lady Georgiana.

Com isso, a presunção do homem diminuiu, mas ele continuou vociferando.

– Mas a senhorita atendeu a porta como uma criada. Isso é muito incomum e muito embaraçoso.

— Lamento — falei —, mas, como os empregados ficaram na Escócia e eu estou sozinha na casa, o senhor há de concordar que o duque não ia gostar que a irmã recebesse um desconhecido sem estar acompanhada.

— Muito bem — disse ele. — Informe ao seu irmão que espero vê-lo assim que ele chegar. Estou hospedado no hotel Claridge.

— Vou informar a ele, mas não sei os planos do meu irmão — retruquei. — O senhor tem um cartão?

— Em algum lugar — disse ele, procurando em vários bolsos —, mas acho que, nesse caso, o cartão não vai ser necessário.

Ele se virou como se fosse sair, depois olhou de repente para trás.

— Essa é a única propriedade que vocês possuem, além do Castelo de Rannoch?

— É — respondi. — Mas eu não possuo nada. Meu irmão é o herdeiro.

— Naturalmente. E como é o Castelo de Rannoch?

— Frio e cheio de correntes de ar — respondi.

— Isso é muito inconveniente, mas não há o que fazer. E a propriedade gera uma boa renda?

— Não faço a menor ideia do tipo de renda que a propriedade gera — respondi — e, se soubesse, não ia discutir a questão com um desconhecido. Perdão, mas tenho coisas a fazer.

Com isso, fechei a porta. Que homem horrível. Quem ele achava que era?

Binky chegou por volta das quatro da tarde e estava muito aturdido por ter viajado sem um criado.

— Não consegui encontrar um carregador e tive que carregar minha mala pela estação — disse ele, mal-humorado. — Estou tão feliz em vê-la aqui. Achei que você estaria ajudando a organizar o casamento.

— Só daqui a algumas semanas — falei, satisfeita por ele ter me lembrado da história que eu havia inventado para facilitar a minha fuga. — E a casa da noiva deve estar repleta de parentes, então vou ficar aqui se você não se incomodar.

Ele assentiu distraidamente.

— Estou exausto, Georgie. Acho que um bom banho de banheira e chá com bolinhos depois devem ser suficientes para me reanimar.

— Você ainda toma banhos frios, não é? — perguntei.

— Banhos frios? Eu tomava todos os dias na escola, é claro, mas não tomo hoje em dia por opção.

– Bem, na verdade, essa é a única opção no momento – atalhei, apreciando secretamente o momento. – A caldeira não foi acesa.

– Por que não?

– Porque eu estava aqui sozinha, meu querido irmão, e sua esposa não me deixou ligar a caldeira, ainda que eu não fizesse ideia de como realizar essa façanha. Tenho esquentado uma panela de água para o banho todo dia de manhã, e acho que você vai ter que fazer o mesmo.

– Esse é um golpe muito desagradável para um sujeito que veio da Escócia em um trem terrivelmente frio. – Ele se interrompeu quando minhas palavras penetraram em sua mente. – Você disse que está aqui sozinha? Sem nenhum criado?

– Só eu – falei. – Fig não me deixou trazer nenhum empregado e não tenho dinheiro para contratar ninguém, como você sabe muito bem, já que cortou minha mesada no meu vigésimo primeiro aniversário.

Ele ficou vermelho.

– Olhe aqui, Georgie. Do jeito que você fala, eu pareço um ogro. Eu realmente não queria fazer isso, mas, ora essa, não tenho mais renda para sustentá-la pelo resto da vida. Você deveria se casar, entendeu, e deixar outro pobre coitado cuidar de você.

– Obrigada pelas palavras gentis.

– Então, o que você está dizendo, na verdade, é que não tem ninguém aqui para preparar meu banho e me trazer chá com bolinhos?

– Posso preparar chá e torradas para você, que são quase tão boas quanto bolinhos, como sua esposa observou.

– Você sabe fazer essas coisas? Georgie, você é um gênio.

Eu tive que rir.

– Não acho que preparar chá e torradas seja tão genial assim – retruquei –, mas aprendi umas coisinhas na semana passada. Você vai encontrar um fogo aceso no seu quarto. Eu mesma busquei o carvão e acendi a lareira.

Eu me virei para guiá-lo escada acima, abrindo a porta do quarto dele com um floreio.

– Como diabos você conseguiu isso?

– Meu avô me ensinou.

– Seu avô? Ele esteve aqui?

– Não se preocupe. Ele não veio aqui. Eu fui visitá-lo.

– Lá em Essex? – Pela voz dele, parecia que eu tinha feito uma viagem de camelo pelo deserto de Gobi.

– Binky, ao contrário da crença popular, as pessoas foram a Essex e voltaram vivas para contar a história – falei.

Eu o conduzi até o quarto e esperei que ele me elogiasse pelo fogo crepitante e pela impecável limpeza do lugar. Sendo homem, ele não ficou impressionado com nada disso, só começou a desempacotar a valise.

– A propósito, você recebeu uma visita hoje de manhã – continuei. – Um francês gordo e desagradável chamado Gaston qualquer coisa. Extremamente arrogante. Onde diabos você o conheceu?

O rosto de Binky ficou pálido.

– Não o conheci ainda. Só nos falamos por cartas – disse ele –, mas ele é a razão da minha viagem a Londres, na esperança de resolver as coisas.

– Que coisas?

Binky ficou parado ali, segurando o pijama.

– Acho que você tem o direito de saber. Eu nem contei a Fig ainda. Não tenho coragem de contar a ela. Não sei como vou fazer isso, mas acho que ela vai ter que saber em algum momento.

– Saber o quê?

Ele afundou na cama.

– Parece que esse homem, Gaston de Mauxville, é um jogador profissional, e parece que ele costumava jogar cartas com nosso pai em Monte Carlo. Acho que você sabe que papai não era um bom jogador. Parece que ele perdeu o que restava da fortuna da família nessas mesas de jogo. E agora parece que ele perdeu mais do que a fortuna da família.

– Quer parar de dizer "parece que"? – cortei, irritada. – Se é só um boato, não quero saber.

– Ah, é mais do que um boato. – Binky deu um grande suspiro. – Parece que... não, *na verdade*, esse patife do Mauxville alega que nosso pai apostou o Castelo de Rannoch em um jogo de cartas e perdeu.

– Papai perdeu a nossa casa? Para aquele estrangeiro horrível, rude e flácido? – Eu me ouvi guinchando de maneira muito inadequada para uma dama.

– É o que parece.

– Não acredito. O homem é um trapaceiro profissional.

– Ele afirma ter um documento irrefutável. Vai me mostrar hoje.

– Isso jamais seria aceito em uma corte britânica, Binky.

– Vou fazer uma visita aos advogados da família amanhã, mas De Mauxville afirma que o documento foi assinado por testemunhas e teve firma reconhecida na França, logo, seria aceito em qualquer tribunal no mundo.

– Que coisa horrível, Binky. – Nós nos entreolhamos, horrorizados. – Não me admira que ele tenha perguntado sobre o Castelo de Rannoch hoje de manhã. Fico feliz por ter dito que era um lugar frio e cheio de correntes de ar. Se soubesse, também teria dito que era assombrado. Você acha que ele quer mesmo morar lá?

– Acho que ele quer mesmo é que eu compre o castelo de volta.

– Você tem dinheiro para isso?

– Claro que não. Você sabe que estamos falidos, Georgie. Com o que nosso pai perdeu em Monte Carlo e todos os encargos depois que ele se matou... – Ele ergueu os olhos, cheio de esperança. – Já sei. É isso. Vou desafiá-lo para um duelo. Se ele for um homem honrado, vai aceitar. Vamos lutar pelo Castelo de Rannoch, de homem para homem.

Eu me aproximei e coloquei a mão no ombro dele.

– Binky, querido, detesto ter que lembrar disso, mas, além do papai, você é, sem dúvida, o pior atirador do mundo civilizado. Nunca conseguiu acertar uma perdiz, um cervo, um pato ou qualquer coisa que se mova.

– De Mauxville não vai se mover. Vai ficar parado. E ele é um alvo grande. É impossível errar.

– Ele sem dúvida vai atirar primeiro e provavelmente é o melhor atirador de toda a França. Não quero perder a casa da família e também meu irmão.

Binky enterrou a cabeça nas mãos.

– O que vamos fazer, Georgie?

Dei um tapinha no ombro dele.

– Vamos lutar. Vamos encontrar uma solução. Na pior das hipóteses, levamos o sujeito até a Escócia para lhe mostrar sua nova casa e ele vai contrair pneumonia em uma semana. E, se isso não acontecer, posso levá-lo até o penhasco para lhe mostrar a vista da propriedade e empurrá-lo!

– Georgie! – Binky pareceu chocado e depois riu.

– Tudo é justo no amor e na guerra – retruquei –, e estamos em guerra.

Binky voltou tarde para casa naquela noite. Esperei por ele, impaciente para saber como tinha se saído com o detestável Gaston de Mauxville. Quando ouvi a porta da frente bater, desci correndo a tempo de ver Binky vindo na minha direção com um ar desanimado.

– E então? – perguntei.

Ele suspirou.

– Eu me encontrei com o sujeito. Um verdadeiro canalha, tenho certeza, mas o documento é genuíno. Parecia a caligrafia do nosso pai e estava autenticado, com a assinatura de testemunhas e selado. O miserável ficou com o original, mas me deu uma cópia para mostrar ao nosso advogado pela manhã. Sinceramente, não tenho muita esperança.

– Por que você não blefa, Binky? Diga para ele ficar com o Castelo de Rannoch. Que está feliz em se livrar dele. O homem não duraria uma semana ali.

– Não ia funcionar de jeito nenhum – disse ele. – Ele não está interessado em morar no castelo. Ele vai vendê-lo... transformá-lo em uma escola ou um hotel com campo de golfe.

– Uma escola talvez dê certo – sugeri. – Mas o castelo precisaria de muitas melhorias antes que alguém resolvesse pagar para ficar ali.

– Não tem a menor graça, Georgie – retrucou Binky. – Estamos falando da nossa casa, ora essa. Está na família há oitocentos anos. Não vou entregá-la de mão beijada a um jogador estrangeiro.

– Então, o que vamos fazer?

Ele deu de ombros.

– Você é o cérebro da família. Eu esperava que você tivesse uma ideia brilhante para nos salvar.

– Já pensei em empurrá-lo da montanha. Empurrá-lo de um trem em movimento a caminho do norte, talvez? – Eu sorri para ele. – Sinto muito, Binky. Eu queria conseguir pensar em alguma coisa. Vamos esperar que amanhã os advogados encontrem um jeito jurídico de resolver a questão.

Ele assentiu.

– Vou direto para a cama – falou. – Estou exausto. Ah, quero um desjejum simples de manhã. Um pouco de rim, talvez um pouco de bacon e o de costume: torrada, geleia e café.

– Binky! – eu o interrompi. – Já lhe disse que não temos criados. Posso preparar um ovo cozido, torradas e chá. E só.

O rosto dele ficou desolado.

– Que maldição, Georgie. Você não pode esperar que um sujeito enfrente o mundo só com um ovo cozido na barriga.

– Assim que eu arrumar um emprego, vou contratar uma criada que vai cozinhar todo o rim e bacon que você quiser – falei –, mas, enquanto isso, você deve agradecer por ter uma irmã disposta a fazer sua comida.

Binky me encarou.

– O que você acabou de dizer? Arrumar um emprego? Um emprego?

– Estou planejando ficar em Londres e arranjar um jeito de ganhar a vida. De que outra maneira você acha que vou conseguir me sustentar?

– Ora, Georgie. Pessoas como nós não arrumam empregos. Simplesmente não fazemos isso.

– Se o Castelo de Rannoch passar para De Mauxville, talvez você também tenha que arrumar um emprego para não morrer de fome.

Ele pareceu petrificado.

– Não diga isso. O que diabos eu poderia fazer? Eu ficaria desesperado. Já estou bem enrolado com as questões da propriedade e tudo mais. Sei cavalgar razoavelmente bem, mas, fora isso, sou um fracasso total.

– Você acharia alguma coisa se tivesse que sustentar sua família – retruquei. – Há sempre a opção de se tornar mordomo de americanos ricos. Eles adorariam ter um duque para lhes servir.

– Não diga isso nem de brincadeira – resmungou ele. – A situação toda já é horrível demais sem essa perspectiva.

Peguei o braço dele.

– Vá para a cama. As coisas talvez pareçam melhores pela manhã.

– Espero que sim – disse ele. – Você é meu porto seguro, Georgie. Nada a derruba. Estou contando com você.

Eu tinha ido a Londres para escapar da minha família, pensei enquanto ia para o meu quarto. Mas aparentemente não seria tão fácil quanto eu pensava. Por um instante, me casar com o príncipe Siegfried não me pareceu uma opção tão ruim, no fim das contas.

Dez

Rannoch House
Terça-feira, 26 de abril de 1932

DE MANHÃ, INSISTI EM IR COM BINKY ao escritório dos nossos advogados. Afinal de contas, era a casa da minha família também. Eu não ia entregá-la sem uma luta ferrenha. O estabelecimento dos senhores Prendergast, Prendergast, Prendergast e Soapes ficava perto do Lincoln's Inn. Eu e Binky chegamos cedo para conseguir falar com eles antes que o temido Gaston chegasse. Fomos informados de que o jovem Sr. Prendergast ficaria encantado em nos receber e fomos conduzidos a uma sala com painéis de madeira, na qual um homem de pelo menos oitenta anos estava sentado. "Se esse é o jovem Sr. Prendergast, como deve ser o velho Sr. Prendergast?", eu me flagrei pensando. Eu já estava tão tensa que comecei a dar risadinhas. Binky se virou e olhou para mim, mas não consegui parar.

– Sinto muito – disse meu irmão ao jovem Sr. Prendergast –, o choque foi demais para ela.

– Entendo perfeitamente – disse o velho com delicadeza. – Foi um choque para todos nós. A Prendergast, Prendergast, Prendergast e Soapes representa sua família há dois séculos. Detestaríamos ver o Castelo de Rannoch cair nas mãos erradas. Posso ver o documento problemático?

– É só uma cópia. O salafrário não quis abrir mão do original.

Binky entregou a ele.

O velho soltou muxoxos enquanto o analisava.

– Pobre de mim – disse ele. – É claro que o primeiro passo vai ser pedir para um especialista em caligrafia avaliar o original para ter certeza de que não é falsificado. Temos em arquivo o testamento manuscrito e a assinatura de seu pai. Depois vou ter que consultar um especialista em direito internacional, mas receio que o documento terá de ser contestado nos tribunais franceses, um processo caro e frustrante.

– Não há nenhum outro caminho? – perguntei. – Nenhuma outra opção?

– Poderíamos tentar provar que seu pai não estava em sã consciência quando assinou o documento. Essa talvez seja nossa melhor esperança. Precisaríamos levar testemunhas confiáveis para provar que ele vinha agindo de forma estranha e irracional, talvez um médico para atestar que a insanidade é um traço da família...

– Espere um pouco – interrompi. – Não quero que meu pai seja ridicularizado diante de um tribunal. E também não quero insinuar que há casos de insanidade na família.

O Sr. Prendergast suspirou.

– Talvez vocês tenham que escolher entre fazer isso ou perder a casa – disse ele.

Eu e Binky mergulhamos em uma tristeza profunda depois de mais ou menos uma hora com o advogado. De Mauxville concordou em se reunir com um especialista em caligrafia. Ele parecia tão confiante que não consegui deixar de pensar que o documento era de fato genuíno e que o Castelo de Rannoch estava prestes a se tornar um hotel com campo de golfe para americanos ricos.

Só quando Binky estava lendo o *Times* no táxi no caminho de volta para casa eu me lembrei do meu anúncio. Dei uma olhada na primeira página e lá estava ele. Agora tudo que eu tinha a fazer era aguardar minha primeira resposta. Apesar da terrível gravidade da nossa situação, não pude deixar de me sentir um pouco mais animada.

Não tive que esperar muito. A primeira resposta chegou no dia seguinte. Era de uma certa Sra. Bantry-Bynge, que tinha uma casa na rua semicircular ao lado do Regent's Park. Ela precisou ir a Londres de repente para uma prova de vestido na quinta-feira e achou meu anúncio uma dádiva de Deus, já que seus empregados estavam ficando velhos e frágeis para viajar. Ela ia viajar sozinha e fazer as refeições na casa de amigos. Ela só precisava de um lugar para deitar a cabeça naquela noite.

Basicamente, ela só queria lençóis limpos na cama, tudo bem espanado e sem poeira e um fogo aceso na lareira do quarto. Parecia muito fácil. Entrei em uma cabine telefônica e disquei o número que ela havia me dado, confirmando que deixaria tudo na mais perfeita ordem para quando ela chegasse à noite. Ela pareceu satisfeita e disse que eu poderia pegar a chave com a governanta da casa ao lado. Ela me pediu para voltar na manhã seguinte à sua estadia, colocar os lençóis em um saco de lavanderia e entregá-los à mesma governanta quando fosse devolver a chave. Depois me perguntou qual seria o valor do serviço. Eu realmente não tinha pensado nisso.

– A agência cobra dois guinéus – falei.

– Dois guinéus? – Ela pareceu chocada.

– É um serviço especializado, madame, e nossa equipe tem que ser a melhor possível.

– Claro.

– E provavelmente é mais barato do que trazer seus criados de Hampshire.

– Claro que sim. Muito bem, vou deixar o dinheiro em um envelope, que a senhora encontrará quando for tirar os lençóis da cama pela manhã.

Desliguei o telefone com um grande sorriso de satisfação no rosto.

Agora eu só precisava resolver o que ia vestir. Desci a escada e vasculhei o armário dos serviçais até encontrar o modelito adequado: um vestido preto de arrumadeira e um avental branco. Até acrescentei uma pequena e elegante boina branca, para conferir mais estilo ao modelito. Mas eu não podia ser vista saindo de Belgrave Square vestida assim, é claro.

Eu estava descendo a escada com meu uniforme de arrumadeira, tentando não acordar Binky, quando de repente ele me chamou da biblioteca.

– Georgie, querida, pode vir aqui? Pensei em fazer uma pequena pesquisa sobre a história do Castelo de Rannoch – disse ele. – Pensei que pode haver algo na história da família ou algum documento atestando que a propriedade de Glenrannoch não pode ser outorgada a ninguém que não seja da família.

– Boa ideia – falei, me abrigando nas sombras da escada para Binky não notar o que eu estava vestindo.

– E está muito frio na biblioteca, e eu queria saber se você pode acender a lareira, já que agora é especialista nisso.

– Desculpe, meu bem, mas tenho um compromisso. Já estou de saída. Você vai ter que encontrar luvas e um cachecol até eu voltar.

– Que maldição, Georgie, como você espera que eu vire as páginas usando luvas? Você não pode chegar um pouquinho atrasada? – Ele enfiou a cabeça pela porta, com um ar petulante. – As mulheres não devem sempre se atrasar para tudo? Pelo menos Fig sempre se atrasa. Passa horas e horas mexendo nas sobrancelhas, mas você sempre me pareceu... – Ele parou de falar quando me viu. – Por que você está usando esse traje estranhíssimo? Parece algo que os serviçais usariam.

– É para uma bobagem de despedida de solteira, Binky – respondi, sem fôlego. – Todas nós devemos ir vestidas de empregadas. Um desses rituais antes do casamento, sabe?

– Ah, certo. Ah, sim, entendo. – Ele assentiu. – Tudo bem, então. Pode ir. Divirta-se.

Peguei meu sobretudo para cobrir o uniforme de arrumadeira e escapei. Assim que saí da casa, soltei um suspiro de alívio. Essa tinha sido por pouco. Eu não tinha pensado nos problemas que evitar meus conhecidos poderia causar.

Fiz uma prece silenciosa para que ninguém me reconhecesse enquanto me aproximava da casa em Regent's Park, onde deveria pegar a chave. Por sorte, o bairro de Regent's Park não é tão aristocrático quanto Belgravia ou Mayfair. Não era muito provável que meus familiares e conhecidos o frequentassem. De qualquer maneira, fiquei atenta ao meu redor enquanto subia os degraus e batia na porta da frente da casa ao lado. A criada me olhou de cima a baixo com um olhar de completa desaprovação e não me convidou para entrar enquanto chamava a governanta. A governanta ficou boquiaberta e horrorizada quando me viu ali.

– O que diabos está fazendo, tocando a campainha da frente como se fosse uma visita? – exclamou ela. – Nesta casa, os serviçais entram pela porta dos fundos.

– Sinto muito – murmurei. – Eu não vi onde era.

– Descendo a escada lateral, como em todas as casas – disse ela, ainda me fitando com desdém. – Não é bom ter ideias que não condizem com sua posição social, garota, mesmo trabalhando em uma dessas agências domésticas elegantes.

Ela me olhou da maneira mais condescendente possível.

– Espero que você faça um bom trabalho para a Sra. Bantry – disse ela com aquele sotaque exageradamente sofisticado, usado com muita frequência pelas classes mais baixas quando querem parecer educadas. – Ela tem muitos objetos adoráveis naquela casa. Ela e o marido, o coronel, viajam pelo mundo inteiro. Você é de uma empresa local, eu presumo.

– Isso mesmo – falei.

– Espero que ela tenha verificado suas referências.

– Fomos altamente recomendados por lady Georgiana, irmã do duque de Glen Garry e Rannoch – falei, examinando humildemente as garrafas de leite nos degraus.

– Ah, bem, nesse caso… – Ela deixou o resto da frase em aberto, pairando no ar. – Ela é praticamente da realeza, não? Eu a vi em uma festa, sabia? Uma mocinha encantadora. Quase tão bonita quanto a mãe, que era atriz de teatro, sabia?

– Ah, sim – retruquei, certa de que a mulher tinha algum problema de vista.

– Acredito que o príncipe de Gales deveria parar de procurar uma esposa – disse ela, agora com um ar de confidência. – Já está na hora de escolher uma noiva, e uma boa moça inglesa é o que todos nós queremos. Nada dessas estrangeiras, muito menos uma alemã.

Visto que eu era um quarto escocesa e tinha uma boa parcela de sangue alemão, fiquei em silêncio.

– Obrigada pela chave – falei. – Vou devolver amanhã, depois de arrumar a casa.

– Boa menina. – Ela sorriu para mim de maneira quase gentil. – Gosto de meninas bem-educadas. É sempre bom fazer um esforço para se aprimorar. Só não tenha ideias que não condizem com sua posição social.

– Sim, senhora – respondi e bati em retirada às pressas.

Subi triunfantemente os degraus da casa de Bantry-Bynge com a chave na mão. O primeiro teste tinha sido realizado com sucesso. Virei a chave e a porta se abriu. Havia passado no segundo teste. Entrei e saboreei o silêncio de uma casa adormecida. Um rápido passeio revelou que o trabalho seria moleza. As salas de visita estavam envoltas em lençóis cobertos de poeira. Subi a escada e localizei o quarto da Sra. B-B com facilidade. Era um aposento frívolo, decorado em tons de rosa e branco, com guirlandas de rosas no papel de parede. Um perfume caro pairava no ar. Sem dúvida, era um quarto de senhora. Eu me perguntei com que frequência ela convidava o coronel a entrar. Comecei a trabalhar, abrindo as janelas e deixando entrar ar fresco, removendo os lençóis de cima dos móveis e sacudindo-os na janela. Havia pequenos enfeites e potes de cristal por toda parte, então tomei um especial cuidado com o espanador, conhecendo minha falta de coordenação e minha tendência a quebrar coisas. Então descobri que eles tinham um aspirador de pó. Eu nunca tinha usado um, mas parecia divertido e muito menos trabalhoso do que varrer a casa de cima a baixo. Liguei o aspirador. O aparelho desembestou a correr pelo tapete comigo atrás, desesperada, e começou a sugar as cortinas de renda. Por fim, consegui desligá-lo antes que o varão da cortina viesse abaixo. Felizmente, também consegui resgatar a cortina, que sobreviveu com um leve mastigado em um dos cantos. Depois disso, decidi que a vassoura seria mais segura.

Encontrei o armário de lençóis e arrumei a cama. Eram enfeitados com rendas e cheiravam a rosas. Por fim, desci até o depósito de carvão, que era equipado com pinças e uma pá, e acendi a lareira do quarto. Algumas semanas atrás, teria sido uma tarefa além da minha imaginação.

Eu estava dando os retoques finais na sala quando a campainha da porta da frente tocou. Eu pretendia estar muito longe quando a Sra. B-B chegasse, mas ela não tocaria a própria campainha, não é mesmo?

Desci e abri a porta. Um homem muito elegante estava ali parado, com o cabelo lustroso e alisado repartido ao meio, e um fino bigode no lábio superior. Trajava um blazer azul e calças de flanela, carregava um buquê de frésias nas mãos e uma bengala com ponta de prata debaixo do braço.

– Olá – disse ele, dando um sorriso que exibiu muitos dentes brancos e perfeitos. – Você é a criada nova? Pensei que ela não costumava trazer serviçais.

– Não, senhor. Trabalho em uma agência de serviços domésticos. A Sra. Bantry-Bynge me contratou para abrir a casa e preparar o quarto para ela.

– É mesmo? Nossa, que excelente ideia.

Ele tentou entrar.

– Sinto muito, senhor, mas ela ainda não chegou – falei, bloqueando a passagem.

– Tudo bem. Acredito que vou encontrar algo para me entreter – disse ele. Desta vez, ele passou por mim e tirou as luvas no corredor. – Meu nome é Boy, aliás. E você é...?

– Maggie, senhor – respondi, pois o nome de minha própria criada foi o primeiro que me veio à mente.

– Maggie, é? – Ele chegou muito perto de mim e colocou um dedo sob meu queixo. – Bem, pequena Maggie, você não é de se jogar fora, hein. Nem um pouco. Quer dizer que você está preparando o quarto?

– Sim, senhor.

Não gostei do modo como ele me olhava. Na verdade, "devorava com os olhos" seria mais próximo da verdade.

– Por que não me mostra o bom trabalho que você fez? Espero que tenha feito um bom trabalho, caso contrário, talvez eu tenha que lhe dar umas boas palmadas.

O dedo que estava sob meu queixo desceu pelo meu pescoço. Por um segundo, fiquei chocada demais para reagir, mas, antes que ele chegasse a um ponto crucial, dei um pulo e me afastei. Precisei de todo o meu autocontrole para não me comportar como de costume e dizer o que pensava dele. Na minha cabeça, gritei que as empregadas não dão pisadelas nos dedos dos pés, não chutam as canelas nem empregam nenhum outro método de autodefesa sem serem demitidas.

– Vou colocar essas flores na água para o senhor – falei. – Elas parecem prestes a murchar.

Fugi em direção à cozinha. Eu tinha ouvido histórias sussurradas sobre homens que faziam o que bem entendiam com as criadas, mas nunca havia me passado pela cabeça que isso poderia ser um risco na minha nova profissão. Ainda estava na cozinha quando ouvi vozes. Voltei e me deparei com uma mulher no vestíbulo. Era rechonchuda, tinha um cabelo loiro oxigenado bem penteado em ondinhas, muita maquiagem no rosto e uma estola de pele que parecia cara no pescoço. Também estava cercada por uma aura de perfume. A Sra. Bantry-Bynge havia chegado. *Salva pelo gongo*, pensei.

A Sra. Bantry-Bynge parecia definitivamente aflita.

– Ah, você ainda está aqui. Eu não tinha percebido. Pensei... sabe, acabei pegando o trem mais cedo – gaguejou ela. – E vejo que meu... primo...

chegou para me levar para um passeio de carro. Não é maravilhoso? Que gentileza, Boy.

Fiz o que achei que fosse uma reverência adequada.

– Eu já terminei, madame – murmurei. – Estou indo embora.

– Esplêndido. Isso é ótimo. Espero que Boy não tenha... atrapalhando o seu trabalho. – O olhar que ela deu implicava que ele havia atrapalhado muitas mulheres.

– Ah, não, senhora – garanti. – Eu estava só colocando na água essas flores que ele trouxe para a senhora.

Ela pegou o vaso e enterrou o rosto nas flores.

– Frésias. Que divino. Você sabe que eu adoro frésias. Você é tão bom comigo.

Ela o fitou de um jeito sedutor por cima das flores. Depois se lembrou que eu ainda estava ali.

– Obrigada. Pode ir agora. Eu disse à sua empregadora que o dinheiro estará na mesinha de cabeceira quando você voltar para desfazer a cama e arrumar o quarto amanhã.

– Sim, madame. Vou pegar meu casaco e ir embora.

Fiquei preocupada que ela pudesse notar que meu casaco era de caxemira, mas talvez ela pudesse pensar que tinha sido doação de uma ex-empregadora muito gentil. De todo modo, quando passei por eles na ponta dos pés, ela e Boy só tinham olhos um para o outro. Na manhã seguinte, os lençóis amarrotados na cama me fizeram pensar que a visita à costureira não tinha sido o motivo da viagem a Londres.

Onze

Rannoch House
Quinta-feira, 28 de abril de 1932

MINHA PRÓXIMA TAREFA, que chegou no correio da tarde daquele mesmo dia, não seria tão simples quanto a da Sra. Bantry-Bynge. A residência pertencia a ninguém menos que lady Featherstonehaugh (pronuncia-se "Fên-shó" para os não iniciados), mãe de Roderick Featherstonehaugh, mais conhecido como Whiffy, o Fedorento, com quem eu havia dançado em bailes de debutantes e que tinha sido padrinho no casamento da semana passada. Eles pretendiam passar alguns dias na cidade e chegariam no domingo com seus criados, mas queriam que a casa fosse arejada e espanada antes, que as lareiras ficassem prontas para serem acesas e que garrafas de água quente fossem colocadas nos aposentos de sir William e lady Featherstonehaugh. O filho, Roderick, talvez se juntasse a eles caso conseguisse uma folga do regimento, mas era improvável. Fiquei bem feliz com essa improbabilidade. Eu não tinha a menor vontade de esbarrar com Whiffy enquanto usava meu traje completo de arrumadeira. Ser flagrada por Binky já tinha sido ruim o bastante, mas ele era fácil de enganar. Eu não conseguia imaginar como me explicaria para alguém rígido e correto como Whiffy Featherstonehaugh. Regent's Park era uma coisa. Eu poderia passar por lá sem ser reconhecida. Mas em Eaton Place eu conhecia praticamente todo mundo.

Binky estava amuado, afundado na melancolia, e eu não conseguia pensar em nada para animá-lo. Afinal, as notícias não eram muito animadoras. O documento foi considerado genuíno, e Binky começou a ponderar se seria muito horrível da sua parte alegar que papai não batia muito bem da cabeça havia anos.

– Ele sempre levava aquele pato de borracha para a banheira, não é? – perguntou ele. – Isso não é muito normal, certo? E você se lembra de quando ele começou a praticar meditação oriental e ficar de cabeça para baixo?

– Muitas pessoas gostam de ficar de cabeça para baixo – falei. – Todo mundo sabe que os aristocratas são excêntricos.

– Eu não sou excêntrico – disse Binky com veemência.

– Binky, você anda pela propriedade falando com as árvores. Já vi você fazendo isso.

– Bem, todo mundo sabe que as plantas crescem mais fortes quando você fala com elas.

– Não preciso dizer mais nada – respondi. – E você teria que provar no tribunal que papai estava praticamente espumando pela boca e estava inapto demais para assinar aquele documento.

– Ele espumou pela boca uma vez – disse Binky, esperançoso.

– Quando engoliu aquele pedaço de sabão por causa de uma aposta.

Binky suspirou.

Normalmente, ele era um sujeito tão animado, e eu detestava vê-lo desse modo, mas não conseguia pensar em nada que pudesse fazer. Até passou pela minha cabeça pegar emprestado um daqueles vestidos sedutores de Belinda, tentar seduzir De Mauxville e surrupiar o documento no calor da paixão. Mas, sinceramente, achei que eu não seria muito boa nisso.

Na sexta de manhã, parti para Eaton Place com o uniforme preto de arrumadeira oculto pelo casaco de caxemira e a touca enfiada no bolso, para ser colocada no último instante. Fui até a porta dos fundos com passos apressados, coloquei a touca antes de virar a chave que tinham me dado e entrei.

Eu me deparei com um vestíbulo cavernoso, decorado com cabeças de animais africanos que tinham sido caçados e estranhas lanças cerimoniais. Depois de entrar, meu entusiasmo arrefeceu. A casa era ainda maior do que a Rannoch House e estava repleta de objetos do mundo inteiro, trazidos por gerações e gerações de militares da família. Estou certa de que alguns eram valiosos e até atraentes à sua maneira, mas estavam por toda parte, em todas as superfícies – adagas curvas, máscaras de ébano, estátuas, elefantes de jade, esculturas de deusas de marfim –, e pareciam muito frágeis. Havia paredes cheias de pinturas, principalmente de grandes batalhas. Havia bandeiras regimentais, mesas com tampo de vidro cheias de medalhas e espadas de todos os tipos penduradas em todos os lugares. Claramente os Featherstonehaugh eram uma distinta família de militares havia gerações – o que explica por que Whiffy estava no corpo de guarda britânico. Havia o bastante para me manter ocupada tirando o pó o dia todo. Fui de aposento em aposento, pensando se eles precisavam que eu abrisse todas as salas grandes e formais do térreo ou se a bela salinha de estar do primeiro andar serviria para uma visita breve.

Havia uma vasta lareira na extremidade da enorme sala de visitas principal, que era do tamanho de um salão de baile, e eu murmurei uma prece silenciosa de agradecimento por não terem me pedido para deixá-la preparada. Em cada parede havia espadas cruzadas, escudos e até armaduras. Aparentemente, os Featherstonehaugh vinham matando pessoas com sucesso por muitas gerações.

Subi a escada e fiquei aliviada ao descobrir que os quartos não eram cheios de artefatos; pelo contrário, eram bem austeros. Comecei a me preparar para trabalhar nesses aposentos quando ouvi uma torneira pingando em um dos banheiros. Olhei ali dentro e não fiquei feliz com o que vi. A banheira tinha uma linha preta nojenta ao redor. Várias toalhas estavam jogadas no chão, amontoadas, e o vaso sanitário também não era dos mais limpos. O gotejar da torneira havia deixado um rastro de limo na pia. *Se é assim que eles deixam a casa*, pensei, *eles não merecem uma boa limpeza*. Então me ocorreu que alguém estivesse morando na casa e que esse alguém poderia ser Whiffy. Andei furtivamente de cômodo em cômodo até ter certeza de que era a única pessoa ali.

Então meu orgulho e minha consciência venceram. Eu não queria que eles pensassem que eu tinha feito um trabalho desleixado. Comecei a atacar o banheiro nojento. Peguei as toalhas e as coloquei no cesto de roupa suja. Esfreguei a pia e até me ajoelhei para limpar a linha em volta da banheira. Mas colocar minha mão onde outras pessoas faziam suas necessidades... tudo tem limite nessa vida. Por fim, encontrei uma escova pendurada atrás de uma porta. Amarrei um pano em volta dela e, a uma distância adequada e evitando olhar, fiz uma rápida limpeza no vaso sanitário. Depois joguei apressadamente o pano sujo na lata de lixo mais próxima e pendurei a escova como se nada tivesse acontecido. Só quando a coloquei no gancho me ocorreu que provavelmente estava pendurada ali para esfregar as costas de alguém. Ah, céus. Decidi que eles não precisavam saber por onde o objeto tinha andado.

E é claro que percebi, naquele instante, que nós, da classe alta, estávamos sujeitos a todos os tipos de ardis diabólicos por meio dos quais nossos serviçais podiam externar sua raiva e frustração. Certa vez, ouvi falar de um mordomo que fez xixi na sopa. Fiquei pensando no que os criados faziam no Castelo de Rannoch. O lema, obviamente, é sempre tratar os empregados como você gostaria de ser tratado. A regra de ouro faz muito sentido.

Mais satisfeita, comecei pelos quartos dos fundos e removi os lençóis de cima dos móveis com muito cuidado. Varri o chão. Até desci ao depósito de carvão e acendi as lareiras. Tudo transcorreu sem problemas, embora eu tenha ficado sem fôlego após carregar baldes repletos de carvão escada acima inúmeras vezes. Então fui para o quarto principal com vista para Eaton Place.

Esse cômodo era dominado por uma gigantesca cama de dossel, como as que a rainha Elizabeth evidentemente utilizara para dormir a caminho do norte. Era uma coisa medonha com cortinas de veludo desbotadas. O resto do quarto também não era nada propício a uma boa noite de sono. Em uma parede, havia uma horrenda máscara com presas; em outra, uma gravura de uma cena de batalha. Quando fui sacudir a colcha de cetim que cobria a cama, calculei mal o peso. Ela voou para cima, derrubando a máscara da parede. Quase em câmera lenta, observei a máscara cair e, por sua vez, derrubar uma estatueta em cima da cornija da lareira. Eu me joguei no chão para agarrá-la, mas era tarde demais. Ela atingiu o guarda-fogo da lareira com um nítido estampido e se quebrou ao meio. Fiquei olhando para ela, horrorizada.

"Fique calma", disse a mim mesma. "É só uma estátua pequena em uma casa cheia de adornos."

Peguei as duas metades. Parecia uma espécie de deusa chinesa com vários braços, um dos quais agora estava separado do ombro. Por sorte, havia quebrado somente em dois pedaços. Guardei-os no bolso do avental. Eu levaria a estatueta comigo, mandaria consertar e a colocaria de volta na casa mais tarde. Torci para que ninguém notasse. Eu poderia trazer outra peça semelhante do andar de baixo e substituí-la até conseguir devolver a original.

Eu tinha acabado de soltar um suspiro de alívio quando congelei. Eu estava com os nervos à flor da pele ou ouvira passos no andar de baixo? Fiquei imóvel, prendendo a respiração, até escutar o rangido inconfundível de uma escada ou tábua de assoalho. Com certeza havia alguém dentro da casa comigo. "Não precisa ficar alarmada", eu disse a mim mesma. Eu estava em um bairro elegante de Londres, em plena luz do dia. Bastava abrir a janela e gritar por ajuda e diversos criados, motoristas e entregadores me ouviriam. Lembrando que a Sra. Bantry-Bunge e seu amigo Boy haviam chegado antes do planejado, presumi que devia ser um membro da comitiva dos Featherstonehaugh. Rezei para que não fosse Whiffy.

Havia um grande guarda-roupa no quarto, e fiquei tentada a me esconder. Mas a voz da razão venceu. Já que os serviçais não deviam ser vistos nem ouvidos, decidi que não ia anunciar minha presença. Um criado continua fazendo o seu trabalho, não importa o que aconteça na casa à sua volta.

Os passos se aproximaram. Foi difícil continuar fazendo a cama sem me virar. Por fim, não aguentei e dei uma olhada.

Dei um pulo quando Darcy O'Mara passou pela porta do quarto.

– Santa mãe de Deus, que cama impressionante – disse ele. – Com certeza rivaliza com a da Princesa e a Ervilha, não?

– Darcy, o que você está fazendo aqui? – perguntei. – Você quase me fez ter um ataque cardíaco.

– Pensei tê-la visto atravessar a Belgrave Square mais cedo, com um ar meio furtivo, e decidi segui-la. Vi você entrar pela porta dos fundos da casa dos Featherstonehaugh e sabia que eles ainda estavam no campo. Fiquei intrigado. Como sou curioso, quis saber o que diabos você estava fazendo na casa vazia de outras pessoas. Esperei um pouco, mas você não apareceu, então resolvi ver com meus próprios olhos. Aliás, você não trancou a porta, garota travessa.

– Tudo bem – falei. – Você descobriu meu segredo.

– Seu prazer secreto é sair por aí fazendo a cama das pessoas? Freud acharia isso interessante.

– Não, seu bobo. Comecei uma nova carreira. Estou administrando um serviço doméstico que prepara a casa das pessoas quando elas querem vir para Londres, para poupá-las da despesa de enviar a criadagem antes.

– Uma ideia brilhante – disse ele. – Onde está o resto da sua equipe?

– Sou só eu, até agora – respondi.

Ele caiu na gargalhada.

– É você que está fazendo a faxina?

– Não sei o que há de tão engraçado nisso.

– E quando foi que você limpou uma casa? Aposto que está limpando o chão com o material de polir a prataria.

– Eu não disse que estava fazendo uma limpeza completa – retruquei. – Meus serviços se resumem a arejar a casa e tirar a poeira de alguns aposentos. Preparo a casa para recebê-los, só isso. Sei passar a vassoura, colocar lençóis limpos nas camas e espanar o pó.

– Estou impressionado, mas aposto que sua família não ficaria.

– Então vamos garantir que eles não saibam. Se der certo, posso contratar uma equipe para fazer o trabalho por mim.

– Muito empreendedor de sua parte. Boa sorte. – Seu olhar voltou para a cama, agora meio desarrumada. – Minha nossa, que cama esplêndida – continuou. Ele deu uma empurrada para testar a maciez do colchão. – Quantos personagens históricos notáveis não devem ter farreado nesta cama? Henrique VIII, talvez? O rei Charlie e sua amante, Nell Gywnne?

Então ele olhou para mim. Estava muito perto, tão perto que achei enervante, ainda mais considerando o tema da conversa e a maneira como ele me olhava. Eu me afastei.

– Não creio que os Featherstonehaugh aprovariam se chegassem mais cedo e encontrassem um homem estranho na casa deles, incomodando os criados.

Ele sorriu, com os olhos brilhando de desafio.

– Ah, então você está incomodada, é?

– De jeito nenhum – respondi com altivez. – É que estou sendo paga para realizar um serviço e você está me impedindo de cumprir meu dever, só isso.

Ele ainda estava sorrindo.

– Entendi – falou. – Está bem, vou embora. Sei quando a minha presença não é desejada. Embora eu possa listar muitas garotas que teriam achado a chance de ficar sozinhas em um lugar como esse com um homem atraente como eu boa demais para recusar.

Percebi, com uma pontada de arrependimento, que podia ter dado a impressão de que não estava nem um pouco interessada, o que não era exatamente verdade.

– Você tinha dito alguma coisa sobre me levar a uma festa essa semana – falei, enquanto ele se virava. – No Café de Paris? Com americanos?

– No fim das contas, o lugar não era adequado para você.

Ele desviou o olhar quando disse isso, e me ocorreu que tinha levado outra pessoa no meu lugar.

– Por quê? Eles são viciados em drogas?

– Jornalistas. E pode apostar que eles adorariam dar um furo sobre um membro da realeza entrando de penetra na festa.

– Ah, entendi.

Agora eu não sabia se ele estava preocupado de verdade com meu bem-estar ou se tinha acabado de decidir que não ia mais perder tempo comigo, pois eu era certinha e enfadonha demais. Ele deve ter notado meu olhar de decepção.

– Não se preocupe. O mundo é cheio de festas. Você ainda vai me ver muito, prometo – disse ele.

Em seguida, colocou um dedo sob meu queixo, me puxou para perto e tocou meus lábios com o mais leve dos beijos. E foi embora.

Fiquei parada ali, observando as partículas de poeira dançarem à luz da manhã, parte de mim desejando o que poderia ter acontecido.

TERMINEI OS QUARTOS E FINALMENTE criei coragem para atacar a sala de estar. De jeito nenhum eu ia bater aqueles tapetes persas lá fora, como qualquer bom serviçal teria feito. Passei uma vassoura sobre eles e comecei a varrer a poeira do vasto piso de parquete. Estava de joelhos, limpando a área ao redor da lareira da sala de estar, quando ouvi vozes masculinas. Antes que eu pudesse fazer qualquer coisa sensata, como me esconder atrás da armadura mais próxima, as vozes se aproximaram. Mantive a cabeça baixa e esfreguei furiosamente, rezando para que não entrassem ali ou, pelo menos, que não prestassem atenção em mim.

– Quer dizer que seus pais chegam hoje? – Uma das vozes chegou a mim, ecoando por todo aquele mármore no saguão, embora a pessoa estivesse falando baixinho.

– Hoje ou amanhã. Não tenho certeza. É melhor você não aparecer, só para garantir, senão vou ter problemas de novo. Você sabe como ela é.

– E quando vou vê-lo de novo?

As vozes haviam alcançado a porta aberta do outro lado da sala de estar. Pelo canto do olho, reconheci o porte rígido e ereto do filho da casa, o honorável Roderick (Whiffy) Featherstonehaugh, e atrás dele, nas sombras, um rapaz alto e magro. Virei as costas para eles e continuei esfregando, na esperança de erguer uma nuvem de poeira ao meu redor. Os sons da minha escova batendo no guarda-fogo de latão deve tê-los assustado.

Houve uma pausa e Whiffy disse:

– *Pas devant la bonne.*

Essa era a frase padrão para momentos em que algo impróprio, que não podia ser dito na frente dos serviçais, estava prestes a ser discutido. Para aqueles que não estão familiarizados com o francês, significa: "Não na frente da empregada."

– O quê? – perguntou o outro homem e obviamente me viu. – Ah, *oui*, entendo. *Je vois.* – E continuou, em um francês atroz: – *Alors. Lundi soir, comme d'habitude*? (Significado: "Segunda à noite, como sempre?")

– *Bien sûr, mon vieux. Mais croyez vous que vous pouvez vous absenter?* – ("Mas você acha que vai conseguir escapar?") O francês de Whiffy era ligeiramente melhor, mas ainda tinha um medonho sotaque inglês. Sério, o que ensinam a esses meninos em Eton?

– *J'espère que oui* – ("Espero que sim".) O rapaz voltou a falar em inglês quando eles deixaram a sala. – Eu aviso. Acho que você pode estar correndo um risco terrível.

Eu congelei com a escova no ar. Reconheci aquele modo de falar, cortando o "r". O outro rapaz era Tristram Hautbois. Ouvi as vozes desaparecendo no corredor, mas não sabia em que cômodo eles tinham entrado. Precisei de todo o meu autocontrole para terminar de varrer, recolher minha parafernália de limpeza e guardá-la no armário de vassouras antes de escapar pela entrada dos fundos.

Meu coração batia descontrolado quando atravessei a Eaton Place. Esse meu esquema era uma loucura. Era o segundo dia de trabalho e eu já tinha tido dois encontros embaraçosos. Da próxima vez, não podia contar em ter tanta sorte e escapar incólume. Senti as bochechas corarem com esse pensamento.

Escapar incólume – foi exatamente isso que aconteceu comigo no quarto. Se Darcy tivesse decidido me forçar a aceitar seus galanteios, como a geração mais velha costumava dizer de maneira tão pitoresca, não sei se eu teria sido determinada o bastante para resistir a ele.

Um vento forte soprava quando cruzei a Eaton Place, e me abriguei ainda mais no casaco enquanto corria para casa, ansiando por uma xícara de chá (não, é melhor um conhaque) para acalmar os nervos em frangalhos. Tinha sido uma manhã e tanto. Entrei na Rannoch House e parei no corredor de ladrilhos de mármore.

– Binky – chamei. – Você está em casa? Preciso desesperadamente de um copo de conhaque. Você tem a chave do armário de bebidas?

Não houve resposta. Senti o vazio da casa abater o meu espírito. Normalmente aquele não era o mais alegre dos lugares, mas hoje parecia muito hostil. Estremeci e fui até o andar de cima tirar o uniforme de arrumadeira. Ao passar pelo banheiro do segundo andar, ouvi um ruído alto de água pingando. Então vi um filete de água escapando por baixo da porta do banheiro.

Binky não tem jeito mesmo, pensei. Deve ter decidido fazer outra tentativa de tomar banho e esqueceu de fechar a torneira direito. Abri a porta do banheiro e parei de repente, alarmada. A banheira estava transbordando e ocupada. Por um instante, achei que fosse Binky.

– Ah, sinto muito – murmurei e dei uma segunda olhada.

Um homem totalmente vestido estava submerso na banheira, sem se mover, com o rosto debaixo d'água e os olhos arregalados. E o pior é que eu o conhecia. Era Gaston de Mauxville.

Rannoch House
Sexta-feira, 29 de abril de 1932

EU NUNCA TINHA VISTO UM CADÁVER e o encarei fascinada. Ele não pode estar morto, eu disse a mim mesma. É alguma piada macabra francesa ou ele está tentando me assustar. Ou talvez esteja dormindo. Mas os olhos estavam abertos, fitando o teto sem expressão. Resolvi fazer uma experiência e puxar o dedo do pé coberto com uma meia preta que saía da água. Ele se mexeu um pouco, vertendo mais água para o chão, mas a expressão não mudou. Foi quando finalmente admiti o que eu já sabia o tempo todo: Gaston de Mauxville estava morto na minha banheira.

Um medo terrível passou pela minha alma. Binky estava na casa mais cedo. Será que o mesmo louco também o matara?

– Binky! – gritei, saindo do banheiro às pressas. – Binky, você está bem?

Procurei no quarto, no escritório e na sala matinal. Nenhum sinal dele. O pânico tomou conta de mim, e imaginei seu corpo escondido sob um dos lençóis que cobriam os móveis. Corri de aposento em aposento, arrancando-os, verificando os guarda-roupas e embaixo das camas. Fui até nos alojamentos dos serviçais e dei uma espiada. Não havia nenhum vestígio dele, nem mesmo no depósito de carvão. Voltei para o quarto de Binky e percebi que suas roupas haviam sumido. Uma terrível suspeita começou a se formar na minha mente. Eu me lembrei da corajosa afirmação de Binky de que ia desafiar De Mauxville para um duelo. Será que ele havia matado o homem? Balancei a cabeça com firmeza. Binky foi criado para ser um homem honrado. Ele havia mencionado que ia desafiar De Mauxville para um duelo. Eu podia imaginar um desafio justo, em que o melhor ganharia, embora eu achasse pouco provável que Binky se revelasse o melhor em qualquer tipo de combate. Mas afogar alguém em uma banheira? Binky jamais recorreria a um comportamento tão degradante mesmo com seu pior inimigo e mesmo se fosse forte o bastante para manter um sujeito gordo como De Mauxville debaixo d'água pelo tempo necessário para ele se afogar.

Voltei para o banheiro, meio que esperando que o corpo tivesse desaparecido. Mas ainda estava lá, com os olhos voltados para cima e o sobretudo preto balançando na água. Eu não sabia o que fazer, mas uma ideia extraordinária me ocorreu: o documento. Talvez estivesse com ele. Lutando contra as ondas de repulsa, procurei nos bolsos e tirei um envelope ensopado. Eu estava com sorte. Lá estava o documento. Comecei a rasgá-lo em pedacinhos, joguei no vaso sanitário e dei descarga. Fiquei imediatamente chocada com a minha atitude, é claro, mas era tarde demais para recuperar o papel. Pelo menos a polícia não encontraria nenhuma evidência incriminatória com ele quando chegasse.

Andei de um lado para o outro no patamar do segundo andar, tentando colocar os pensamentos em ordem. Eu sabia que tinha que chamar a polícia, mas hesitava em fazê-lo. Nosso arqui-inimigo jazia morto na nossa banheira, e qualquer policial chegaria à conclusão de que um de nós devia tê-lo matado. Não achei que fosse conseguir persuadir a polícia a acreditar que um desconhecido escolhera a nossa banheira, entre tantas outras em Londres, para cometer suicídio.

Mas eu tinha acabado de destruir as provas incriminatórias, não tinha? Então, quem, além de nós, sabia que ele era nosso inimigo? Ah, diabos. Nossos advogados, é claro. Eles até tinham uma cópia do documento, e achei que não seria fácil convencê-los a entregá-lo ou destruí-lo, mesmo com os duzentos anos de lealdade à nossa família. Também não achei que fosse conseguir persuadi-los a não mencionar nossa ligação com De Mauxville quando a notícia da morte fosse noticiada.

Dei uma olhada no banheiro de novo. Pensamentos absurdos passavam pela minha cabeça. Será que eu e Binky conseguiríamos remover o corpo e jogá-lo no Tâmisa quando ninguém estivesse olhando? Afogamentos eram muito comuns. Mas tudo me pareceu muito assustador: para começar, De Mauxville era muito pesado e não tínhamos criados leais nem meios de transporte em Londres. Eu não conseguia imaginar eu e meu irmão chamando um táxi, colocando o corpo entre nós e dizendo: "Siga até a margem do rio, meu bom homem, e pare em um local bem ermo." E, mesmo se isso fosse possível, estaríamos decepcionando gerações e gerações de valorosos escoceses cujo lema era "Antes a morte que a desonra". Não tenho tanta certeza quanto aos nossos ancestrais de Hanôver. Acho que eles podiam ser bem desonestos quando queriam.

Ainda estava pensando nisso quando a campainha tocou. Meu coração quase saiu pela boca. Será que eu devia atender? E se fosse apenas Binky, que podia ter esquecido a chave? Quem quer que fosse, poderia voltar se a porta não fosse atendida agora. Eu simplesmente teria que me livrar da pessoa. Estremeci com essa escolha específica de palavras. Não eram as melhores, na atual circunstância. Comecei a descer os dois lances de escada e estava prestes a abrir a porta da frente quando de repente percebi que ainda estava usando o uniforme de arrumadeira. Peguei o casaco no cabideiro e vesti, me embrulhando nele com firmeza. E abri a porta.

– Ah, olá, posso falar com lady... ah, meu Deus, Georgie, é você.

Tristram Hautbois estava ali parado, sorrindo para mim, com o cabelo escuro balançando sobre a testa como o de um menino.

– Tristram. Ah, que surpresa – gaguejei.

– Desculpe aparecer assim de repente – disse ele, ainda com aquele sorriso de expectativa no rosto –, mas o velho do escritório de advocacia em que trabalho pediu que eu entregasse uns documentos em um endereço aqui perto e não pude resistir à tentação de ver onde você morava e dar um oi. Parece que faz séculos desde que a vi pela última vez.

Como eu o vira havia menos de uma hora, não soube como responder. Obviamente, ele não havia me associado com a criada de uniforme preto ajoelhada. Eu me embrulhei ainda mais no casaco.

– Você estava saindo? – perguntou ele.

– Não, acabei de chegar em casa. Ainda não tive tempo de tirar o casaco.

– Está doente?

– Não, por quê?

– Não está tão frio hoje – disse ele. – Na verdade, o tempo está bem ameno. Não estou nem de sobretudo e você está toda empacotada.

– A casa está sempre muito fria com esses tetos altos. – Eu podia me ouvir balbuciando. Tentei recuperar a compostura.

– Que sorte eu aparecer na hora certa então, não é? – perguntou ele. – Espero que não se importe que eu tenha vindo sem avisar. Quer dizer que esta é a Rannoch House. Devo dizer que é muito impressionante. Eu adoraria que você me mostrasse o lugar. Ouvi dizer que seu pai era uma espécie de colecionador e que vocês têm umas pinturas belíssimas.

– Eu adoraria mostrá-la a você, Tristram, mas agora não é o melhor momento – falei, cortando o fim da frase.

Ele pareceu decepcionado. Como tinha o rosto mais ingênuo que já vi, a alegria ou o desespero transpareciam com clareza para quem quisesse ver.

– Achei que você fosse gostar de me ver – murmurou ele.

– Estou feliz em vê-lo – falei – e, em qualquer outro momento, ficaria encantada em convidá-lo para entrar, mas estou sozinha em casa, e você sabe o que meus parentes da realeza diriam se eu recebesse um homem desacompanhada, mesmo durante o dia, então receio que...

– Eu entendo – disse ele, balançando a cabeça com seriedade. – Mas criados não contam como acompanhantes?

– Também não tenho nenhum criado – respondi. – Estou morando sozinha até conseguir contratar uma empregada.

– Nossa, isso é muito ousado da sua parte – disse ele. – Tão moderno.

– Não estou tentando ser moderna e ousada. Só não tenho dinheiro. Preciso encontrar um jeito de me sustentar.

– Então estamos no mesmo barco. – Ele sorriu de novo. Seu sorriso era muito cativante. – Abandonados à mercê de um mundo cruel.

– Não exatamente – retruquei. – Não somos como aqueles pobres coitados na fila do pão.

– É, não somos – admitiu ele.

– E pelo menos você tem um emprego remunerado. Quando terminar o estágio, vai ter uma profissão. Eu, por outro lado, só sou qualificada para casar, e só por causa do meu pedigree. Minha família está determinada a me casar com um horroroso príncipe estrangeiro fadado a ser assassinado em menos de um ano.

– Você pode se casar comigo – disse ele, esquecendo, é claro, de pronunciar o "r".

Dei uma risada.

– Ora, e trocar uma casa vazia e congelada por uma quitinete em Bromley? É uma oferta muito gentil, Tristram, mas acho que você não está em posição de sustentar uma esposa agora nem tão cedo.

– Posso estar – disse ele. – Se eu herdar a fortuna do meu tutor...

– Que coisa horrível de se dizer – rebati, com os nervos à flor da pele e quase a ponto de explodir a essa altura. – Parece até que você quer que sir Hubert morra.

– Não quero isso. Santo Deus, é claro que não – gaguejou ele. – De maneira nenhuma. Eu venero aquele velho. Ele não podia ter sido mais gentil comigo. Só falei isso por causa do que os médicos me disseram. Eles frisaram que o resultado não deve ser bom. Ferimentos graves na cabeça, sabe. Ele está em coma.

– Que tristeza – falei. – Se os ferimentos são na cabeça, prefiro que ele morra. Um homem ativo como ele não merece uma vida inteira de invalidez.

– É exatamente o que eu acho – concordou Tristram. – Por isso estou torcendo pelo melhor, mas me preparando para aceitar o pior.

De repente, eu não conseguia ficar nem mais um segundo batendo papo sem explodir.

– Olha, Tristram, estou muito feliz em vê-lo, mas tenho que ir agora. Vou... encontrar uma amiga para o chá e preciso trocar de roupa.

– Outra hora, talvez? No fim de semana? Eu prometi lhe mostrar Londres, não foi?

– É, você prometeu. E mal posso esperar, mas não sei o que vou fazer no sábado e no domingo. – (Não consigo dizer "fim de semana" nem "dia de folga", mesmo em momentos de estresse.) – Meu irmão está na cidade, entendeu? Talvez eu tenha questões familiares a tratar.

– Seu irmão? Acho que não o conheci.

– Provavelmente não. Ele é meu meio-irmão, na verdade, e estava na escola quando eu ia visitar minha mãe na casa de sir Hubert.

– Onde foi que ele estudou?

– Gairlachan. Aquela escola formidável nas Terras Altas.

– A dos meninos espartanos, com corridas de cross-country e banhos frios ao amanhecer? Os fracos morrem e os fortes se tornam construtores de impérios.

– A própria.

– Sir Hubert ameaçou me mandar para lá se eu não me esforçasse, mas acabou escolhendo Downside, já que mamãe era católica e ele queria honrar os desejos dela. Devo dizer que fiquei aliviado. Aqueles monges gostam de conforto.

– Foi lá que você estudou com Darcy?

– O'Mara, você quer dizer? – Seu rosto ficou enevoado. – É, ele era alguns anos mais velho do que eu, mas ficamos na mesma casa. – Ele se inclinou para perto, embora fôssemos os únicos na calçada deserta. – Olha, Georgie, eu não estava brincando no outro dia. Ele é uma maçã podre, entendeu? Indigno de confiança, como todo irlandês. Vai apertar sua mão e depois apunhalá-la pelas costas assim que você se virar. – Ele fez uma pausa e olhou para mim. – Você não está… er… envolvida com ele, está?

– Ele é só um conhecido – falei, meio com vontade de mentir e dizer que éramos amantes só para ver a reação de Tristram. – Nós nos conhecemos em um baile de caça, parece, e depois nos encontramos de novo naquele casamento. Isso resume a nossa convivência.

Não mencionei a cena inquietante no quarto dos Featherstonehaugh.

O alívio inundou suas feições de menino.

– Ótimo. Eu não gostaria de ver uma garota boa como você com o coração partido ou coisa pior.

– Obrigada, mas não tenho intenção de deixar ninguém partir meu coração – retruquei, com a mão coçando para fechar a porta. – Preciso ir agora, Tristram. Com licença.

– Posso vê-la de novo em breve? Talvez levá-la a algum lugar para jantar? Nada muito sofisticado, mas eu conheço uns restaurantes italianos baratos. Você sabe, espaguete à bolonhesa e uma taça de vinho tinto por um preço fixo razoável.

– Obrigada – falei. – Lamento por hoje, mas eu realmente preciso ir. Agora.

Com isso, eu me virei e fugi para dentro de casa. Assim que fechei a porta, fiquei parada por um tempo, recostada na sólida frieza do carvalho enquanto meu coração voltava ao ritmo normal.

Rannoch House
Sexta-feira, 29 de abril de 1932

Pelo menos aquele pequeno interlúdio tinha me ajudado a colocar os pensamentos em ordem. Primeiro eu precisava encontrar Binky, decidi. Antes de chamar a polícia, eu tinha que saber com certeza que ele não participara do assassinato de Mauxville, e o lugar mais provável de encontrá-lo seria no clube. Ele estava fazendo as refeições lá desde que chegara a Londres, e era onde se sentia confortável. Tentei pensar positivo: talvez o desaparecimento dele não tivesse nada a ver com o corpo. Talvez ele finalmente tivesse decidido que era mais fácil alugar um quarto no clube e evitar caminhar para casa após o jantar e vários conhaques.

Ele podia ter me avisado, pensei com raiva. Típico de Binky.

Disquei para a central telefônica e pedi que me conectassem ao Brooks, que tinha sido o clube do meu avô, do meu pai e, agora, de Binky.

– Em que posso ajudar? – perguntou uma voz velha e trêmula.

– Por favor, o senhor poderia me informar se lorde Rannoch está aí neste momento? – perguntei.

– Receio que não, madame.

– O senhor quer dizer que ele não está aí ou não pode me informar se ele está ou não?

– Precisamente, madame.

– Sou lady Georgiana Rannoch, irmã do duque, e desejo falar com ele sobre um assunto de muita urgência. Agora, o senhor poderia me dizer se ele está aí?

– Receio que não, milady – disse a voz, imperturbável, e ficou bem claro que o velho estava disposto a morrer antes de divulgar o paradeiro de um membro do clube a alguém do sexo oposto. Não havia nada a fazer a não ser ir até lá.

Subi a escada e troquei o uniforme de arrumadeira, tentando não olhar para a porta do banheiro enquanto passava. O fato de as roupas de Binky terem sumido provavelmente significava que ele não pretendia voltar. E eu só podia concluir o pior: que ele tinha visto o corpo e entrado em pânico. Eu só esperava que ele não estivesse em algum lugar abrindo a boca para Deus e o mundo.

Peguei papel e caneta e escrevi um bilhete para Binky, caso ele voltasse antes de mim:

Binky,
Há um cadáver na banheira do andar de cima. Não faça nada até eu voltar. E, acima de tudo, não telefone para a polícia. Precisamos conversar sobre o que fazer.
Com amor,
Georgie.

Caminhei apressada pela Piccadilly em direção à St. James's Street, que abrigava os mais antigos clubes de Londres, subi os degraus austeros do Brooks e bati na porta da frente. Ela foi aberta por um porteiro muito velho, com olhos azuis lacrimejantes, cabelos brancos de bebê e um tremor perpétuo.

– Lamento, madame, mas este é um clube de cavalheiros – disse ele, me dando um olhar de tamanho pavor que qualquer um pensaria que ele estava diante de lady Godiva.

– Eu sei que é um clube de cavalheiros – retruquei com calma. – Eu sou lady Georgiana Rannoch e telefonei alguns minutos atrás. Preciso saber imediatamente se meu irmão, o duque, está nas instalações do clube. Se ele estiver, quero falar com ele sobre um assunto de muita urgência.

Eu estava fazendo uma boa imitação da minha estimada bisavó – a imperatriz da Índia, não a que vendia peixes no East End, embora eu soubesse que a mulher tinha uma presença imponente e também era boa em conseguir o que queria.

O porteiro estremeceu, mas não cedeu.

– É contra a política do clube revelar se os membros estão ou não na casa, milady. Se quiser escrever uma mensagem a Sua Graça, farei com que seja entregue, caso ele apareça no clube em algum momento.

Encarei o porteiro, imaginando o que aconteceria se eu o empurrasse e desse uma olhada rápida no livro de visitas. Ele era definitivamente menor e mais frágil do que eu. Então decidi que um comportamento imperdoavelmente rude como esse chegaria aos ouvidos de Sua Majestade em uma hora e, no fim da semana, eu estaria nos confins de Gloucestershire trabalhando como dama de companhia. Escrevi um bilhete para Binky e senti o olhar presunçoso no rosto do porteiro quando o entreguei a ele.

Eu não tinha ideia do que fazer a seguir. Era péssimo Binky ter evaporado em um momento como este. Fiquei nas imediações do Green Park, sentindo o calor do sol da primavera sobre mim, observando babás levando seus pequenos protegidos para um passeio ao ar livre, e achei difícil acreditar que, à minha volta, a vida seguia seu ritmo normal. Percebi que eu nunca tinha estado realmente sozinha na vida. Um sentimento de total desolação tomou conta de mim. Eu estava sozinha, desprotegida, abandonada na cidade grande. Para meu pavor, senti lágrimas aflorando nos olhos. O que diabos eu tinha feito ao fugir para Londres, sem nenhum preparativo sensato? Se eu tivesse ficado na Escócia, jamais estaria metida nessa confusão. Senti um forte desejo de arrumar as malas e pegar o próximo trem para casa – o que, é claro, constatei que provavelmente era o que Binky devia ter feito. Era um instinto nato, comum a gerações da família Rannoch, que sempre voltavam rastejando para o Castelo de Rannoch, feridos e exaustos após a última escaramuça contra os ingleses, vikings, dinamarqueses, romanos, pictos ou quem quer que eles estivessem combatendo na época. Agora eu estava absolutamente certa de que Binky tinha ido para casa, mas não havia nada que eu pudesse fazer a respeito. Mesmo que ele tivesse fugido ao descobrir o corpo, ainda ficaria no trem para a Escócia durante horas e depois teria que ir para Glenrannoch, o que significava que provavelmente só chegaria em casa hoje à noite.

Puxei meu lenço e disfarcei ao enxugar os olhos, muito envergonhada com essa demonstração de fraqueza. Uma dama nunca mostra seus sentimentos em público, segundo minha governanta. E uma Rannoch certamente não desmorona no primeiro pequeno obstáculo na vida. Eu me lembrei de como meu ancestral Robert Bruce Rannoch continuou lutando depois de transferir a espada para a mão esquerda quando o braço direito foi decepado na batalha de Bannockburn. Nós, Rannochs, não desistimos. Se Binky havia decepcionado a família fugindo, eu não faria o mesmo. Eu ia agir, e agora mesmo.

Comecei a caminhar de volta para a Rannoch House, tentando decidir o que fazer a seguir. Não podia deixar o corpo na banheira para sempre. Eu não fazia ideia de quando os corpos começavam a se decompor, mas não tinha a menor vontade de descobrir. E com certeza não queria dormir em uma casa com um corpo flutuando a alguns metros de distância. Ouvi o relógio bater quatro horas. Meu estômago me lembrou que estava na hora do chá e eu sequer havia almoçado. Percebi que, durante toda a vida, eu tinha sido guiada, protegida e isolada dos problemas por babás, governantas, criadas e acompanhantes. Outras pessoas da minha idade tinham aprendido a pensar por si próprias. Eu nunca tive que tomar uma decisão importante sozinha. Na verdade, a primeira decisão importante que tomei foi fugir do Castelo de Rannoch. Mas essa decisão não tinha se revelado muito inteligente até agora.

Eu precisava de ajuda, e rápido, mas não sabia a quem recorrer nesta hora de necessidade. Com certeza não aos meus parentes no palácio. A visão da comida me fez pensar no meu avô – o vivo, não o fantasma que tocava gaita de fole. Ele era uma escolha tão óbvia que uma grande sensação de alívio tomou conta de mim. Ele saberia o que fazer. Eu estava prestes a procurar a estação de metrô mais próxima quando estaquei: ele tinha sido policial. Ficaria horrorizado ao saber que eu não havia chamado a polícia na mesma hora e me obrigaria a fazer isso. E depois, é claro, eu teria que explicar por que havia fugido até Essex, em vez de informar o assassinato assim que encontrei o corpo.

Dessa forma, eu não podia recorrer ao meu avô. O que eu precisava nesse instante era de alguém com quem conversar. Percebi que tomar a decisão certa nesse momento era vital. Um problema compartilhado é um problema reduzido pela metade, como minha babá costumava dizer. Eu quase desejei ter deixado Tristram entrar quando ele apareceu na minha porta e ter lhe mostrado o corpo na banheira. Ele era praticamente um parente, afinal de contas. Não que Tristam pudesse saber o que fazer para me tirar daquele apuro (ele provavelmente desmaiaria no local), mas pelo menos eu teria compartilhado meu problema com alguém.

Além de Tristram, quem eu conhecia em Londres? Havia Darcy, que era bem capaz de saber como fazer um cadáver sumir. Mas eu não tinha certeza se podia confiar plenamente nele e, de todo modo, não fazia ideia de onde ele morava. Lembrei de Belinda. Ela era incrível em resolver crises na escola, como na vez em que botamos fogo no galpão de jardinagem.

Belinda era exatamente o tipo de pessoa de que eu precisava no momento. Corri a toda a velocidade até seu pequeno chalé, proferindo uma prece silenciosa para que ela estivesse em casa. Estava sem fôlego e suando muito em meu traje de lã quando cheguei, uma vez que o dia estava mais quente do que eu esperava. (É claro que eu jamais poderia admitir que estava suada. Outra coisa que minha governanta costumava dizer era que a palavra "suor" não faz parte do vocabulário de uma dama.) Bati na porta, que foi aberta pela criada de Belinda.

– A Srta. Belinda está descansando e não deve ser incomodada – disse ela.

– É uma emergência – retruquei. – Eu preciso falar com a sua patroa agora mesmo. Por favor, vá acordá-la.

– Não posso fazer isso, senhorita – disse a criada, parecendo tão imperturbável quanto aquele deplorável porteiro do Brooks. – Ela deu instruções rigorosas de que não desejava ser incomodada nem se o inferno congelasse ou houvesse uma inundação.

Eu estava farta de ser dispensada por serviçais leais naquela tarde.

– Aconteceram as duas coisas: o inferno congelou e houve uma inundação – falei. – É uma questão de vida e morte, na verdade. Se você não for acordá-la, eu mesma farei isso. Diga a ela que lady Georgiana está aqui por causa de uma questão de muita urgência.

A moça pareceu assustada, mas eu não saberia dizer se ela estava com mais medo de mim ou de acordar a patroa.

– Muito bem, senhorita, quero dizer, Vossa Senhoria – gaguejou ela. – Mas ela vai acordar muito mal-humorada, já que chegou às três da manhã e pretende sair de novo hoje à noite.

Ela se afastou relutante da porta da frente, se virou e arrastou os pés em direção à escada. Mas, naquele instante, uma figura dramática surgiu no topo da escada. Vestia um quimono japonês escarlate e uma máscara de dormir, que estava um pouco acima dos olhos. Ela fez uma pose dramática de estrela de cinema, com o pulso na têmpora.

– Que barulho é esse, Florrie? – perguntou ela. – Eu disse que não queria ser incomodada, não foi?

– Sou eu, Belinda – respondi. – Preciso falar com você.

Ela ergueu um pouco mais a máscara. Os olhos sonolentos focaram em mim.

– Georgie – disse ela.

– Desculpe acordá-la, mas é uma emergência de verdade, e eu não consegui pensar em nenhuma outra pessoa para me ajudar. – Para meu pavor, minha voz tremeu no fim da frase.

Belinda começou a descer a escada tateando o corrimão, em uma boa imitação de lady Macbeth na cena de sonambulismo.

– Faça um chá para nós, por favor, Florrie – disse ela. – Acho que é melhor você se sentar, Georgie. – Ela desabou no sofá. – Santo Deus, estou me sentindo péssima – murmurou. – Aqueles coquetéis deviam ser letais, e eu bebi muitos.

– Lamento por incomodá-la desse jeito – repeti. – Sério. Eu não teria vindo se tivesse pensado em outro lugar para ir.

– Sente-se e conte tudo para sua amiga Belinda. – Ela deu um tapinha no sofá ao seu lado.

Eu me sentei.

– Ela consegue ouvir o que dizemos? – perguntei em voz baixa. – Só você pode ouvir isso.

– A cozinha fica nos fundos. Então pode falar. Desembuche.

– Estou com um problema terrível, Belinda – falei de uma vez.

Suas sobrancelhas perfeitamente delineadas se ergueram de surpresa.

– Há pouco mais de uma semana, você disse que queria perder a virgindade. Você não pode estar grávida!

– Não, não é nada disso. Tem um corpo na minha banheira.

– Um corpo morto, você quer dizer?

– É exatamente o que eu quero dizer.

Belinda agora estava bem acordada. Ela se empoleirou na beira do sofá e se inclinou para perto de mim.

– Minha querida, que fascinante. É alguém que você conhece?

– Na verdade, é. Um francês horroroso chamado De Mauxville, que estava tentando reivindicar a posse do Castelo de Rannoch.

– Um parente distante?

– Meu bom Deus, não. Ele não tem nada a ver conosco. Ganhou a propriedade do meu pai em um jogo de cartas, ou pelo menos é o que tentava alegar.

– E agora ele está morto na sua banheira. Você já ligou para a polícia?

– Não, eu não queria fazer isso até encontrar Binky, mas agora ele sumiu e eu não sei se ele teve alguma coisa a ver com isso ou não.

– Isso não é nada bom. Afinal, vocês dois têm um motivo muito bom para matar o homem.

– Eu sei.

– Então, o que planeja fazer... descartar o corpo de alguma forma? A Rannoch House tem um jardim nos fundos? Ou canteiros de flores?

– Belinda! Eu não poderia enterrá-lo no jardim dos fundos... simplesmente não é possível.

– Seria a solução mais simples, Georgie.

– Não, não seria. Para começar, ele é gordo demais, e acho que nem mesmo nós duas juntas teríamos condições de arrastá-lo até o jardim. E, depois, alguém pode espiar pela janela e nos ver ali, e eu teria problemas piores do que já tenho. Pelo menos agora eu posso enfrentar a polícia com inocência de verdade. E não se esqueça de que o lema da família Rannoch é "Antes a morte que a desonra".

– Aposto que você teria feito isso se ele fosse um homem pequeno e houvesse um matagal atrás da casa – disse Belinda, sorrindo.

Eu tive que sorrir também.

– Talvez.

– Quem mais sabe que esse De Mauxville veio reivindicar o Castelo de Rannoch?

– Nossos advogados, infelizmente. Além deles, não sei dizer.

Ela franziu a testa por um instante. Depois disse:

– Acho que a melhor abordagem é jogar seu trunfo.

– Meu trunfo?

– Seu parentesco com a rainha, minha querida. Você chama a polícia e age com uma indignação justa. Diz que acabou de encontrar um corpo na sua banheira. Você não faz ideia de quem é nem de como chegou ali. Pede com gentileza que eles o removam imediatamente. Pense na sua bisavó. As classes mais baixas sempre ficam maravilhadas com qualquer coisa que envolva a realeza.

– E se me perguntarem se eu o conheço? Não posso mentir.

– Seja vaga. Você acha que ele apareceu uma vez na sua casa para ver seu irmão. Claro que você nunca foi apresentada a ele, então oficialmente não conhece o homem.

– Isso é verdade. Nunca fui apresentada a ele. – Suspirei.

Ela deu um tapinha no meu joelho.

– Você tem um bom álibi, não é?

– Eu? Nenhum que eu possa divulgar. Eu estava limpando a casa de outra pessoa. Não posso deixar ninguém saber disso.

– Não, claro que não. Ah, querida, então é melhor arrumarmos um álibi para você. Vamos ver. Eu e você fomos fazer compras juntas na Harrods pela manhã, depois almoçamos na minha casa e chegamos juntas à Rannoch House. Você subiu para trocar de roupa e descobriu o corpo, então chamamos a polícia na mesma hora.

Olhei para ela com admiração.

– Belinda... você faria isso por mim?

– É claro. Pense no que passamos juntas em Les Oiseaux. Nunca vou esquecer de todas as vezes que você me deu cobertura quando eu estava em apuros. Por exemplo, aquela vez em que fiquei trancada do lado de fora e tive que escalar a hera...

Eu sorri.

– Ah, sim, eu me lembro disso.

– Então está combinado. Vamos tomar um pouco de chá. Depois vou me vestir e enfrentaremos a situação com coragem.

Catorze

Rannoch House
Ainda na sexta-feira à tarde

— AÍ ESTÁ ELE. — Empurrei a porta do banheiro e apontei dramaticamente para o corpo, que não tinha se movido desde a última vez que eu o vira.

Belinda se aproximou e observou-o com olhar crítico.

— Que homem nojento. Ele era desagradável assim em vida?

— Pior — respondi.

— Então você obviamente fez um favor à sociedade. Menos uma pessoa horrível no mundo.

— Não tive nada a ver com a morte dele, Belinda, e tenho certeza de que Binky também não. Só fornecemos a banheira.

Ela o fitou de perto, nem um pouco impressionada com o espetáculo chocante.

— Como você acha que ele entrou na sua banheira?

— Não faço ideia. Eu saí para fazer minhas tarefas domésticas e deixei Binky em casa. Quando voltei, a porta da frente estava destrancada, havia água espalhada por todo o chão e esse homem estava deitado aí.

— E o que Binky acha disso?

— Ele fugiu rapidamente para a Escócia.

— Ele não foi nem um pouco cavalheiro ao deixar você resolver o problema sozinha. Quer dizer que você acha que não foi ele que fez isso?

Ponderei mentalmente sobre a questão.

– Acho que não – respondi, por fim. – Não consigo imaginar Binky afogando alguém em uma banheira. Para começar, ele é muito desajeitado. Teria escorregado no sabonete ou alguma coisa assim. E, se tivesse decidido acabar com De Mauxville, não teria largado o corpo na nossa banheira, não é?

– Com certeza não é a coisa mais brilhante a fazer – disse ela –, mas seu irmão não tem fama de ser inteligente, não é mesmo?

– Nem Binky conseguiria ser tão burro. – Ouvi um inconfundível tom de incerteza transparecendo na minha voz. – De qualquer maneira, suspeito que ele esteja em um trem a caminho do norte neste exato momento. Estou esperando ele chegar em casa, na Escócia, para telefonar e descobrir a verdade. Mas, nesse meio-tempo, o que eu vou fazer? Não podemos simplesmente deixar De Mauxville deitado aí.

Belinda deu de ombros.

– Se você não quer tentar enterrar o corpo no jardim dos fundos, o que eu considero uma excelente ideia, vai ter que chamar a polícia.

– Acho que sim – concordei. – Afinal, por que eu deveria ter medo? Sou inocente. Não tenho nada a esconder...

– Além do fato de se vestir de criada para limpar os banheiros dos outros – me lembrou Belinda.

– Bem, tirando isso.

– Não se preocupe. Estou do seu lado – disse Belinda. – Seria necessário um policial formidável para levar a melhor sobre nós duas.

Consegui esboçar um sorriso fraco.

– Está bem. Vou fazer isso.

Desci para telefonar, depois esperamos, sentadas lado a lado na escada, encarando a porta da frente e ouvindo o tique-taque de um relógio em algum lugar na casa vazia.

– Quem você acha que pode ter feito isso? – perguntou Belinda, por fim. – O que ele estava fazendo aqui, afinal?

– Deve ter vindo falar com Binky.

– Mas, se Binky não o matou, quem foi?

Dei de ombros.

– Alguém. Um desconhecido, talvez.

Ela balançou a cabeça.

– Você quer que a polícia acredite que um desconhecido invadiu a sua casa enquanto você estava fora e afogou alguém na sua banheira? Isso exigiria muita coragem e planejamento, Georgiana, além de uma boa dose de sorte.

– Eu sei. Não parece muito viável, não é? Quer dizer, quem poderia saber que De Mauxville estava vindo para cá? Quase ninguém sabe que estamos em Londres. E De Mauxville não deve ter muitos conhecidos aqui.

Ela olhou pensativa para o lustre.

– Esse De Mauxville – disse ela – é da nossa classe ou alguém de origem humilde?

– Realmente não sei dizer. Ele foi bem rude, mas conheço muitos nobres rudes. Imagino que você também.

– Você sabe onde ele estava hospedado?

– No Claridge.

– Então ele tem dinheiro, mas não pertence a nenhum clube.

– Ele é francês, Belinda. Um francês pertenceria a um clube londrino?

– Se ele tivesse conhecidos em Londres e atravessasse o Canal com frequência, pertenceria. Então, se hospedar no Hotel Claridge implica que ele não conhece pessoas aqui e não vem para cá com frequência.

– Isso não ajuda muito – falei.

– Você precisa descobrir tudo sobre ele. Se o achou desagradável, talvez ele tenha incomodado outras pessoas que estavam só esperando para afogá-lo na banheira de alguém. Descubra o que ele faz quando vem à Inglaterra... isto é, quando não está tentando pôr as mãos no seu castelo.

– Concordo, mas como?

– Conheço muita gente – disse ela –, inclusive pessoas que passam metade do ano no continente. Pessoas que frequentam cassinos em Nice e Monte Carlo. Posso fazer perguntas por você.

– Belinda... você faria isso? Você é maravilhosa.

– Acho que vai ser bem divertido, na verdade. Belinda Warburton-Stoke, detetive feminina.

Apesar da tensão, tive que rir.

– Detetive feminina – ecoei.

– Tenho certeza que vou ser melhor nisso do que o policial enfadonho e medíocre que devem mandar para investigar o caso.

Por coincidência, na mesma hora soou uma batida forte na porta da frente. Lancei um olhar para Belinda e desci para abri-la. Diversos uniformes azuis estavam parados nos degraus da frente e no meio deles havia uma capa de chuva marrom-clara e um chapéu de feltro. Por baixo do chapéu havia um rosto de aparência cansada – um rosto marrom-claro, desbotado, com uma expressão que indicava que a vida era sempre indescritivelmente horrível, e um bigode castanho que combinava com a capa de chuva. O chapéu foi erguido sem muito entusiasmo.

– Boa noite, senhorita. Inspetor Harry Sugg. Recebi a informação de que alguém neste endereço informou que há um cadáver no local.

– Correto. Não quer entrar, inspetor?

Ele me olhou com desconfiança.

– Presumo que realmente haja um cadáver e que isso não seja uma daquelas pegadinhas que vocês, jovens espirituosos, parecem achar tão divertidas... como roubar capacetes de policiais.

– Posso garantir que existe um cadáver e que a situação não é nada divertida – retruquei.

Eu me virei e o conduzi até dentro de casa. Belinda tinha se levantado e estava esperando na metade da escada. O chapéu de feltro foi erguido para ela.

– Boa tarde, madame. A senhorita é a proprietária da residência?

– Não – respondi secamente. – Essa é a Rannoch House, propriedade do duque.

– E que duque seria esse, senhorita? – perguntou ele, pegando um bloco de notas e um lápis.

– O duque de Glen Garry e Rannoch – respondi. – Meu irmão. Sou lady Georgiana Rannoch, bisneta da falecida rainha Vitória e prima de Sua Majestade. Esta é minha amiga, Belinda Warburton-Stoke.

Ele não pareceu muito impressionado – não se curvou nem fez mesuras, como Belinda havia sugerido.

– Como vai, senhorita? – Ele acenou com a cabeça para ela. – Tudo bem, então. Pode me mostrar o corpo.

– Por aqui – falei.

Senti uma antipatia instantânea e irracional por ele. Eu o levei até o primeiro lance de escada, atravessamos o patamar e, em seguida, subimos o segundo lance. Percebi que ele estava um pouco ofegante quando chegamos ao topo. Obviamente não estava acostumado a escalar penhascos escoceses.

– Ele está na banheira – informei.

O inspetor ainda não parecia me levar a sério e estava morrendo de vontade de provar que eu era uma idiota.

– Na banheira, é? Tem certeza de que um de seus amigos não bebeu demais e acabou dormindo ali?

– Duvido. Para começar, o homem está debaixo d'água. Veja com seus próprios olhos. – Empurrei a porta do banheiro.

Ele entrou e ficou visivelmente horrorizado.

– Estou vendo o que a senhorita quer dizer – disse ele. – É, ele definitivamente está morto. Rogers! Aqui em cima! É melhor correr até a sede e avisar que queremos o equipamento de impressão digital, a câmera com o flash, o pacote completo.

Ele saiu do banheiro e se virou para mim.

– Isso é terrível. Muito terrível mesmo. A menos que ele tenha decidido acabar com a própria vida, a impressão é de que alguém resolveu fazer isso por ele.

– Por que ele escolheria acabar com a própria vida na banheira de lady Georgiana? – perguntou Belinda.

– E, se fosse fazer isso, ele não estaria de sobretudo – acrescentei.

– A menos que ele tenha achado a água muito fria ou quisesse que o casaco o afundasse mais rápido – disse Belinda, com um leve brilho no olhar.

Dava para ver que ela estava achando a situação engraçada, mas, por outro lado, ela não era a principal suspeita. Eu me vi ponderando se os nobres de sangue real ainda tinham o privilégio de ser enforcados com um cordão de seda. Depois, concluí que um pescoço irritado com cânhamo grosso seria a menor das minhas preocupações.

O inspetor Sugg olhou em volta, como se buscasse inspiração.

– Tem algum lugar em que possamos nos sentar para conversar enquanto espero minha equipe chegar?

– A sala matinal está aberta – falei. – É por aqui.

– A sala matinal – repetiu ele.

Eu me perguntei se ele estava brincando com a expressão ou se achou que eu queria dizer outra coisa. Ele me seguiu escada abaixo. Nós nos sentamos. Fiquei pensando em qual seria o protocolo naquela situação e se devia oferecer um chá. Como eu não tinha criados e não queria me colocar nesse papel na frente do inspetor, abandonei a ideia.

– Certo, vamos ao que interessa – prosseguiu ele. – Quem encontrou o corpo?

– Fui eu – respondi.

– E eu estava bem atrás dela na hora – acrescentou Belinda, por precaução.

– Que horas foi isso, senhorita?

Eu obviamente não deixaria de ser "senhorita" para ele, embora já tivesse informado ao inspetor que era irmã do duque. Talvez ele nunca tivesse aprendido a usar "milady" ou mesmo "Vossa Senhoria". Talvez fosse um socialista dos mais igualitários. Ou talvez fosse só obtuso. Decidi que não ia deixar isso me irritar.

– Eu e minha amiga fizemos compras a manhã toda, depois almoçamos juntas e voltamos para cá cerca de quinze minutos atrás – falei, repetindo o nosso plano ensaiado com cuidado. – Eu subi para trocar de roupa, vi a água no chão, abri a porta do banheiro e encontrei o corpo.

– A senhorita encostou em alguma coisa?

– Comecei a resgatá-lo, mas depois percebi que ele estava morto – respondi. – Eu nunca tinha visto um cadáver, então foi um choque.

– E quem é ele?

– Não tenho certeza – respondi. Não consegui me obrigar a dizer uma mentira completa. – Acho que já o vi, mas nunca fomos apresentados. Um conhecido do meu irmão, talvez.

– Seu irmão, o duque?

– Isso mesmo.

– E onde ele está?

– Na Escócia, creio eu, na casa da família.

– E o que o amigo dele estava fazendo aqui?

Essa eu podia responder.

– Ele não era amigo do meu irmão, posso garantir. E não tenho ideia do que ele estava fazendo aqui. Ele com certeza não estava na casa quando saí hoje de manhã e, quando voltei, estava morto na nossa banheira.

– Quem mais estava na casa? – perguntou o inspetor, mastigando o lápis; um hábito nojento, do qual minha babá havia me curado aos quatro anos.

Hesitei, mas só por um segundo.

– Ninguém – respondi.

Mas não consegui deixar por isso mesmo.

– Meu irmão veio a Londres a negócios, mas ficou a maior parte do tempo no clube dele.

– Quando ele foi embora de Londres?

– Não sei dizer. Ele é uma pessoa meio vaga e não me informa os planos dele.

– E os criados? Onde eles estavam hoje?

– Não temos criados aqui – falei. – A casa da família é na Escócia. Vim para cá sozinha. Minha empregada escocesa não quis deixar a mãe inválida, e eu ainda não tive tempo de contratar uma criada local. Só estou hospedada na Rannoch House até me estabelecer.

– Então, no fundo, a senhorita mora sozinha na casa?

– Isso mesmo.

– Vamos ver se eu entendi: a senhorita saiu de casa hoje de manhã, passou o dia com sua amiga, voltou à tarde e encontrou um cadáver na sua banheira... alguém que a senhorita nem reconhece. E não tem ideia de quem o deixou entrar ou do que ele estava fazendo aqui?

– Correto.

– E um pouco difícil de acreditar, não acha?

– Concordo, parece impossível, inspetor – atalhei –, mas é a verdade. Só posso concluir que tem um louco demente agindo em Londres.

– Você simplesmente não pode mais ficar sozinha nesta casa, Georgie – interrompeu Belinda. – Faça as malas, e você pode dormir no meu sofá.

O inspetor voltou a atenção para Belinda, o que, talvez, fosse exatamente o que ela queria.

– Srta. Warburton-Stoke, certo?

– Isso mesmo. – Ela deu um sorriso deslumbrante.

– E seu endereço é...?

– Moro em um adorável chalezinho na Seville Mews. É o número três. A poucos passos de Knightsbridge, na verdade.

– E a senhorita estava com sua amiga quando ela descobriu o corpo?

– Sim, eu estava com lady Georgiana – respondeu ela. – Enquanto ela subia para se trocar, eu esperei lá embaixo. Subi quando a ouvi gritar.

– A senhorita viu o corpo?

– Claro, inspetor. Um homem horroroso, eu diria. Parecia que nem tinha feito a barba.

– E a senhorita nunca o tinha visto?

– Claro que não. Nunca o vi na minha vida. E acredite, inspetor, eu me lembraria de um rosto feio como aquele.

O inspetor se levantou.

– Muito bem, então. Acho que basta, por enquanto. Mas vou precisar falar com seu irmão, o duque. Como posso falar com ele na Escócia?

Eu não queria que a polícia falasse com Binky antes que eu tivesse a chance de dar uma palavrinha com ele.

– Como eu disse, não tenho certeza de onde ele está no momento. O senhor pode tentar o clube, caso ele não tenha ido embora de Londres.

– Achei que a senhorita tinha dito que ele estava na Escócia.

– Eu disse que não sabia o paradeiro dele e que achava que ele tinha ido para casa. Se quiser, posso tentar fazer contato com nossos amigos e familiares na Escócia para o senhor, embora eles não costumem utilizar aparelhos telefônicos por lá. É uma região muito erma.

– Não se preocupe, senhorita. Nós vamos encontrá-lo.

Belinda segurou meu braço.

– Inspetor, é melhor deixarmos lady Georgiana tomar uma xícara de chá. Ela está obviamente em choque. Quero dizer, quem não estaria se encontrasse um homem morto em casa?

Ele assentiu.

– Suponho que vocês duas estejam em choque. Podem ir. Tomem uma xícara de chá e descansem um pouco. Sei onde encontrá-las se precisar entrar em contato. E, nesse meio-tempo, se o seu irmão aparecer, diga que precisamos falar com ele imediatamente. Está claro?

– Ah, com certeza, inspetor – respondi.

– Podem ir, então. Acho que meus homens vão trabalhar na casa por algum tempo.

Ele tentou nos empurrar até a porta da frente.

– Espero que tudo seja bem supervisionado – falei. – Há muitos objetos valiosos nesta casa. Não gostaria que fossem roubados nem danificados.

– Não se preocupe, senhorita. Sua casa ficará em boas mãos. Haverá um policial de guarda do lado de fora até que esse assunto seja esclarecido. Agora podem ir.

– Lady Georgiana precisa pegar alguns pertences antes de ir. Ela não pode ir embora sem levar ao menos a escova de dentes.

– Muito bem – disse ele. – Rogers, acompanhe a senhorita e fique de olho nela. Não queremos que ela estrague evidências valiosas.

Subi a escada pisando duro e bufando de indignação. Joguei vários artigos inúteis dentro de uma bolsa e constatei uma coisa.

– Minha escova de dente, meu sabonete e minha toalha de rosto estão naquele banheiro – falei.

– Acho que a senhorita não pode tocar em nada que estiver lá – disse o policial, parecendo preocupado.

– Acho que, depois do que aconteceu, eu não gostaria de usar nada que esteve ali – retruquei.

– Querida, podemos simplesmente ir a uma farmácia e comprar uma escova de dentes nova. – Belinda me acalmou. – Vamos embora. Este lugar está começando a me deprimir.

– Conseguiu o que precisava?

O inspetor ergueu o chapéu sem entusiasmo quando saímos.

– Que homem horrível – disse Belinda assim que a porta foi fechada. – Eu não me importaria de vê-lo flutuando em uma banheira.

Quinze

Chalé de Belinda Warburton-Stoke
Seville Mews, número 3
Knightsbridge, Londres, ainda na sexta-feira

Assim que chegamos ao chalé de Belinda, pedi para usar o telefone e liguei para o Castelo de Rannoch. Quem atendeu, como sempre, foi Hamilton, o mordomo.

– Alô? Castelo de Rannoch. Quem fala é o mordomo de Sua Graça.

Nosso mordomo idoso nunca havia se habituado com telefones.

– Alô, Hamilton, aqui é lady Georgiana – gritei, porque a linha estava muito ruim, e Hamilton estava ficando cada vez mais surdo.

– Sua Senhoria não está no momento. – Veio a suave voz escocesa.

– Hamilton, quem fala é lady Georgiana. Estou ligando de Londres – gritei ao telefone. – Quero deixar um recado para Sua Graça.

– Acho que que Sua Graça está em algum lugar da propriedade no momento – respondeu ele, com a calma voz escocesa.

– Não seja ridículo, Hamilton. Você sabe que ele não está na propriedade. Ele não pode estar na Escócia, a menos que tenha criado asas. Por favor, peça para ele me telefonar assim que chegar em casa. É muito importante. Ele vai ter problemas sérios se não me ligar. Anote o número do local onde posso ser encontrada.

Precisei gritar muito e ditar os números devagar até ele conseguir anotar. Desliguei o telefone irritada.

– Ele já convenceu nosso mordomo a mentir por ele.

– Minha querida, acho que você precisa considerar a possibilidade de seu irmão ser culpado – disse Belinda. – Venha, vamos beber uma xícara de chá. Você vai se sentir melhor.

Quando peguei a xícara de chá, descobri, para meu pavor, que minha mão estava tremendo. Tinha sido um dia muito enervante.

Seguiu-se uma noite conturbada no sofá de Belinda. A própria Belinda resolveu ir a uma festa. Ela foi muito generosa e me convidou para acompanhá-la, mas eu não estava no clima e não tinha nada para vestir. Além disso, eu estava esperando Binky telefonar. A empregada foi para casa, e eu tentei dormir. O sofá era moderno, aerodinâmico e diabolicamente desconfortável. Então fiquei acordada, olhando para a escuridão, me sentindo assustada e solitária. Eu não podia acreditar que Binky fosse culpado, mas também não conseguia imaginar como um desconhecido poderia acabar morto na nossa banheira a menos que Binky tivesse uma participação nisso. Eu mal podia esperar para falar com ele, saber que ele estava bem e que era inocente. Ah, se ao menos ele tivesse me deixado um bilhete antes de desaparecer. Se ao menos...

Eu me sentei, agora totalmente desperta. Um bilhete. Eu tinha deixado um bilhete para Binky na cama dele, no qual eu mencionava o cadáver na banheira e dizia para ele não telefonar para a polícia. Eu não podia ter deixado nada mais incriminador e, àquela altura, a polícia já devia ter encontrado. Eu me perguntei se o policial ficaria postado diante da Rannoch House a noite toda ou se havia alguma esperança de entrar furtivamente para recuperar o bilhete, considerando a improvável possibilidade de que ele ainda não tivesse sido descoberto. Eu sabia que a polícia ia desconfiar ainda mais de mim se eu fosse pega invadindo minha própria casa à noite, mas era um risco que eu tinha que correr. Havia uma chance de que ainda não tivessem feito uma busca minuciosa e o bilhete ainda estivesse lá. Eu me levantei, coloquei o vestido e o casaco por cima do pijama, depois enfiei um pouco de papel no trinco para ter certeza de que ele abriria de novo (uma das poucas coisas úteis que aprendi em Les Oiseaux) e escapuli noite adentro.

As ruas da cidade estavam desertas, exceto por um policial fazendo ronda, que me olhou com desconfiança.

– Tudo bem, senhorita? – perguntou ele.

– Ah, sim, obrigada – respondi. – Só estou voltando de uma festa, estou indo para casa.

– A senhorita não devia sair sozinha a essa hora – disse ele.

– Eu moro ali na esquina – menti.

Ele deixou que eu seguisse o meu caminho, mas deu para ver que não ficou nada feliz com isso. Quanto mais eu me afastava, mais concordava com ele. Ouvi o som do Big Ben soando à meia-noite, trazido pela brisa. Estava frio, e eu me embrulhei ainda mais no casaco. O bairro de Belgrave Square repousava na escuridão; a Rannoch House também. Não havia nenhum sinal de um policial na entrada. Subi os degraus e coloquei a chave na fechadura. A porta da frente se abriu. Entrei, tateando em busca do interruptor de luz. A luz do corredor lançou longas sombras na escada e pensei, pela primeira vez, que talvez o corpo ainda estivesse na banheira. Geralmente eu me orgulho do meu sangue frio: quando eu tinha três anos, meu irmão e alguns amigos dele, que tinham ido passar as férias escolares na nossa casa, me fizeram descer em um poço desativado no pátio do Castelo de Rannoch, para ver se ele não tinha fundo, como rezava a lenda. Felizmente para mim, ele tinha fundo. E certa vez eu me sentei nas ameias a noite toda, na esperança de ver o fantasma do meu avô tocando gaita de fole. Mas imaginar De Mauxville saindo da banheira para se vingar era um pensamento tão repulsivo que eu mal consegui convencer meus pés a subirem a escada.

Cheguei ao primeiro patamar, acendi a luz e continuei subindo até o segundo andar. Soltei um gritinho e quase perdi o equilíbrio quando uma sombra ameaçadora surgiu sobre mim, de braços erguidos. Meu coração levou algum tempo para voltar a bater quando percebi que era só a estátua de um anjo vingador que tinha sido banida para o patamar do segundo andar depois que Binky quebrou seu nariz com um bastão de críquete. Eu me senti muito tola e me repreendi enquanto continuava a subir a escada. Alguém havia secado a água do chão. A porta do banheiro estava fechada. Andei na ponta dos pés pelo patamar até o quarto de Binky, situado na frente da casa. O bilhete não estava mais onde eu o tinha deixado. Eu esperava que pudesse ter caído no chão e me ajoelhei para olhar debaixo da cama. Eu me encolhi, horrorizada, quando meu joelho encostou em uma mancha úmida e me levantei de novo, com o coração batendo descontrolado. Eu me obriguei a me ajoelhar de novo para examinar a mancha e percebi que era só água. Era fácil explicar isso: Binky tinha ido para o quarto pingando do banho e deixado uma toalha molhada no chão. Andei com cuidado pelo aposento, procurando pistas, mas não encontrei nada.

Eu estava prestes a sair do quarto quando escutei passos pesados na escada. Era impossível não lembrar que alguém havia cometido um assassinato na casa hoje mais cedo. Se Binky não estivesse envolvido no crime, um perfeito desconhecido havia encontrado uma forma de entrar na nossa casa e atraíra De Mauxville para a morte. Talvez essa pessoa tivesse voltado. Olhei ao redor do quarto, me perguntando se deveria tentar me esconder em um guarda-roupa. Decidi que nada seria pior do que esperar para ser descoberta, presa em uma armadilha e completamente impotente. Pelo menos desse jeito eu poderia usar o elemento surpresa a meu favor, empurrar quem estivesse subindo e descer a escada. Saí para o patamar e soltei um arquejo de pavor quando uma figura alta surgiu na minha frente.

A figura alta deu um arquejo semelhante e quase caiu de costas na escada. Enquanto ele perdia o equilíbrio, notei o uniforme azul.

– Você está bem, policial? – perguntei, correndo para ajudá-lo.

– Caramba, a senhorita me deu um susto e tanto – disse ele, colocando a mão no coração quando conseguiu se recompor. – Achei que não houvesse ninguém na casa. O que diabos a senhorita está fazendo aqui?

– Eu moro aqui, oficial. É a minha casa – respondi.

– Mas um crime foi cometido aqui. Não deveria ter ninguém em casa.

– Eu sei disso. Estou hospedada na casa de uma amiga, mas lembrei que tinha deixado meu remédio para dor de cabeça em casa, e não consigo dormir quando tenho enxaqueca. – Fiquei bem satisfeita com a genialidade dessa explicação impulsiva.

– E a senhorita voltou para casa sozinha no meio da noite? – perguntou ele, incrédulo. – Sua anfitriã não tinha aspirina em casa?

– Meu médico me receitou um remédio muito específico para enxaqueca – respondi. – É o único remédio que funciona comigo e eu simplesmente não consegui enfrentar uma noite sem dormir depois do que passei hoje.

Ele assentiu.

– E a senhorita o encontrou?

Percebi que a luz do quarto de Binky brilhava do outro lado do patamar.

– Achei que tivesse deixado com o meu irmão quando ele esteve aqui na última vez – falei –, mas não estava no quarto dele.

– Talvez tenha sido coletado como evidência – disse ele, com um ar de sabe-tudo.

– Evidência? Mas o homem se afogou.

– Ah, mas quem sabe não o deixaram inconsciente com um remédio e depois o colocaram na banheira?

Ele parecia muito presunçoso, pensei.

– Posso garantir que meu remédio para dor de cabeça não faria mal a uma mosca. Agora, se o senhor não se importa, vou voltar para a cama. Vou ter que tomar uma aspirina mesmo. O senhor vai ficar aqui de olho em tudo? Fiquei muito surpresa ao encontrar a casa desprotegida quando cheguei.

Eu obviamente tinha tocado em um ponto sensível. Ele corou.

– Desculpe, senhorita. Tive que ir até a delegacia de polícia mais próxima para atender a um chamado da natureza.

Eu quase respondi "Bem, que isso não aconteça de novo", mas meu olhar deixou isso implícito quando fiz uma descida majestosa, digna da minha bisavó.

Voltei apressada à casa de Belinda, entrei e tentei dormir. Mas continuei tão preocupada quanto antes. A polícia estava com o bilhete que eu havia deixado para Binky. Eles deviam ter sentido a mancha úmida no chão e ter decidido que ele havia molhado a roupa ao tentar afogar a vítima. Outro pensamento brotou na minha mente: o assassino não queria apenas matar De Mauxville. Ele também queria nos punir.

Por fim, acho que devo ter adormecido, pois acordei com o som de uma porta sendo fechada. Belinda fazia uma tentativa inútil de andar em silêncio na ponta dos pés pelo piso de parquete. Ela olhou para mim e percebeu que meus olhos estavam abertos.

– Ah, você está acordada – disse ela. – Desculpe. Não tem como fechar essa porta em silêncio. – Ela se aproximou e se sentou na ponta do sofá ao meu lado. – Meu Deus, que noite. Eu juro que cada novo coquetel é mais letal que o anterior. Eles estavam fazendo um negócio chamado Corcéis Negros. Não sei o que tinha nessa bebida, mas, nossa, fiquei derrubada. Vou ter uma ressaca terrível amanhã de manhã.

– Quer que eu faça um café? – perguntei, sem ter ideia de como fazer café.

– Não, obrigada. Só preciso da minha cama. Sozinha, quero dizer. Recebi muitas propostas de companhia, mas recusei todas. Eu não queria que você acordasse só.

– É muito gentil de sua parte – falei –, mas não precisava ter feito esse sacrifício por mim.

– Para ser sincera, eles não eram tão desejáveis assim – admitiu ela com um sorriso. – Dava para ver que eram do tipo que fala "quer dar umazinha?". Você sabe, uma rapidinha de cinco segundos de duração. Sinceramente, as escolas públicas estão prestando um grande desserviço aos ingleses por não darem aulas básicas de como fazer amor. Se eu estivesse no comando, contrataria uma prostituta, de preferência francesa, para ensinar os rapazes a fazerem do jeito certo.

– Belinda, você é terrível. – Não pude deixar de rir. – E que tal um equivalente masculino para as escolas femininas?

– Nós tivemos isso, querida. Aqueles deliciosos instrutores de esqui que costumávamos encontrar na taverna.

– Mas eles não faziam grandes coisas, não é? A única coisa que consegui foi um beijo rápido atrás do depósito de madeira. Não ganhei nem uma apalpada.

– Dizem que Primrose Asquey d'Asquey costumava transar com Stefan. Lembra aquele louro alto?

– A mesma Primrose que se casou de branco outro dia?

Belinda riu.

– Querida, se só as virgens pudessem vestir branco no casamento, os organistas de igreja iam morrer de fome. Preciso ver se arranjo um estrangeiro adequado para você. Um francês seria ideal. Soube que eles conseguem manter uma mulher em êxtase por horas.

– No momento, não estou muito ansiosa para conhecer outros franceses – retruquei. – O cadáver na minha banheira já é ruim o bastante.

– Ah, por falar em cadáver, fiz umas perguntas discretas para você. E várias pessoas tinham cruzado com o seu pavoroso De Mauxville em Monte Carlo. Ninguém tinha nada de bom para dizer sobre ele. Parece que era uma daquelas pessoas que vivem à margem… dava a impressão de ter algumas conexões, mas ninguém sabia com quem. Sempre jogava nas mesas de apostas altas… ah, e uma pessoa sugeriu que ele gostava de uma chantagem.

– Chantagem?

Ela assentiu.

Eu me sentei.

– Se isso for verdade e alguém estivesse cansado de ser chantageado, matá-lo seria a solução.

– Foi exatamente o que eu pensei.

– Mas por que na nossa banheira?

– Das duas, uma: ou porque isso desviaria as suspeitas do verdadeiro assassino ou porque alguém tinha alguma coisa contra você ou seu irmão.

– Isso é ridículo – retruquei. – Ninguém me conhece, e quem poderia ter alguma coisa contra o Binky? Ele é o sujeito mais inofensivo do mundo. Não tem um pingo de maldade.

– Contra a sua família, talvez? Uma rivalidade de longa data? Ou alguém que odeia a realeza e acredita que, se atacar você, pode prejudicar a família real de alguma forma?

– Isso também é ridículo – acrescentei. – Estamos tão longe da linha de sucessão que ninguém ia se importar se fôssemos todos dizimados por uma avalanche na Escócia.

Belinda deu de ombros.

– Mal posso esperar para ouvir o que seu irmão tem a dizer. Acho que ele tem, de longe, o melhor motivo.

– Concordo. Tem mesmo. Espero que ele esteja a caminho da nossa casa na Escócia e que o assassino não tenha se livrado dele também.

Belinda bocejou.

– Desculpe, querida, mas preciso dormir. Minhas pernas não querem mais me sustentar nem por um segundo. – Ela deu um tapinha na minha mão. – Tenho certeza de que tudo vai se esclarecer. Estamos na Inglaterra, onde há justiça para todos... ou será que estou falando da América?

Ela deu de ombros de novo e cambaleou escada acima com determinação.

Tentei voltar a dormir, mas só consegui cochilar. Fui acordada pelo toque estridente do telefone ao amanhecer. Eu me levantei com um pulo, tentando atender antes que ele acordasse Belinda.

– Chamada de longa distância da Escócia para lady Georgiana Rannoch. – Veio uma voz de mulher na linha, com muitos chiados.

– Binky? – perguntei.

– Ah, olá, Georgie, querida. Espero não tê-la acordado. – Ele parecia bem alegre.

– Eu estava esperando você me ligar ontem à noite, Binky. Fiquei acordada.

– Só cheguei à meia-noite. Achei que não devia incomodar àquela hora. – Ele parecia tão normal, tão livre de qualquer preocupação, que minha ansiedade explodiu.

– Você é impossível! Você foge, me deixa aqui sozinha e agora está falando como se nada tivesse acontecido. Imagino que tenha visto o cadáver na banheira antes de ir embora com tanta pressa.

– Cuidado, querida. *Pas devant la opérateur.*

Ele quis dizer "não na frente da telefonista", mas o francês de Binky sempre foi péssimo. O correto seria "l'operatéur".

– O quê? Ah, sim, entendi. Você viu um objeto na *salle de bain*? E o reconheceu?

– É claro que sim. Por que você acha que eu decidi sumir às pressas?

– E me deixou para resolver o problema sozinha?

– Não seja boba. Ninguém suspeitaria de você. Jamais uma garota magrinha como você conseguiria arrastar um *grand homme* como aquele para dentro da *le bain*.

– E o que você pensa que vão achar de você se descobrirem? Isso não está certo, Binky – retruquei, me sentindo à beira das lágrimas. – Não é assim que um Rannoch se comporta. Pense no nosso ancestral da Brigada Ligeira, que cavalgou destemido em direção aos canhões na Batalha de Balaclava. Ele não pensou em fugir, mesmo com canhões à direita e à esquerda. Não vou permitir que você manche o nome da família desse modo. Espero você em Londres imediatamente. Se você se apressar, consegue pegar o trem das dez em Edimburgo.

– Ah, escute… será que você não pode simplesmente dizer que…

– Não, não posso! – gritei para a linha cheia de chiados e ouvi minha voz ecoando. – E digo mais, se você não voltar agora mesmo, vou dizer que aquilo foi culpa sua.

Desliguei o telefone com satisfação. Pelo menos eu estava aprendendo a me impor. Era bom praticar para dizer não à rainha e ao príncipe Siegfried.

Dezesseis

O sofá na sala de estar de Belinda Warburton-Stoke
Sábado, 30 de abril de 1932

AGORA QUE BINKY PARECIA estar voltando para Londres, eu me sentia um pouco melhor. A criada de Belinda chegou por volta das sete horas e fez tanto barulho que tive que me levantar por uma questão de autodefesa. Belinda só apareceu depois das dez, pálida e abatida em seu quimono de seda.

– Nunca mais tomo Corcéis Negros – gemeu ela, tateando até a mesa e estendendo a mão para a xícara de chá que a criada colocou na frente dela. – Acho que ouvi o telefone tocar. Era o seu irmão?

– Sim, e eu o mandei voltar a Londres agora mesmo – respondi. – Fui muito firme.

– Que bom. Mas, enquanto isso, vamos começar nossa investigação.

– Investigação? Como assim?

– Querida, se o seu irmão não afogou De Mauxville, outra pessoa fez isso. Precisamos descobrir quem foi.

– A polícia não vai fazer isso?

– Os policiais são notoriamente obtusos. Aquele inspetor deve ter chegado à conclusão de que seu irmão é o culpado e resolveu não procurar mais.

– Mas isso é horrível.

– Então está tudo nas suas mãos, Georgie.

– Mas o que eu posso fazer?

Belinda deu de ombros.

– Comece perguntando às pessoas da vizinhança. Alguém deve ter notado De Mauxville chegando, talvez acompanhado de um desconhecido. Ou um desconhecido tentando entrar na sua casa.

– É verdade.

– E podemos ligar para o Hotel Claridge perguntando quem deixou recados para De Mauxville ou fez uma visita.

– O hotel não vai me dizer isso – observei.

– Finja ser uma parente da França. Preocupada. Desesperada para encontrá-lo. Diga que é uma crise familiar. Use sua astúcia feminina.

– Acho que consigo fazer isso – respondi, hesitante.

– Faça isso agora. Vá em frente. – Ela apontou para o telefone. – Com sorte, a polícia ainda não interrogou todo mundo.

– Está bem. – Eu me levantei e fui até o aparelho, pegando-o com cuidado. – Alô – falei para a operadora do Claridge, carregando no sotaque francês –, aqui é mademoiselle De Mauxville. Acredito que meu irmão esteja hospedado no hotel, *n'est-ce pas*? De Mauxville?

– Sim, madame. *Monsieur* De Mauxville está hospedado conosco.

– A senhora poderia chamá-lo, por favor? – perguntei, com o sotaque francês falhando.

– Receio que... quer dizer, ele não dormiu no quarto ontem à noite, mademoiselle De Mauxville.

– Ulalá. Isso é terrível. Saiu à noite de novo, então. Pode me dizer, por gentileza, se ele recebeu alguma mensagem? – Pronunciei a palavra "mensagem" como se fosse "massagem", para dar um ar de autenticidade à conversa. – Alguém passou para ele a mensagem que deixei ontem? Estou desesperada para falar com ele, e ele não me retorna.

– Uma mensagem foi entregue no quarto dele ontem, mas não sei dizer de quem era. Não estou vendo nenhuma mensagem sua aqui, mademoiselle.

– Como não? – perguntei. – Eu telefonei de Paris pela manhã.

– Talvez sua mensagem tenha sido passada verbalmente – sugeriu a garota da central telefônica.

– E ele recebeu alguma visita? Preciso saber se meu primo o encontrou para tratar de negócios de família.

– Não sei responder. Mademoiselle teria que perguntar na recepção, e acho que eles não podem informar isso. Agora, se me der seu endereço e número de telefone, alguém vai entrar em contato a respeito do seu irmão em um futuro próximo.

– Meu endereço? – Meu cérebro disparou. – Infelizmente, estou viajando com amigos no momento. Vou telefonar de novo amanhã e, nesse meio-tempo, por favor, diga ao meu irmão que preciso falar com ele.

Desliguei o telefone.

– Acho que eles devem saber o que aconteceu – falei. – Ela queria meu endereço na França. Mas ele recebeu uma mensagem ontem e pode ter recebido uma visita.

– Ela descreveu o visitante?

– Ela não quis dizer nada.

– Talvez você tenha que ir até lá e interrogar os funcionários. Eles vão acabar falando.

Telefonar era uma coisa. Interrogar a equipe do Claridge era outra. Além disso, eu provavelmente seria reconhecida, o que tornaria as coisas muito piores para mim e Binky.

– Acho que é melhor eu interrogar os vizinhos – sugeri. – Quer ir comigo?

– Parece divertido – disse ela –, mas tenho uma cliente marcada às duas no ateliê. Vamos fazer o seguinte: eu banco a detetive com você se depois você for comigo ao ateliê e servir de modelo para a cliente.

– Eu? Servir de modelo? – Comecei a rir.

– Ah, seja boazinha, Georgie. Eu costumo fazer isso, mas seria muito mais fácil e muito melhor para o meu prestígio se eu pudesse ficar sentada com a cliente, conversando, enquanto outra pessoa experimenta as roupas. É assim que todas as casas grandes fazem... e eu preciso muito dessa venda. Acho que essa cliente pode até pagar em dinheiro vivo.

– Mas, Belinda, eu ia atrapalhar mais do que ajudar – respondi. – Você não lembra o desastre que foi a minha apresentação de debutante? Ou quando fui Julieta na peça da escola e caí da varanda? Não sou famosa pela minha graciosidade.

– Não precisa desfilar na passarela, querida. Só abrir as cortinas e ficar ali parada. Qualquer garota pode fazer isso, e você é alta e magra. E seu cabelo ruivo vai combinar muito bem com o roxo.

– Ah, céus. Tudo bem – falei.

Belinda levou cerca de duas horas para fazer o desjejum, tomar banho e se vestir, de modo que era meio-dia quando chegamos à Belgrave Square. Dessa vez, havia dois carros de polícia estacionados em frente à Rannoch House, um oficial montando guarda, e – horror dos horrores – jornalistas, com câmeras e tudo. Agarrei o braço de Belinda.

– Não posso ser vista aqui. Minha foto sairia em todos os jornais.

– Você está certa – disse Belinda. – Volte para a minha casa. Deixe que eu faço isso por você.

– Mas eles podem abordar você – atalhei.

– Vou correr esse risco – disse ela, com um sorriso enigmático. – Corajosa estilista de moda luta para limpar o nome da amiga. – O sorriso se alargou. – Talvez meu negócio precise exatamente de um pouco de publicidade.

– Belinda, você vai tomar cuidado, não vai? Não diga que conhecemos De Mauxville nem que está fazendo perguntas para tentar provar nossa inocência.

– Minha querida, serei a discrição em pessoa, como sempre – garantiu ela. – Vejo você daqui a pouco.

Relutante, deixei-a para cumprir a tarefa – lembrando depois que ela nem sempre tinha sido a discrição em pessoa na escola – e voltei para o chalé, onde esperei nervosa por ela. O tempo passou e ela finalmente voltou à uma e meia, com um ar presunçoso.

– Só fui abordada por um repórter. Fingi que tinha acabado de ouvir a notícia e estava lá para dar um apoio à minha amiga nesse momento de crise. Fingi que fiquei arrasada ao saber que você não estava lá. Fui muito convincente.

– Mas descobriu alguma coisa?

– Um dos jardineiros do bairro viu seu irmão chegar a pé e partir de táxi. Ele não soube dizer a hora exata, mas disse que foi perto da hora do almoço, já que ele estava comendo um sanduíche de queijo com picles naquele momento. O chofer da casa da esquina viu um homem de cabelos escuros e sobretudo subindo os degraus da Rannoch House.

– Deve ser De Mauxville. Quer dizer que ele estava sozinho?

– É o que parece.

– Então, agora sabemos que meu irmão e De Mauxville não chegaram juntos e que De Mauxville não chegou acompanhado de outra pessoa. Isso significa que havia alguém para abrir a porta da casa para ele. Mais alguma coisa?

– As únicas outras pessoas que o chofer se lembra de ter visto foram os limpadores de janelas que trabalham na vizinhança.

– Limpadores de janelas! – exclamei, animada. – Perfeito! Um limpador de janelas poderia entrar na casa por uma janela aberta e sair de novo sem ninguém reparar se ele estivesse molhado e sujo.

Belinda concordou.

– Você saberia dizer qual é a empresa de limpadores de janelas do seu bairro?

– Não. Ninguém repara nos limpadores de janelas, a menos que eles resolvam espiar o quarto de alguém enquanto a pessoa ainda está na cama.

– Vou voltar para o bairro no caminho para o ateliê. Tenho certeza de que vou encontrar um criado que saiba a resposta. Depois podemos telefonar para a empresa e descobrir quem estava trabalhando naquela manhã.

– Boa ideia. – Eu me senti muito esperançosa.

Mas, quando chegamos à Belgravia Square, mais repórteres haviam aparecido e não havia um único criado à vista. Relutantes, tivemos que ir para o ateliê de Belinda. Ela verificou o relógio quando chegamos ao Hyde Park Corner.

– Droga, vamos nos atrasar se não apertarmos o passo.

– Não é melhor chamar um táxi? – perguntei.

– Não precisa. É perto da Curzon Street.

– Mayfair? Você aluga um ateliê em Mayfair?

– Bem, não é exatamente um ateliê – respondeu Belinda enquanto se esquivava de um ônibus, um táxi e um Rolls-Royce velho. – Tem uma mulher em Whitechapel que costura as roupas para mim, mas Mayfair é onde encontro minhas clientes.

– Mas o aluguel não é assustadoramente caro?

– Querida, o tipo certo de cliente não ia aparecer se o ateliê fosse em Fulham ou Putney – disse ela, despreocupada. – Além do mais, meu tio é praticamente dono do quarteirão inteiro. É um lugar pequeno, mas grande o suficiente para *moi*. Você vai amar.

Belinda não estava exagerando. O lugar era um cômodo acarpetado com um sofá e uma mesa baixa de vidro. Um grande espelho dourado tinha um lugar de destaque. Fotos das criações de Belinda e de pessoas famosas vestidas com elas pendiam nas paredes. Havia lindos rolos de seda jogados com descuido em um canto e cortinas de veludo bloqueando a outra extremidade.

– Quando eu der o sinal, você sai de trás dessas cortinas, querida, com o vestido de noite roxo. É uma senhora americana, e você sabe como elas ficam impressionadas com a realeza. Esse traje é majestoso. Além disso, tenho certeza de que posso convencê-la a pagar adiantado. Só espero que ela não seja muito grande... esse vestido não cairia muito bem em uma mulher corpulenta.

Puxei as cortinas e encontrei um vestido longo roxo pendurado ali.

– Já vi esse vestido, tenho certeza – garanti. – Marisa não o usou no casamento de Primrose?

– São parecidos, mas não iguais – disse Belinda com frieza. – Eu vi a ideia e copiei. Espero que Marisa tenha gastado uma fortuna no dela em Paris. Não me importo em roubar as ideias de outros estilistas.

– Belinda!

– Ninguém precisa saber – disse ela. – O casamento acabou. Os vestidos nunca mais serão usados, e tenho certeza de que não havia nenhuma americana presente.

– Talvez elas tenham entrado de penetras como nós – sugeri.

– Se fizeram isso, não têm dinheiro para bancar minhas criações – disse Belinda, presunçosa. – Depressa, ela vai chegar daqui a um segundo.

Recuei para trás das cortinas e comecei a me despir. Era escuro e apertado, e mal havia espaço para mover os braços. Ouvi uma batida na porta quando eu estava com as roupas de baixo, me perguntando se devia colocar o vestido por cima da cabeça ou por baixo. Enfiei os pés nele apressadamente enquanto ouvia uma voz estridente com sotaque americano ecoar pela salinha.

– As pessoas têm mencionado o seu nome, e pensei em dar uma passada no seu ateliê, pois preciso de alguma coisa deslumbrante para uma ocasião específica. Tem que estar no auge da moda, entendeu? Pessoas importantes vão estar presentes.

– Acho que tenho um traje que você vai adorar – disse Belinda, com um tom condescendente. – Devo lhe dizer que a realeza já vestiu minhas criações.

– Ah, minha querida, não vou usar isso contra você, mas, por favor, nunca cite esse fato como argumento de venda. Eu logo imagino uma duquesa deselegante, parecendo um pudim de Natal com uma tiara no topo ou aquela rainha horrível de vocês, toda empertigada, como se estivesse usando um espartilho de aço reforçado e dois números abaixo do dela.

Tudo que pude fazer foi continuar atrás da cortina. A duquesa deselegante a que ela se referia só podia ser Elizabeth de York, uma mulher encantadora e divertida, além de ser uma conterrânea escocesa que eu adorava, e a rainha era... bem, era a rainha. Não preciso dizer mais nada.

– Vou lhe dizer o que eu quero, querida – continuou a americana. – Quero um traje adequado para um coquetel em uma boate elegante... talvez para dançar depois. Uma coisa *avant-garde*, que faça todas as cabeças se virarem para mim.

– Tenho a roupa perfeita – disse Belinda. – Aguarde um momento, por favor, enquanto peço para a minha modelo vesti-la.

Ela disparou para trás da cortina.

– Depressa, tire o vestido roxo e vista esse traje preto e branco.

Ela quase o jogou em mim e desapareceu de novo. Saí com grande dificuldade do vestido roxo e tentei colocar a criação em preto e branco. Naquele breu, foi difícil saber como vesti-lo. Entrei nele da melhor maneira que pude e comecei a puxá-lo para cima.

– Ande logo. Não podemos deixar a cliente esperando – avisou Belinda.

Lutei bravamente. Era um traje de cetim preto com uma saia longa e muito justa, tão apertada que eu mal consegui puxá-la pelas coxas e os quadris. A parte superior tinha um enfeite branco na frente que lembrava uma gravata-borboleta de garçom, abotoada no pescoço, e as costas eram decotadas.

– Ainda não está pronta? – Belinda me chamou.

Deixei um botão desabotoado no pescoço, na esperança de que meus cabelos o cobrissem, e saí. Eu mal conseguia andar e tive que dar passinhos curtos e trôpegos. O vestido não era prático para dançar nem para ir a uma boate. Ela nunca conseguiria descer os degraus, para começar. Enquanto eu caminhava, notei alguma coisa tremulando ao meu lado, como uma cauda, só que não atrás. Era a roupa mais esquisita que eu já tinha visto. A cliente obviamente também achou.

– Santo Deus, o que é isso? – perguntou ela. – Querida, eu tenho mais traseiro do que ela. Jamais entraria em algo assim. E parece que a modelo vai cair a qualquer segundo.

A última afirmação foi feita quando agarrei a cortina e quase derrubei o vaso de palmeira.

Belinda deu um pulo.

– Espere, tem alguma coisa errada – disse ela e, depois, soltou um gritinho. – É uma calça, Georgie! Você vestiu as duas pernas em uma perna da calça.

A americana deu uma risada estridente.

– Que trapalhona – disse ela. – O que você precisa é de uma nova modelo, de preferência francesa.

Ela havia se levantado. Belinda correu até ela.

– Sabe, eu não avisei à modelo. Ela nunca tinha visto...

A mulher a interrompeu:

– Se você sequer consegue uma boa funcionária, querida, não tenho muita esperança em relação ao produto final. – E saiu, batendo a porta.

– Que mulher rude – falei. – Você tem que aturar esse tipo de coisa o tempo todo?

Belinda assentiu.

– É o preço que se paga – disse ela. – Mas, sinceramente, Georgie... quem mais além de você teria tentado se espremer em uma perna da calça?

– Eu tive que me vestir correndo. E eu avisei que era desajeitada.

Ela começou a rir.

– É verdade, você avisou. E tinha razão. Ah, minha pobre amiga, dê uma boa olhada no espelho. Devo dizer que você está absolutamente ridícula.

Eu gargalhei pela primeira vez em dias.

Dezessete

Ateliê de Belinda Warburton-Stoke
Mayfair, Londres
Sábado, 30 de abril de 1932

DEMOROU UM BOM TEMPO até eu conseguir sair da perna da calça sem rasgar as costuras.

– Ela teria ficado horrível nessa roupa, de qualquer maneira – disse Belinda, olhando na direção da porta. – Velha demais e baixa demais.

– Afinal, quem era essa mulher? – perguntei.

– O nome dela é Simpson, acho.

– Sra. Simpson?

– Você a conhece?

– Minha querida, ela é a paixão da vez do príncipe de Gales, a mulher que eu tenho que espionar na festa dos próximos dias.

– Espionar? Para quem?

– Para a rainha. Ela acha que David está ficando interessado demais nessa Sra. Simpson.

– Ela é divorciada, então? Eu achei que ainda tinha um marido na história.

– E tem. Ela arrasta o pobre coitado para todo lado querendo manter um verniz de respeitabilidade.

– Devo dizer que sua família tem um gosto péssimo para mulheres – comentou ela. – Veja só o velho rei. E sua mãe também não deve ter sido uma escolha adequada.

– Minha mãe era mil vezes mais adequada que essazinha – falei. – Eu quase saí de trás das cortinas para esmurrar a mulher quando ela começou a insultar a família real. – Olhei para o relógio do outro lado da rua. – Ah, meu Deus, as horas voaram! Preciso ir à estação para encontrar Binky. Quero falar com ele antes que a polícia o interrogue.

– Tudo bem, então, pode ir – disse Belinda. – Vou arrumar o ateliê agora e depois tenho outra festa para ir. Quer dormir na minha casa de novo hoje à noite?

– É muito gentil da sua parte. Mas, se nos derem permissão para entrar na casa e Binky quiser ficar lá, vou fazer companhia para ele. Não quero que ele se sinta sozinho.

Depois que nos despedimos, parei para beber uma xícara de chá com bolinhos e então enfrentei o tráfego da hora do rush para chegar à estação de King's Cross antes do trem de Binky. Cheguei na hora exata em que o jornaleiro gritava:

– Extra, extra! Um corpo na banheira do duque.

Céus, Binky ia ter um ataque. Eu teria que tentar tirá-lo da estação sem que ele percebesse nada disso. O expresso chegou no horário certo, às 5h45. Fiquei de pé atrás da catraca, observando ansiosa. Por um momento, pensei que ele não tivesse pegado o trem, mas depois o vi caminhando na frente de um carregador que levava, desgostoso, sua valise ridiculamente pequena.

– Rápido, vamos pegar um táxi. – Agarrei o braço dele assim que ele passou pela catraca.

– Georgie, pare de me agarrar. Qual é a pressa?

De repente, uma voz gritou:

– Lá está ele! É o duque. É ele mesmo.

E as pessoas começaram a se reunir à nossa volta. Um flash disparou. Binky olhou para mim com uma expressão de pânico. Peguei a mala do carregador, segurei a mão de Binky, arrastei-o pela multidão e o empurrei para dentro de um táxi que estava chegando, irritando as pessoas que aguardavam na fila.

– Que diabos foi isso? – perguntou Binky, secando o suor da testa com um lenço monogramado.

– Isso, meu querido irmão, é a imprensa londrina. Os repórteres já sabem do corpo. Acamparam na frente da casa o dia todo.

– Santo Deus. Bem, isso resolve tudo. Vou para o clube. Não vou tolerar esse absurdo. – Ele bateu no vidro. – Motorista, leve-nos para o Brooks.

– E quanto a mim? – perguntei. – Já pensou que eu não posso entrar no seu clube?

– O quê? Claro que não pode. Nenhuma mulher pode entrar.

– Estou dormindo no sofá de uma amiga, mas ele é terrivelmente desconfortável – falei.

– Ouça, Georgie, talvez seja melhor você ir para casa.

– Eu já disse que tem repórteres acampados na vizinhança.

– Não, eu quis dizer para nossa casa na Escócia – disse ele. – Seria a coisa mais segura a fazer. Reserve um vagão dormitório no Flying Scotsman de hoje à noite.

– Não vou deixar você na mão – retruquei, pensando que era melhor enfrentar todos os policiais do mundo a ficar sozinha com Fig. – E os policiais achariam muito suspeito se eu sumisse de repente, como ficaram desconfiados com o seu desaparecimento repentino.

– Ah, céus, eles ficaram? Quando vi quem estava flutuando na banheira, achei que iam supor na mesma hora que eu era o culpado, depois pensei que, se estivesse na Escócia, ninguém poderia suspeitar de mim. De modo que fui direto para King's Cross e parti.

– E me deixou como a suspeita número um! – exclamei, indignada.

– Não seja boba. Eles não podem suspeitar de você. Você é uma garota frágil. Não teria forças para afogar um sujeito grande como De Mauxville.

– Sozinha, não, mas eu poderia ter um cúmplice.

– Ah, é verdade. Não pensei nisso. Tenho que admitir que me passou pela cabeça que você tivesse dado um jeito de acabar com ele. Afinal, foi você quem falou em empurrar o homem do rochedo. – Ele fez uma pausa e acrescentou: – Você não disse nada à polícia, não é?

– Não tenho nada a dizer a eles, Binky. Não sei o que aconteceu. A única coisa que sei é que você estava lá de manhã e, quando voltei à tarde, tinha um corpo na nossa banheira e você tinha desaparecido. Na verdade, já que estou envolvida nisso de qualquer maneira, eu gostaria de saber a verdade.

– Também estou completamente no escuro, minha cara – disse ele.

– Então você não combinou de se encontrar com De Mauxville na casa?

– Claro que não. Na verdade, foi muito esquisito... alguém do clube telefonou para dizer que um sujeito queria me encontrar lá naquela hora. Fui ao clube, mas ninguém parecia ter o menor interesse em falar comigo. Voltei para casa, subi a escada, me perguntei onde havia deixado o pente, entrei no banheiro e vi alguém deitado na banheira. Tentei tirá-lo de lá; fiquei muito molhado e percebi que o sujeito estava morto. Também constatei quem era. Posso não ser a pessoa mais brilhante do mundo, mas logo entendi as consequências.

– Isso significa que alguém atraiu você para fora de casa, levou De Mauxville para lá e o matou – falei.

– Deve ter sido isso mesmo.

– Como era a voz da pessoa?

– Não sei. Um pouco abafada, na verdade. Disse que estava ligando do clube, e eu achei que fosse um dos porteiros do saguão. Eles têm só a metade dos dentes e nem sempre são fáceis de entender.

– Então era a voz de um inglês?

– O quê? Ah, sim, definitivamente de um inglês. Ah, entendi. Você está dizendo que não foi um funcionário do clube que me telefonou, e sim um impostor. Que coisa desprezível. Quer dizer que outra pessoa devia desejar a morte de Mauxville. Mas por que matá-lo na nossa casa?

– Para incriminar você. Ou nós dois.

– Quem diabos ia querer isso? – Ele olhou pela janela do táxi quando paramos na esquina da Baker Street. Olhei para o lugar onde o número 221B deveria estar e desejei que ele fosse real. Um bom detetive era exatamente o que eu precisava naquele momento.

– Você acha que já encontraram a carta? – perguntou Binky em voz baixa.

– Eu destruí a original. Foi a primeira coisa em que pensei. Procurei nos bolsos dele, encontrei, joguei no vaso e dei descarga.

– Georgie, você é brilhante!

– Não muito. Eu tinha me esquecido que os nossos advogados ainda têm uma cópia e que pode haver outras por aí.

– Ah, caramba. Eu não tinha pensado nisso. Não vai ficar bem para nós se a polícia encontrar uma cópia, não é?

– Não vai ficar bem para você, Binky. Foi você que fugiu da cena do crime. E é você que tem forças para afogar o homem.

– Ah, vamos lá, minha cara. Você sabe muito bem que eu não saio por aí afogando pessoas, nem mesmo canalhas como De Mauxville. Será que não pode dizer à polícia que eu saí da cidade antes de tudo isso acontecer?

– Não posso, não. Não vou mentir por você, Binky. E, além disso, várias pessoas sabem exatamente quando você foi embora... carregadores, motoristas de táxi e bilheteiros. As pessoas reparam quando um duque viaja, sabia?

– É mesmo? Ah, raios. O que você acha que eu devo fazer?

– Infelizmente você foi visto voltando para a Rannoch House e, em seguida, saindo de novo em um táxi, então você não pode alegar que estava no clube ou já tinha saído. Suponho que possa dizer que não subiu a escada... que pretendia pegar o trem do meio-dia para a Escócia, por isso foi em casa só para buscar a mala no saguão. Isso pode dar certo.

– Eles não vão acreditar, vão? – Ele suspirou. – E, se descobrirem sobre a carta, estarei condenado.

Dei um tapinha na mão dele.

– Vamos resolver isso de um jeito ou de outro. Todo mundo que o conhece pode testemunhar que você não é violento.

– Que pena que hoje é sábado. Vamos ter que esperar até segunda-feira para falar com nossos advogados.

– Você acha que conseguiríamos convencê-los a não mencionar a carta?

– Não faço ideia. – Binky passou as mãos pelos cabelos indisciplinados, que mais pareciam um esfregão. – Que pesadelo, Georgie. Não vejo como escapar dessa situação.

– Vamos ter que descobrir quem fez isso – falei. – Agora pense, Binky. Quando saiu de casa, você trancou a porta da frente?

– Não tenho certeza. Não sou muito bom em trancar portas, porque sempre há criados por perto.

– Então o assassino pode ter subido os degraus da frente e entrado na casa sem nenhum problema. Você notou alguém na rua quando saiu?

– O de sempre: motoristas esperando, babás empurrando carrinhos de bebê. Acho que eu disse bom-dia àquele velho coronel da casa da esquina.

– E limpadores de janelas? – perguntei. – As janelas estavam sendo limpas quando você estava lá?

– Nunca reparo em limpadores de janelas. Quem repara?

– Por acaso você sabe qual empresa contratamos?

– Não faço ideia. A Sra. McGregor é quem paga as contas. Ela deve ter essa informação no registro de gastos da casa, mas o caderno deve estar com ela na Escócia.

– Precisamos descobrir – falei. – Pode ser importante.

– Limpadores de janelas? Você acha que eles viram alguma coisa?

– Quero dizer que o assassino pode ter se disfarçado de limpador de janelas para ter acesso à casa.

– Ah, entendi. Você é inteligente mesmo, Georgie. É uma pena ser a única com cérebro na família. Tenho certeza de que você administraria o Castelo de Rannoch muito bem.

– Vou precisar de cada centímetro do meu cérebro para nos tirar dessa enrascada.

Ele assentiu com um ar de tristeza.

O táxi parou em frente à imponente entrada do Brooks. Um carregador trêmulo desceu os degraus mancando para pegar a valise de Binky.

– Bem-vindo de volta, Vossa Senhoria – disse ele. – Permita-me oferecer minha solidariedade em um momento tão angustiante. Ficamos muito preocupados com sua segurança. A polícia esteve aqui mais de uma vez perguntando por Vossa Senhoria.

– Obrigado, Tomlinson. Não se preocupe. Logo o assunto será resolvido.

Ele me deu um sorriso corajoso e seguiu o velho homem até o prédio. Fiquei parada sozinha na calçada.

Dezoito

Mais uma vez, no sofá de Belinda Warburton-Stoke
Mais uma vez, sábado, 30 de abril de 1932

ESPEREI BINKY REAPARECER, mas não houve sinal dele. Realmente, os homens são impossíveis. Desde que nascem, só pensam em si mesmos. Atribuí a atitude de Binky à sua formação no internato. Ele merecia ser preso, pensei, mas me arrependi na mesma hora. Não se podia esperar muito de alguém que saiu da austeridade da escola Gairlachan direto para o clube Brooks.

Fiquei parada na calçada do Brooks, observando um desfile de táxis e Rolls-Royces passar enquanto as pessoas elegantes se preparavam para aproveitar as atividades noturnas e me perguntando o que fazer a seguir. Belinda ia sair à noite. A Rannoch House estava repleta de policiais e repórteres. Eu estava começando a me sentir um tanto perdida e abandonada quando ouvi o som de uma sirene e um carro de polícia parou ao meu lado. O inspetor Sugg desceu do carro e tirou o chapéu para mim.

– Boa noite, senhorita. Soube que seu irmão voltou à cidade.

– Isso mesmo, inspetor. Ele acabou de entrar no clube.

– Eu gostaria de falar com ele, se possível, antes que ele se recolha para dormir – disse ele e caminhou até a porta da frente.

Boa sorte, pensei, e esperei que ele fosse rechaçado daquele bastião como eu tinha sido. Mas, pouquíssimo tempo depois, Binky apareceu com o inspetor Sugg atrás.

– Estamos a caminho da Scotland Yard para uma conversinha – disse o inspetor. – Por aqui, senhor, por favor.

– É "Vossa Graça" – disse Binky.

– O quê?

– Um duque deve ser tratado como "Vossa Graça".

– É mesmo? – perguntou o inspetor Sugg sem se impressionar. – Eu não tive o prazer de prender muitos duques durante a minha carreira. Vá para o banco de trás, se não se importa.

Binky me lançou um olhar amedrontado.

– Você não vem?

– Achei que você não precisasse de mim – respondi, ainda irritada pela falta de sensibilidade dele.

– Meu bom Deus, é claro que eu preciso de você.

– Sua presença também pode ser útil lá, senhorita – disse Sugg. – Certos fatos vieram à tona...

Ele sabe da carta, pensei.

Binky se afastou para me ajudar a entrar no carro.

– Ah, a propósito, sargento, minha irmã é "Vossa Senhoria".

– É mesmo? E eu sou "inspetor", e não "sargento".

– Não diga. – Binky esboçou um sorrisinho. – Imagine só.

Às vezes, acho que ele não é tão obtuso quanto dá a entender.

Partimos, felizmente, sem as sirenes. Mas tive uma sensação estranha quando passamos pelos portões da Scotland Yard. Visões de meus ancestrais indo para a Torre passaram pela minha mente, embora eu soubesse que a Scotland Yard não tinha masmorras nem patíbulos. Fomos escoltados ao subir um lance de escadas e entramos em uma salinha sem graça que dava para o pátio e exalava um odor rançoso de tabaco. O inspetor puxou uma cadeira para mim do outro lado de uma mesa. Eu me sentei. Binky fez o mesmo. O inspetor nos examinou, parecendo bem satisfeito consigo mesmo, pensei.

– Estávamos procurando Vossa Graça – disse ele, enfatizando as duas últimas palavras. – Procuramos por toda parte.

– Não é difícil me encontrar – respondeu Binky. – Eu estava em casa, na Escócia. Cheguei ontem e foi muito inconveniente ter que voltar a Londres porque um sujeito se afogou na minha banheira.

– Não se afogou sozinho, senhor. Imagino que alguém o tenha ajudado. Ele era seu amigo?

– Não posso dizer isso, inspetor, já que não tive a chance de ver o patife.

Olhei para Binky. O bom e velho sangue real dos Rannochs certamente aparecia em momentos de crise. Parecia que ele tinha dito: "Não estamos gostando dessa situação."

– O senhor está dizendo que não viu o corpo na sua banheira?

– Claro. Exato. É o que estou dizendo.

Olhei para ele de novo. Binky pareceu um pouco enfático demais. O policial obviamente também pensou o mesmo.

– Se o senhor não o viu na banheira, como sabia que ele era um patife?

– Uma pessoa que tem a audácia de morrer na minha banheira sem a minha permissão só pode ser um patife, inspetor – disse Binky. – Se quer saber, eu só soube disso quando minha irmã me telefonou com a notícia.

– E se eu disser que o cavalheiro se chamava Gaston de Mauxville? O nome lhe é familiar?

– De Mauxville? Sim. Conheço esse nome. – Mais uma vez, ele soou enfático demais.

– Acho que ele era conhecido do nosso falecido pai, não é? – interrompi.

– De Mauxville. Sim. Eu o encontrei uma ou duas vezes.

– Recentemente?

– Não recentemente.

– Sei. Quer dizer que o senhor ficaria surpreso se soubesse que foi encontrado um bilhete no quarto de hotel desse cavalheiro, pedindo para ele falar com o senhor a respeito de uma questão muito urgente às onze horas de ontem no seu endereço em Londres?

– Não apenas surpreso, como também indignado. Posso afirmar que não escrevi esse bilhete – disse Binky, em seu melhor tom ducal. Mais uma vez, nossa bisavó ficaria orgulhosa.

– Acontece que o bilhete está aqui. – O inspetor abriu uma pasta e empurrou uma folha de papel na nossa direção. – Ele foi entregue em mãos no Hotel Claridge ontem de manhã e levado ao quarto do monsieur (ele pronunciou à inglesa) De Mauxville.

Binky e eu olhamos para o papel.

– Sem dúvida, é uma falsificação – disse Binky.

– E como pode afirmar isso?

– Em primeiro lugar, eu só escrevo em papéis de carta com meu timbre em relevo. Esse é um papel barato que qualquer um poderia comprar na Woolworths.

– E em segundo lugar – falei –, o bilhete está assinado com "Hamish, duque de Rannoch". Meu irmão assina cartas com um simples "Rannoch" quando se dirige a seus pares e, se resolvesse incluir o título completo, seria "Duque de Glen Garry e Rannoch".

– Além do mais, essa não é a minha letra – disse Binky. – É bem parecida, concordo. Alguém tentou imitar meu estilo, mas eu cruzo meu "t" de maneira diferente.

– Então o senhor afirma que não enviou esse bilhete.

– Exatamente.

– O que aconteceu quando o cavalheiro apareceu na sua porta?

– Não faço ideia. Eu não estava em casa. Deixe-me ver. Onde eu estava?

– Você planejava voltar para casa na Escócia, Binky – lembrei a ele.

– Isso mesmo. Eu tinha acabado de arrumar as malas para ir embora quando recebi um telefonema me pedindo para ir ao clube com urgência. Fui até lá na mesma hora e descobri que ninguém tinha enviado aquela mensagem. Conversei um pouco com alguns amigos e depois voltei à Rannoch House para pegar minha valise no saguão e tomar um táxi até a estação.

Parecia que ele havia decorado as falas com dificuldade, como se fosse um menino em uma peça da escola.

– Muito conveniente, senhor.

– É "Vossa Graça".

– Se o senhor diz... – Ele olhou do meu irmão para mim. – Querem saber o que eu acho? Acho que vocês dois estão juntos nisso. Por que um duque e sua irmã viriam a Londres sozinhos, deixando toda a criadagem para trás, se não fosse por um motivo ardiloso?

– Eu já lhe disse que deixei minha empregada na Escócia e não tive tempo de contratar uma nova – expliquei. – E meu irmão veio à cidade a negócios, só por uns dias. Ele fez as refeições no clube.

– Mas quem o vestiu? – O inspetor estava com um sorriso sarcástico. – Vocês, da classe alta, não precisam de valetes para ajudá-los a se vestir?

– Quem frequenta uma escola como a Gairlachan aprende a andar com as próprias pernas – disse Binky com frieza.

– Além disso – acrescentei –, que motivos eu e o duque teríamos para matar um francês desconhecido?

– Muitos motivos me vêm à mente, Vossa Senhoria. – As duas últimas palavras estavam carregadas de sarcasmo. – O homem era conhecido por ser um jogador. Ele foi visto em uma das casas de jogatina mais famosas da cidade esta semana. Talvez seu irmão tenha contraído dívidas de jogo que não podia pagar...

– Meu bom homem – balbuciou Binky, levantando-se –, eu mal consigo manter minha propriedade na Escócia. Uso cada centavo da minha renda escassa para alimentar o gado e pagar os funcionários. Não temos aquecimento. Vivemos com espantosa frugalidade. Eu lhe asseguro que jamais joguei em toda a minha vida!

– Tudo bem, senhor. Até agora, ninguém o acusou de nada. Estamos só juntando as peças do quebra-cabeça. Acho que já basta, por ora. Mas acho que teremos que falar com o senhor de novo. Vai ficar na sua casa... sem criados?

– Vou ficar no meu clube – disse Binky. – E acredito que lady Georgiana vá ficar na casa de uma amiga.

– Entraremos em contato, senhor. – O inspetor se levantou. – Agradeço aos dois por terem vindo.

O interrogatório tinha chegado ao fim.

– Até que correu tudo bem, não acha? – comentou Binky quando saímos da Scotland Yard.

Tudo bem? Era como se nosso ancestral, Carlos Eduardo Stuart, dissesse que a batalha de Culloden tinha corrido muito bem. Eu me perguntei se os homens da nossa linhagem eram otimistas incorrigíveis ou simplesmente estúpidos.

NA MANHÃ SEGUINTE, acordei com um mau jeito no pescoço e vi Belinda atravessando a sala na ponta dos pés.

– Acordou cedo – falei, sonolenta.

– Querida, ainda não fui para a cama... quer dizer, ainda não fui para a *minha* cama.

– Quer dizer que a seleção de rapazes estava melhor que a de ontem?

– Sem dúvida, querida.

– Vai me contar como foi?

– Não seria discreto da minha parte. Basta dizer que foi celestial.

– E você vai vê-lo de novo?

– Nunca se sabe. – Ela deu um sorriso sonhador enquanto subia a escada. – Agora vou dormir. Por favor, não me acorde, mesmo que apareça um corpo na minha banheira.

Ela chegou ao último degrau e se virou para mim.

– Vai haver uma festa fabulosa em um barco hoje à noite. Um barco de verdade, com motor, desta vez. Vamos fazer um piquenique descendo o Tâmisa até Greenwich, e você está convidada, é claro.

– Ah, acho que não... – comecei, mas ela me interrompeu.

– Georgie, depois do que você passou, precisa se divertir. Relaxe um pouco. Além disso, há certas pessoas que ficariam mais do que decepcionadas se você não aparecesse.

– Que pessoas?

Ela deu um sorriso sublime e levou um dedo com a unha vermelha até os lábios.

– Ah, não posso dizer. Vamos pegar um táxi às cinco. Vejo você mais tarde. Boa noite.

E ela se foi. Fiquei ali imaginando quem esperava me ver. Provavelmente pessoas mórbidas, que desejavam ouvir detalhes sangrentos sobre o assassinato, pensei com raiva. Decidi que não iria. Por outro lado, um passeio pelo rio Tâmisa e um piquenique no parque pareciam uma coisa celestial. Havia quanto tempo eu não me divertia de verdade?

Eu já tinha decidido o que fazer até o piquenique: falaria com a única pessoa que poderia me ajudar. Meu avô. Era primeiro de maio, e o dia estava glorioso. O sol brilhava, as árvores estavam floridas, os pássaros cantavam loucamente e os pombos voavam em bandos. O tipo de dia em que você se sente feliz por estar vivo. Peguei o trem para Upminster Bridge e subi a colina até a casa do meu avô. Ele pareceu meio satisfeito, meio alarmado quando abriu a porta e me viu parada ali.

– Ora, ora, vejam só quem apareceu – disse ele. – Olá, meu amor. Fiquei muito preocupado com você. Li a notícia no jornal hoje de manhã. Estava pensando em ir até a cabine telefônica e ligar para você.

– Não teria adiantado. Não estou na Rannoch House no momento. A casa está fervilhando de policiais e repórteres.

– Claro, claro – disse ele. – Bem, não fique aí parada. Entre, entre. Que coisa horrível. O que aconteceu? Ele bebeu demais?

– Não, ele foi assassinado – respondi. – Mas nem eu nem Binky temos a menor ideia de quem pode ter feito isso. Foi por isso que eu vim vê-lo. O senhor foi policial.

– Ah, sim, mas eu só patrulhava as ruas, querida. Um humilde policial de ronda, só isso.

– Mas o senhor deve ter participado de investigações criminais. Sabe como essas coisas funcionam.

Ele deu de ombros.

– Não posso ajudá-la nisso. Quer uma xícara de chá quentinha? – perguntou ele com seu sotaque de Essex.

– Sim, por favor. – Eu me sentei diante da minúscula mesa de cozinha. – Vovô, estou preocupada com Binky. Ele é o principal suspeito, e o fato de ter fugido para a Escócia quando descobriu o corpo não ajuda muito.

– Seu irmão tinha alguma ligação com o homem assassinado?

– Infelizmente, tinha uma ligação próxima.

E contei sobre a carta.

– Ah, céus. Céus. Isso não é nada bom – disse ele. – Tem certeza de que seu irmão está dizendo a verdade?

– Certeza absoluta. Conheço Binky. Quando ele mente, as orelhas ficam vermelhas.

Vovô pegou a chaleira que apitava e despejou a água no bule.

– Acho que você precisa descobrir quem mais sabia que esse sujeito estava em Londres. Com quem mais ele planejou se encontrar enquanto estava aqui.

– Como fazemos isso?

– Onde ele estava hospedado?

– No Hotel Claridge.

– Bem, então vai ser mais fácil do que se ele estivesse em uma residência particular. Bons hotéis sabem tudo sobre os hóspedes: quem os visita, para onde vão quando pedem um táxi. Podemos ir ao Claridge fazer algumas perguntas. Também podemos dar uma olhada no quarto dele.

– Mas qual seria o objetivo? A polícia já deve ter revistado o quarto minuciosamente, não é?

– Você ficaria surpresa com o que a polícia não considera importante.

– Mas já se passaram dois dias desde que ele foi assassinado. Eles não retiraram todos os pertences dele e limparam o quarto?

– Talvez sim, mas, segundo minha experiência, eles não costumam fazer essas coisas com pressa, ainda mais no fim de semana. Eles querem ter certeza de que não deixaram passar nada. E, depois que a polícia libera os objetos pessoais, eles são armazenados em algum lugar até serem enviados ao parente mais próximo.

Balancei a cabeça, como se estivesse prestes a enfrentar uma terrível provação.

– Mesmo que as coisas dele ainda estejam no quarto, quem ia nos deixar entrar? Eles achariam muito suspeito se eu pedisse para entrar lá.

Ele olhou para mim, inclinando a cabeça com aquele seu jeito atrevido típico.

– E quem disse que vamos pedir permissão?

– Quer dizer que vamos arrombar o quarto dele?

– Ou encontrar um jeito de entrar...

– Posso conseguir um uniforme de arrumadeira – sugeri com cautela. – Ninguém nunca repara nas criadas, não é?

– Esse é o espírito.

– Mesmo assim, vovô, ainda é invasão de propriedade privada.

– Melhor do que ser pendurado em uma corda, minha querida. Como ex-policial, eu não deveria estimular esse tipo de coisa, mas tenho a impressão de que você e seu irmão estão em grandes apuros, e isso exige medidas drásticas. Vou até lá bater um papo com o porteiro e os mensageiros do hotel. Talvez alguns ainda se lembrem de mim, da época em que eu patrulhava as ruas.

– Isso seria esplêndido – falei. – Tem outra coisa. Preciso descobrir se havia limpadores de janela trabalhando no bairro na sexta-feira e, em caso afirmativo, quem eram eles. Eu mesma perguntaria, mas com todos aqueles repórteres...

– Não se preocupe, meu amor. Posso fazer isso por você. Eu até convidaria você para ficar e almoçar, mas prometi ir até a casa da viúva ao lado.

Ela ficava me convidando e eu ficava recusando, mas depois pensei: por que não? O que há de errado em ter um pouco de companhia?

– Não há nada de errado, é verdade – respondi. Estendi a mão sobre a mesa e peguei a mão dele. – Ela sabe cozinhar?

– Não tão bem quanto a sua avó, mas também não é ruim. Não é nada mau.

– Aproveite o seu almoço, vovô.

Ele parecia quase tímido.

– Ela não pode estar atrás do meu dinheiro – disse ele, com uma risada ofegante –, então deve ser pela minha boa aparência. Bem, nos encontramos amanhã, então? Vou perguntar sobre os limpadores de janelas e depois vamos ao Claridge.

– Está bem – falei, sentindo o estômago revirar.

Usar um disfarce de arrumadeira para entrar no quarto de uma pessoa era algo muito sério. Se eu fosse pega, poderia piorar a situação de Binky em vez de ajudar.

Chalé de Belinda e, mais tarde, Rannoch House
Domingo, 1º de maio de 1932

BELINDA ACORDOU POUCO ANTES das cinco horas e surgiu deslumbrante na escada, com uma calça vermelha e um casaco preto de montaria. Isso me fez lembrar que, ainda que pudesse entrar na Rannoch House, o que não me parecia muito provável, eu não tinha nada para vestir. Quando lamentei esse fato, Belinda abriu o guarda-roupa na mesma hora e me arrumou um elegante traje de marinheira composto por saia branca, jaqueta azul e friso branco. Tinha até um pequeno e estiloso gorro de marinheiro. Quando me olhei no espelho, achei o resultado bem satisfatório.

– Tem certeza de que não quer usá-lo? – perguntei a Belinda.

– Meu bom Deus, não. Não é exatamente a última moda, querida. Você pode escapar impune, é claro, mas, se eu fosse vista com isso em Cowes, minha reputação estaria arruinada.

Pensei que a reputação dela provavelmente já estava arruinada.

– Vamos lá, então – disse ela, enfiando o braço no meu.

– Belinda, sou muito grata por tudo que você está fazendo para mim – falei.

– Querida, nem pense nisso. Eu teria sido expulsa de Les Oiseaux muitas vezes se não tivesse me resgatado. E você certamente precisa de uma amiga nesse momento.

Eu não poderia estar mais de acordo. Tomamos um táxi para o cais de

Westminster, embora eu suspeitasse que nenhuma de nós tinha dinheiro para desperdiçar com táxis. Mas precisávamos chegar da maneira adequada, como Belinda frisou, e assim fizemos.

O barco/navio/iate amarrado no píer era grande e elegante, maior do que qualquer iate que eu já tinha visto... uma espécie de transatlântico em menor escala. Um toldo tinha sido erguido no convés traseiro (Ou devo chamá-lo de popa? Não conheço muito bem os termos náuticos). Um gramofone tocava, e casais já dançavam animados. Fiquei tão encantada com a cena a bordo que quase prendi o pé em uma corda esticada no topo dos degraus, e teria simplesmente me estabacado toda se Belinda não me segurasse.

– Cuidado – disse ela –, não é bom chegar de cabeça. Agora desça a escada de costas e tome cuidado com os degraus. Não quero ter que pescá-la do Tâmisa.

– Vou tentar – falei. – Você acha que algum dia eu vou superar a minha falta de jeito?

– Provavelmente não – respondeu Belinda com um sorriso. – Se aulas de etiqueta e ginástica na Les Oiseaux e escalar penhascos na Escócia não curaram isso, eu diria que seu destino é ser desajeitada pelo resto da vida.

Desci a escada com cuidado. Eu não tinha chegado ao último degrau quando duas mãos enlaçaram a minha cintura e me baixaram até o convés.

– Ora, ora, vejam só quem está aqui – disse uma voz familiar, e lá estava Darcy, deslumbrante com uma camisa branca desabotoada e uma calça de marinheiro com as barras dobradas. – Estou feliz que Belinda tenha convencido você a vir.

– Eu também – gaguejei, porque as mãos dele ainda estavam em volta da minha cintura.

Fiquei irritada por ter corado.

– Você não vai me dar uma mão, Darcy? – perguntou Belinda.

Ele me soltou.

– Se você quiser, mas achei que soubesse se virar sozinha em tudo.

No olhar rápido que eles trocaram havia alguma coisa que não consegui interpretar. Passou pela minha mente que poderia ser dele a cama que ela havia compartilhado na noite anterior. Fiquei surpresa com a onda de ciúme que me invadiu. *Mas por que ela teria insistido que eu viesse se o queria só para si?*, raciocinei.

– Venha conhecer nosso anfitrião – disse Belinda, me puxando para longe. – Eduardo, esta é minha querida amiga Georgiana Rannoch. Georgie, este é Eduardo Carrera, da Argentina.

Eu me vi olhando para um cavalheiro muito agradável, talvez na casa dos vinte e tantos anos, com cabelo escuro e lustroso e bigodes no estilo Ronald Colman. Estava vestido impecavelmente com blazer e calça de flanela.

– *Señor* Carrera.

Estendi a mão, e ele a levou aos lábios.

– É um prazer recebê-la em meu pequeno barco, lady Georgiana – disse ele em um inglês perfeito, sem vestígio de sotaque estrangeiro.

– Pequeno barco! – Eu ri. – Veio navegando da Argentina?

– Infelizmente não, vim da ilha de Wight. Embora o barco esteja preparado para fazer a travessia do Atlântico. Não voltei à Argentina desde que meus pais me enviaram para Eton. É claro que um dia vou ter que voltar para assumir os negócios da família, mas até lá aproveito ao máximo as delícias que a Europa tem a oferecer. – Seu olhar sugestivo pousou primeiro em mim, depois em Belinda. – Vou pegar um pouco de champanhe para vocês.

Belinda me cutucou enquanto ele se afastava.

– Está vendo aquilo que eu disse sobre estrangeiros charmosos? Qualquer inglês, ao ser apresentado, diria "Olá, minha cara" e começaria a falar sobre críquete ou caça.

– Ele é muito bonito – falei.

– A mãe dele é metade inglesa, metade argentina. As famílias do pai e da mãe são donas de meia Argentina. É um excelente partido.

– Você mesma pretende fisgá-lo ou está me dizendo para lançar a minha linha? – sussurrei.

Ela sorriu.

– Ainda não decidi, então fique à vontade. Minha teoria é que, no amor e na guerra, vale tudo.

Mais uma vez, fiquei pensando se ela estava se referindo a Darcy.

– Então, onde você encontrou Darcy? – Não pude deixar de perguntar. – Foi na festa de ontem à noite?

– O quê? – Ela parecia distraída. – Darcy? Ah, sim. Ele estava lá. Talvez ele seja selvagem demais para o seu gosto, Georgie, mas posso afirmar que ainda está interessado em você. Ele fez um milhão de perguntas.

– Sobre o quê?

– Ah, muitas coisas. É claro que todos estavam especulando sobre o assassinato. A propósito, todo mundo estava do seu lado. Ninguém na sala conseguia acreditar que Binky pudesse afogar alguém em uma banheira.

– Eles tinham alguma teoria sobre quem poderia ter afogado De Mauxville?

– Nenhuma. Mas posso dizer que o falecido não era o homem mais popular do mundo. Todos concordaram que trapaceava nas cartas e não se comportava como um cavalheiro. Então acho que é seguro dizer que ele tinha um bocado de inimigos.

– Nenhuma sugestão de quem poderiam ser esses inimigos?

– Se quer saber se alguém confessou o assassinato, a resposta é não. Talvez o assassino não seja do nosso círculo social. Se De Mauxville tiver conexões criminosas, pode ser um acerto de contas entre bandidos.

– Meu Deus, eu não tinha pensado nisso – falei. – Mas não temos como verificar os criminosos.

– Todo mundo está com seu copo? – gritou Eduardo. – Certo. Sentem-se e segurem firme para podermos zarpar.

– Vamos sentar aqui, na lateral, para sentir essa brisa celestial no rosto – disse Belinda, dando um impulso para subir na beirada do barco e colocando os pés no assento de madeira. Eu fiz o mesmo. – Tenho certeza de que vamos zarpar muito rápido, se bem conheço Eduardo. Ele também dirige carros de corrida e costuma voar.

– Como Peter Pan?

Ela riu.

– Em uma aeronave, querida. Ele tem um aviãozinho encantador. Prometeu me levar para um passeio um dia desses.

No mesmo instante, um motor rugiu e despertou, fazendo o barco inteiro estremecer com a sua potência.

– Prontos para zarpar – gritou Eduardo, enquanto alguém corria para soltar as cordas que prendiam o navio ao cais.

De repente, partimos com tamanha violência que fui jogada para trás. Fiz uma inútil tentativa de me agarrar ao lado liso do barco enquanto era arremessada na água gelada. Ao meu redor, o rio agitava-se loucamente e o barulho das hélices provocava um estrondo em meus ouvidos. Ofegante, lutei para chegar à superfície. Sei nadar bem e só fiquei assustada quando percebi que estava sendo arrastada. Alguma coisa estava enrolada com firmeza no meu tornozelo, e eu não conseguia alcançá-lo por causa da velocidade com que o barco me arrastava. Lutei para manter a cabeça fora da água por tempo suficiente para gritar, mas não consegui porque minha boca se enchia de água. Sem dúvida alguém devia ter visto o que aconteceu. Eu estava cercada de pessoas. Belinda estava sentada bem ao meu lado. Sacudi os braços freneticamente. Então houve um barulho de mergulho, braços fortes me envolveram e o motor felizmente foi desligado. Fui levada de volta para o barco e içada a bordo. Houve um grande rebuliço à minha volta enquanto eu ficava ali sentada, ofegando e tossindo como um peixe fisgado.

– Você está bem? – perguntou Darcy, e vi, pelas roupas molhadas, que ele tinha sido um dos que mergulharam para me salvar.

– Acho que sim – respondi. – Estou mais chocada do que qualquer coisa.

– Que sorte você não ter batido a cabeça no costado – disse outra voz. Ergui os olhos e vi a silhueta rígida e ereta de Whiffy Featherstonehaugh. – Porque aí você teria afundado de vez e talvez nem a tivéssemos notado.

Estremeci. Whiffy deu um tapinha desajeitado no meu ombro.

– De qualquer forma, querida Georgie, lamento informar que não existe nenhum peixe grande o bastante no Tâmisa que justifique usar você como isca – disse ele.

Era a maneira típica de um inglês demonstrar solidariedade. Percebi que ele não estava molhado.

Eduardo apareceu com um cobertor na mão e uma taça de conhaque na outra.

– Lamento muitíssimo – disse ele. – Não consigo imaginar como isso aconteceu.

– Georgie é assim mesmo – atalhou Belinda, ajudando a colocar o cobertor nos meus ombros. – As coisas acontecem com ela. Digamos que ela seja propensa a acidentes, sabe como é?

– Então preciso tomar cuidado com os albatrozes durante a viagem – disse Eduardo. – Venha até a minha cabine. Vou arrumar roupas secas para você.

– Quer dizer que hoje em dia você precisa quase afogar uma garota para poder atraí-la para sua cabine, Eduardo? – zombou alguém.

Todo mundo estava rindo do episódio, como as pessoas fazem após um grande susto. Belinda desceu comigo e me ajudou a vestir o suéter listrado de pescador de Eduardo e um par de calças folgadas, cerca de cinco números maiores do que o meu.

– Sinceramente, Georgie – disse ela, rindo, mas parecendo preocupada –, quem mais, além de você, poderia cair de um barco com o pé enrolado em uma corda?

– Não consigo imaginar como isso aconteceu – retruquei. – Aquela coisa infernal estava amarrada com firmeza no meu tornozelo. Tentei soltar, mas não consegui.

– Vou vigiar você como um falcão pelo resto da viagem – disse ela. – Agora vamos voltar para o convés e ver se conseguimos secar suas roupas.

– As roupas são suas, e acho que devem ter sido estragadas pela água do Tâmisa – sugeri. – O gosto era horrível.

Darcy estava esperando quando saí da cabine.

– Tem certeza que está bem? – perguntou ele. – Meu Deus, você parece um pinto molhado. Tem certeza que não prefere que eu a leve para casa?

Tive que admitir que não estava me sentindo muito bem. Devo ter engolido litros de água do Tâmisa e ainda estava tremendo, provavelmente com um choque tardio.

– Se você não se importa mesmo – respondi –, talvez seja melhor. Mas não quero estragar a sua tarde.

– Como você pode ver, também estou bem ensopado – disse ele –, e o Eduardo não se ofereceu para me levar à cabine dele e arrumar roupas secas.

Dei uma risada.

– Assim está melhor – disse ele. – Parecia que você ia desmaiar um minuto atrás. Vamos ver se o Eduardo pode fazer essa coisa voltar.

Poucos minutos depois, mais uma vez, estávamos atracados no cais.

– Cuidado com as cordas dessa vez – gritou Belinda atrás de mim. – Vejo você à noite.

Darcy chamou um táxi.

– Belgrave Square, não é? Qual é o número? – perguntou ele.

– Não posso ir para casa – falei com um tom sombrio. – Talvez a polícia ainda esteja lá e, de qualquer maneira, a propriedade está rodeada de repórteres e de curiosos mórbidos.

– Para onde vamos, então?

– Estou dormindo no sofá da Belinda – respondi. – Tenho uma muda de roupas lá e posso lavar as que ela me emprestou antes que fiquem manchadas para sempre com a água do Tâmisa.

– Você quer ir para a casa da Belinda?

– Não consigo imaginar para onde ir agora – respondi com a voz trêmula. – O problema é que é o dia de folga da criada dela. Eu só sei preparar feijões cozidos e estava ansiosíssima por um belo piquenique.

– Tive uma ideia – disse Darcy. – Por que não vamos para a minha casa? Não me olhe assim. Prometo me comportar como um cavalheiro. Há excelentes vinhos na adega, e eu conheço um ótimo lugar para se fazer um piquenique. Além disso, estou prestes a pegar pneumonia. Tenho certeza que você não ia querer isso, ainda mais depois que eu mergulhei naquela água horrível para resgatá-la.

– Como posso recusar? – falei. – E parece muito melhor do que feijões cozidos.

O táxi nos levou na direção de Chelsea e parou diante de uma linda casa azul e branca, com as venezianas fechadas.

– Chegamos – disse ele.

Darcy abriu a porta da frente e me conduziu por uma pequena sala de estar. Não havia cabeças nem escudos nas paredes, nem retratos de ancestrais, só umas pinturas modernas e sofás confortáveis. *É assim que as pessoas comuns vivem*, pensei, com uma pontada de inveja, e me imaginei morando em uma casa como aquela com Darcy, cozinhando, limpando e...

– Preciso só de um minutinho para trocar de roupa – disse ele. – Se quiser lavar essas roupas sujas do Tâmisa, tem uma pia na área de serviço.

Graças à experiência de morar sozinha na Rannoch House, agora eu sabia onde encontrar a área de serviço. Passei por uma cozinha pequena e arrumada e fui até o cômodo adjacente. Lá estava ela. Abri a torneira (havia água quente, que felicidade; quase entrei na pia junto com as roupas) e mergulhei todas as peças na água. Quando terminei, percebi que a saia branca agora estava azul-clara, mas esperei que voltasse ao normal depois de seca. Abri a porta para encontrar um lugar onde pendurá-las e me deparei com o Tâmisa bem ao lado. Eu estava em um jardinzinho bonito, com um gramado minúsculo e uma árvore que tinha acabado de ganhar folhas. Também havia um cais ali perto. Fiquei extasiada, contemplando a paisagem, até Darcy me encontrar.

– Agora você viu como vive a plebe – disse ele. – Nada mau, hein?

– É lindo – respondi –, mas você não disse que estava hospedado na casa de um parente?

– Exato. Não posso pagar por este lugar. A casa é de um primo distante que decidiu passar os verões em seu iate no Mediterrâneo. Felizmente tenho primos por toda a Europa, graças à visão dos católicos sobre o controle de natalidade. Fique aqui. Vou trazer o vinho e toda a comida que eu encontrar.

Logo estávamos sentados nas espreguiçadeiras do jardinzinho, com vinho branco gelado, queijos deliciosos, pão crocante e uvas. Era uma tarde amena, e o sol poente incidia no velho muro de tijolos. Por algum tempo, comi e bebi em silêncio.

– Isso é o paraíso – falei. – Um viva a todos os seus primos.

– E, por falar em primos – disse Darcy –, eu soube que o pobre e velho Hubert Anstruther não vai durar muito tempo. Dizem que está em coma.

– Você o conhece?

– Fui escalar algumas vezes com ele nos Alpes. Não me pareceu o tipo de sujeito que se deixa ser varrido por uma avalanche.

– Tristram está arrasado – comentei. – Sir Hubert era o guardião dele, sabia?

– Humpf. – Foi tudo que ele disse.

– E sir Hubert e Tristram não são meus parentes – acrescentei. – Muitos maridos atrás, minha mãe foi casada com sir Hubert, o que fez com que eu e Tristram quase fôssemos parentes, só isso.

– Entendi. – Houve uma longa pausa, enquanto Darcy nos servia outra taça de vinho. – Você tem visto esse patife do Hautbois com frequência?

– Darcy, acho que você está com ciúme.

– Só estou querendo proteger você, nada mais.

Resolvi contra-atacar.

– Eu soube que você foi a uma festa com Belinda ontem à noite.

– Belinda? É, ela estava na festa. Que garota magnífica ela é... muito divertida. Nem um pouco inibida.

– Ela me falou que talvez você fosse selvagem demais para o meu gosto.
– Fiz uma pausa. – E eu me perguntei como é que ela sabia disso.

– É mesmo? Isso é muito revelador.

Ele sorriu ao constatar meu óbvio desconforto e depois se aproximou de mim.

– Você vai me deixar beijá-la hoje à noite? Mesmo que eu seja um selvagem?

– Você prometeu se comportar como um cavalheiro, lembre-se disso.

– É o que estou fazendo. Vou encher a taça para você.

– Você está tentando me embebedar para dormir comigo? – perguntei, sentindo minhas inibições se derreterem por milagre com as primeiras taças de vinho.

– Eu não acredito nessa abordagem. Gosto que as minhas mulheres estejam totalmente cientes do que estão fazendo para aproveitarem o máximo possível.

Seus olhos flertavam comigo por cima da taça de vinho.

Fiz uma tentativa de me levantar.

– Está ficando frio aqui fora, não é? Não é melhor entrarmos?

– Boa ideia.

Ele pegou as taças e a garrafa de vinho, que agora estava milagrosamente vazia, e entrou na casa. Eu o segui com o que havia restado da comida. Eu estava colocando tudo na cozinha quando os braços dele enlaçaram a minha cintura.

– Darcy!

– Sempre achei melhor pegar as garotas de surpresa – sussurrou ele e começou a beijar meu pescoço de um jeito que fez minhas pernas ficarem bambas.

Eu me virei para encará-lo, e seus lábios encontraram os meus. Eu já tinha sido beijada muitas vezes, atrás de vasos de palmeiras em bailes de debutantes e nos bancos traseiros de táxis a caminho de casa. Houve até alguma apalpação, mas nada parecido com o que eu sentia agora. Meus braços envolveram o pescoço de Darcy, e eu correspondi ao beijo. De alguma forma, meu corpo parecia saber como reagir. Fiquei zonza de desejo.

– Ai – murmurei, quando, de alguma forma, minhas costas roçaram em um botão do fogão.

– Cozinhas são lugares muito desconfortáveis, não é? – Ele riu. – Venha, vamos ver o pôr do sol do andar de cima. É a vista mais gloriosa do Tâmisa.

Ele pegou minha mão e começou a me conduzir escada acima. Eu o segui, flutuando, em um estado quase onírico. O quarto estava banhado por uma gloriosa luz rosada do poente, e as águas do Tâmisa abaixo cintilavam como por magia. Cisnes nadavam aqui e ali, com as penas brancas tingidas de rosa.

– Isso é esplêndido – falei.

– Prometo que vai ser ainda mais esplêndido – disse ele e começou a me beijar de novo.

De alguma forma, chegamos até a cama e nos sentamos. Foi aí que os sininhos de alarme começaram a soar na minha cabeça. Afinal, eu mal o conhecia. E era bem possível que ele tivesse passado a noite anterior com Belinda. Era isso que eu queria para mim? Um homem que pulava de galho em galho, de encontro em encontro? E outro pensamento me deixou ainda mais alarmada. Eu estava seguindo os passos da minha mãe? Estaria começando a trilhar o longo caminho que ela percorreu, passando de um homem para outro, sem casa nem estabilidade?

Sentei-me e segurei as mãos dele.

– Não, Darcy. Eu não estou pronta para isso – falei. – Eu não sou igual a Belinda.

– Mas eu prometo que você vai gostar – disse ele.

O jeito como ele me olhava quase derreteu minha determinação de novo. Eu também achava que ia gostar.

– Tenho certeza que sim, mas depois eu ia me arrepender. E, com tudo que está acontecendo na minha vida agora, não é uma boa hora. Além disso, quero esperar por um homem que realmente me ame.

– E como você sabe que eu não amo?

– Hoje, talvez, mas e amanhã? Você garante?

– Ah, vamos lá, Georgie. Esqueça esse horrível treinamento da realeza. A vida é feita de diversão. E quem sabe como isso pode terminar?

– Sinto muito – falei. – Eu não devia ter correspondido. Você prometeu se comportar como um cavalheiro.

– Quanto a isso... – Ele estava com um sorriso muito perverso. – Seu parente, o rei Eduardo, era um perfeito cavalheiro, mas, por Deus, ele dormiu com metade das mulheres do reino.

Ele deu uma olhada no meu rosto e se levantou, com um suspiro.

– Está bem. Vamos. Vou chamar um táxi para levá-la para casa.

Mais uma vez, no sofá de Belinda Warburton-Stoke
Segunda-feira, 2 de maio de 1932

QUANDO VOLTEI, COM UMA BOA DOSE de arrependimento, para a casa de Belinda naquela noite, encontrei um bilhete de Binky, me instruindo a encontrá-lo no escritório dos nossos advogados às dez horas. Seria inconveniente se a reunião durasse muito tempo, já que eu tinha combinado de encontrar meu avô na hora do almoço. Para garantir, entrei na Rannoch House bem cedo para pegar o uniforme de arrumadeira. Foi uma atitude sensata, pois, a essa hora, não havia sinal da polícia nem de jornalistas lá fora. A casa parecia muito estranha e terrivelmente fria, embora todos os vestígios do cadáver tivessem sido removidos da banheira. Mas eu me peguei passando na ponta dos pés pela porta do banheiro, sob o olhar atento daquela estátua vingativa.

Quando tirei o uniforme de arrumadeira do meu guarda-roupa, ouvi alguma coisa tinir. Coloquei a mão no bolso do avental e lá estava a estatueta que eu havia quebrado na casa dos Featherstonehaugh. Tanta coisa tinha acontecido desde então que acabei esquecendo disso. Ah, céus. Agora eu teria que pensar em um jeito de consertá-la e devolvê-la sorrateiramente. Só esperava que eles não tivessem percebido que ela havia sumido, entre todas aquelas espadas, deuses e outros enfeites. Eu a enfiei na primeira gaveta da minha penteadeira e coloquei o uniforme em uma sacola. Teria que encontrar um banheiro para me trocar em algum lugar pelo caminho.

Eu estava saindo de casa quando o telefone tocou.

– Georgie? – perguntou uma voz masculina.

Por um segundo, pensei que fosse Binky, mas, antes que eu pudesse responder, a pessoa disse:

– É o Tristram. Desculpe telefonar a essa hora. Acordei você?

– Me acordar? Tristram, estou acordada há horas. Na verdade, estou ficando na casa de uma amiga e só passei na Rannoch House para pegar umas coisas antes de encontrar meu irmão no escritório dos nossos advogados. Você já soube da notícia, imagino.

– Eu li nos jornais. Não consegui acreditar. Que coisa estranha. Seu irmão não é do tipo que anda por aí liquidando pessoas, não é?

– Claro que não.

– Então, quem poderia ter feito isso? Eu estava conversando com Whiffy pelo telefone ontem à noite e não conseguimos imaginar por que alguém deixaria um corpo na Rannoch House. Você acha que foi uma piada de mau gosto?

– Não faço ideia, Tristram – respondi.

– De todo modo, que baita azar isso ter acontecido com você.

– É. Tem sido péssimo.

– E Whiffy me contou que você sofreu um acidente feio ontem. Ele disse que você caiu de um barco e quase se afogou.

– É, as coisas não parecem caminhar muito bem no momento – observei, tentando pensar em como encerrar essa conversa com educação.

– E Whiffy disse que você desceu do barco com aquele O'Mara.

– É, Darcy fez a gentileza de me acompanhar até em casa – respondi.

– Espero que ele tenha se comportado como um cavalheiro.

Um sorriso aflorou em meus lábios.

– Tristram, acho que você está com ciúme do Darcy.

– Com ciúme? Meu bom Deus, é claro que não. Só estou preocupado com você, minha cara. E você sabe que eu não confio nem um pouco nesse O'Mara. Nada de bom vem da Irlanda.

– E o que me diz do uísque e da cerveja Guinness? – perguntei.

– O quê? Ah, sim. Mas você sabe o que eu quero dizer.

– Tristram, Darcy é da realeza e se comportou como tal – falei com firmeza, pensando nas coisas extraordinárias que já tinha visto pessoas da

realeza fazerem. Antes que ele pudesse responder, acrescentei rapidamente:
– Mas agora eu preciso mesmo correr. Vou me atrasar.

– Ah, certo. Eu só queria oferecer meus serviços, entende? Ver se tem alguma coisa que eu possa fazer por você.

– É muito amável da sua parte, mas infelizmente não.

– Suponho que seu irmão esteja cuidando bem de você.

– Meu irmão está no clube.

– É mesmo? Se quiser que eu vá até aí montar guarda à noite, eu ficaria feliz em ajudar.

Tive que rir com o pensamento de Tristram montando guarda.

– Obrigada, mas devo continuar na casa da minha amiga por um tempo.

– Boa ideia. É um alívio saber que tem alguém de olho em você. Eu estava pensando se você não gostaria de me encontrar mais tarde. Posso te levar para comer alguma coisa e, quem sabe, te animar um pouco.

– Obrigada. Você é muito gentil, mas acho que não estou com muito apetite para nada e não tenho ideia de quanto tempo isso vai demorar.

– Certo. Vou telefonar de vez em quando para ver como você está. Whiffy e eu queremos ajudá-la se pudermos. Até mais. Não desanime, minha cara, mantenha a cabeça erguida.

Desliguei e corri para encontrar Binky. Eu estava ansiosa para saber se veríamos o velho Sr. Prendergast hoje e qual seria sua aparência, até ser informada de que ele estava morto havia dez anos. O jovem Sr. Prendergast soltou um muxoxo e suspirou enquanto nos analisava.

– A situação é muito ruim, Vossa Graça. Uma situação bem desagradável, na verdade.

– Dou minha palavra de que eu e minha irmã não temos nada a ver com isso – disse Binky.

– Minha empresa tem cuidado dos assuntos jurídicos da sua família há gerações – observou o velho. – Sua palavra é suficiente.

– Mas o senhor percebe como as coisas parecem ruins para nós.

– Sem dúvida. É uma situação muito infeliz.

– Estávamos pensando – disse Binky – se o senhor tem obrigação de contar à polícia sobre a carta... isso se eles ainda não descobriram. Porque, se o senhor for obrigado, isso realmente vai... complicar as coisas, digamos assim.

– É uma decisão ética difícil, Vossa Graça. Nossa lealdade aos clientes contra a retenção de informações em um caso criminal. Sou obrigado, é claro, a responder com a verdade a todas as perguntas se a polícia decidir me interrogar. Isso incluiria revelar o documento. No entanto, quanto a sentir que é minha responsabilidade fornecer voluntariamente à polícia informações que possam incriminar meu cliente, um cliente que me deu sua palavra de que é inocente, devo dizer que não sinto essa obrigação.

Binky se levantou e apertou a mão do velho. Dava para ouvir os ossos estalando.

– Acho que tudo correu muito bem! – exclamou Binky quando saímos. – Quer almoçar comigo em algum lugar? No Claridge, talvez?

– No Claridge? – A voz saiu aguda. – Eu adoraria, mas infelizmente vou encontrar meu avô hoje. Ele foi policial, lembra? Espero que ele possa nos dar alguns conselhos. E talvez ele ainda conheça alguns homens da Scotland Yard.

– Esplêndido. Ótima ideia.

– E, de todo modo, ouvi dizer que a comida do Claridge não está muito boa hoje em dia – acrescentei, só para garantir, caso ele decidisse almoçar lá sem mim.

– Não diga. Sempre pensei que o Claridge fosse o máximo – disse Binky. – Mas então muito bem. É melhor comer no clube e economizar dinheiro. Onde posso encontrá-la depois, Georgie? E quanto tempo acha que devo ficar por aqui? Está custando uma fortuna me hospedar no clube, sabia? Aqueles uísques e refrigerantes não são baratos.

– Você vai ter que perguntar à polícia quando pode voltar para a Escócia – falei. – E, quanto a onde pode me encontrar, estou pensando em voltar para a Rannoch House. Dei uma passada lá hoje de manhã e a polícia tinha ido embora. O corpo também.

– É muito corajoso de sua parte, minha querida. Não sei se eu teria estômago para isso. E eles sabem como deixar uma pessoa à vontade lá no clube.

Com isso, nós nos separamos. Ele tomou um táxi e eu desci os degraus do metrô na estação Goodge Street. Segui por uma parada e fiz baldeação na Tottenham Court Road. Eu poderia ter caminhado até Holborn e, assim, não teria precisado da conexão, mas tinha começado a chover e eu não estava com a menor vontade de parecer um pinto molhado.

Eu tinha usado o metrô tão pouco na vida que sempre ficava meio confusa com as várias passagens e escadas rolantes que iam de uma linha a outra. Tottenham Court Road era um centro agitado, com pessoas correndo em todas as direções. Todos pareciam estar com uma pressa terrível. Desci a escada rolante para a Linha Norte, mas fui atingida pelas pessoas que tentavam me empurrar à direita. Por fim, encontrei a plataforma certa e fiquei lá, esperando o trem. Atrás de mim, cada vez mais pessoas chegavam à plataforma. Por fim, ouviu-se o estrondo do trem que se aproximava. Um vento soprou do túnel. Assim que o trem surgiu, alguém atrás de mim me empurrou com força. Perdi o equilíbrio e fui arremessada para a frente, em direção aos trilhos elétricos. Tudo aconteceu tão rápido que eu nem tive tempo de gritar. Mãos estendidas me agarraram e fui puxada de volta para a plataforma, no momento exato em que o trem passou trovejando por mim.

– Ufa, essa foi por pouco, senhorita – disse um operário alto, me ajudando a levantar. – Achei que não ia sobrar nem um pedacinho seu para contar história.

Ele parecia estar verde.

– Eu também – respondi. – Alguém me empurrou.

Olhei em volta. As pessoas já passavam por nós e entravam no trem como se não existíssemos.

– Todos estão sempre com tanta pressa que fico surpreso que não haja mais acidentes – disse meu amigo operário. – Tem gente demais em Londres hoje em dia. Esse é o problema. E quem tem automóvel não consegue mais usar por causa do preço da gasolina.

– Você salvou minha vida. Muito obrigada – falei.

– Não há de quê, senhorita. É melhor não ficar tão perto da beirada na próxima vez – disse ele. – Basta uma pessoa tropeçar ou empurrá-la e, pronto, a senhorita cai embaixo do trem.

– Você está certo – retruquei. – Vou ser mais cuidadosa.

Terminei a viagem feliz por Belinda não estar comigo. Ela com certeza teria alguma coisa a dizer sobre a minha incontrolável falta de jeito. Mas dessa vez não tinha sido culpa minha. Eu estava no lugar errado na hora errada.

Meus dedos ainda tremiam quando troquei de roupa e vesti o uniforme de arrumadeira no banheiro feminino na estação de Charing Cross, mas, quando cheguei ao Hotel Claridge, já estava mais calma. Por sorte, chovia, então consegui esconder o uniforme sob a capa de chuva. Quando me aproximei do Claridge, vi a silhueta familiar do meu avô esperando por mim.

– Olá, querida. Tudo bem com você?

– Tudo – respondi. – Alguém me empurrou e quase fui parar debaixo do trem, mas, fora isso, tudo bem.

Vi um olhar de preocupação cruzar o rosto dele.

– Quando foi isso?

– Eu estava vindo para cá, depois da reunião com os advogados. Estava bem na frente de uma plataforma lotada, e a multidão deve ter avançado quando viu o trem se aproximar. Quase fui jogada nos trilhos.

– Você precisa ser mais cuidadosa, meu amor. Londres é um lugar perigoso – disse ele.

– Serei no futuro.

Ele olhou para mim por um momento, com a cabeça inclinada, e disse:

– Então muito bem, acho que é melhor fazermos o que viemos fazer.

– Já conseguiu falar com alguém?

Ele tocou o lado do nariz.

– Seu velho avô ainda não perdeu o jeito. Ainda tem a manha. Sabe como conseguir as coisas. Fui até seu bairro elegante primeiro e posso lhe dizer que não havia limpadores de janelas trabalhando naquele dia.

– Então, se alguém viu um limpador de janelas...

– Era alguém que pretendia aprontar alguma coisa.

– Foi exatamente o que pensei. Será que eles conseguiriam descrever esse homem? Ou esses homens?

– Ninguém repara em trabalhadores, meu amor.

– Da mesma forma que ninguém repara em arrumadeiras – falei. – Estou vestindo meu uniforme de empregada, mas tenho que descobrir em qual quarto ele estava e não tenho a menor ideia de como entrar lá.

– Quanto a isso, era o quarto 317. E mais: ainda não foi limpo. Parece que o cavalheiro pagou uma semana antecipada, por isso o hotel não queria mexer nas coisas dele sem ter uma orientação.

– Como descobriu tudo isso?

Ele sorriu.

– Alf, o porteiro, ainda se lembra de mim.

— Vovô, o senhor é um gênio.

— Seu velho avô ainda tem alguma utilidade, não é? — Ele me deu um sorriso iluminado.

— Pode me dizer mais alguma coisa?

— Seu monsieur De Mauxville saiu todas as noites para jogar... foi ao Crockford's e a outros lugares menos agradáveis. E recebeu uma visita. Um elegante rapaz de cabelos escuros.

— Algo mais?

— Ainda não. Pensei em bater um papo com os mensageiros, e você poderia perguntar às outras criadas do andar.

— Tudo bem — respondi. Agora que estava prestes a acontecer, eu estava apavorada. Arrombamento e invasão já eram delitos bem graves, mas também me fariam parecer culpada aos olhos do inspetor Sugg. — Como subir a escada sem ser notada? As pessoas podem me reconhecer.

— Saída de emergência. Sempre tem que haver um jeito seguro de sair de um hotel.

— Lá vou eu, então. Não quer ir comigo?

— Eu faria muitas coisas por você, minha querida, menos isso. Sou um ex-policial e um reles plebeu. A lei me trataria de maneira muito diferente se fôssemos pegos. Não tenho o menor desejo de passar o resto dos meus dias em Wormwood Scrubs.

— Também não estou ansiosa por isso — respondi.

Ele deu uma risada.

— Wormwood Scrubs é uma prisão masculina. Mas eles não prestariam queixas contra você, ainda mais sabendo que você só estava tentando ajudar seu irmão.

Eu concordei.

— Sinceramente, espero que sim. Bem, me deseje sorte, então. Encontro o senhor aqui em uma hora.

Subi a escada de emergência sem nenhum problema, deixei a capa de chuva enrolada em um canto, coloquei a touca de empregada e fui até o terceiro andar. Então, é claro, me ocorreu que eu não tinha como entrar no quarto. Eu não tinha planejado as coisas direito. Vaguei pelo corredor, girando as maçanetas, até que uma voz atrás de mim me fez dar um pulo.

— Ei, você! O que está fazendo?

Eu me virei e vi uma jovem irlandesa em um uniforme bem diferente do meu. De imediato, decidi mudar minha história.

– Minha patroa estava hospedada aqui ontem à noite e seu brinco de diamante deve ter caído enquanto ela dormia. Ela não costuma ir para a cama de brinco, mas chegou muito tarde. Ela me pediu para procurá-lo. Só que ninguém atende à porta, então o patrão também já deve ter saído.

– Qual era o quarto?

– 317.

Ela me olhou de um jeito estranho.

– O 317 era o quarto do senhor francês que foi assassinado – disse ela.

– Assassinado? Aqui?

– Você não lê os jornais? Aqui não. Na banheira de um duque qualquer. Enfim, a polícia veio e deu uma boa inspecionada no quarto.

– Eles encontraram alguma coisa?

– Como é que eu vou saber? Eles não me contariam, não é mesmo?

– Então você teve que empacotar as coisas dele?

– Ainda não. Elas ainda estão no quarto, até onde eu sei, e a polícia deu ordens para ninguém entrar.

– Que coisa horrível ele ter sido assassinado. Era um homem agradável?

– Muito pelo contrário. Era rude e ingrato, pelo que pude perceber. Ele estalou os dedos e gritou comigo porque mudei os papéis de lugar quando estava limpando a mesa.

– Que tipo de papéis?

– Nada de mais. Só umas revistas que ele estava lendo. Ele achou que eu estava bisbilhotando. – Ela alisou o uniforme. – De qualquer forma, não posso ficar aqui jogando conversa fora. Tenho que voltar ao trabalho.

– E eu tenho que encontrar aquele brinco, senão vou perder o emprego. Minha memória é péssima. Será que era o 217? Tem alguma ideia de onde o lorde e a lady...

Deixei o resto da frase inacabada, esperando que ela mordesse a isca. E foi exatamente o que ela fez.

– Lady Furness? É o quarto 313.

– Ah, graças a Deus. Eu estaria perdida se voltasse sem esse brinco. Você acha que pode me deixar entrar?

– Acho que sim, mas eu realmente preciso...

– Olha, lady Furness está almoçando com uma amiga no restaurante lá embaixo. Você quer que eu vá buscá-la para lhe dizer que eu tenho autorização para entrar no quarto?

Ela olhou para mim por muito tempo e respondeu:

– Não, acho que não tem problema eu deixar você entrar. Mas já tiraram os lençóis da cama. Se ninguém encontrou o brinco até agora, as chances são pequenas.

– O diamante é pequeno. Pode ter caído atrás da cama e ninguém ia notar – falei. – Enfim, ela me mandou procurar, e é melhor eu obedecer. Você precisa ver como ela fica quando se irrita.

Ela sorriu para mim.

– Vá em frente, então, pode entrar. Mas não se esqueça de fechar bem a porta quando sair. Não quero arranjar problemas por tê-la deixado aberta.

– Ah, claro. Pode deixar – garanti. – E vou deixar fechada enquanto procuro.

Ela abriu a porta. Entrei e a fechei. Eu não tinha certeza se ia adiantar estar no quarto 313, mas era melhor do que nada. Abri a janela e vi que havia um largo parapeito contornando a parte externa. Se a janela do 317 não estivesse bem fechada, talvez fosse possível entrar lá dessa forma. Subi com cautela no parapeito. Se eu perdesse o equilíbrio, seria uma longa queda. Dava para ver o cortejo de ônibus vermelhos brilhantes passando lá embaixo, ao longo da Strand. E o parapeito começou a não parecer tão largo. Não tive coragem de ficar de pé. Comecei a engatinhar devagar pelo peitoril. Passei pelo quarto 315 com sucesso e cheguei ao 317. Foi difícil encontrar um jeito de abrir a janela na posição precária em que eu estava, mas finalmente senti que ela cedeu um pouco.

Consegui erguer a moldura da janela, rastejei para dentro e fiquei parada, respirando com dificuldade, no tapete do quarto deserto. Como a criada tinha dito, o quarto fora esvaziado depois que De Mauxville tinha morrido. Sem lençóis, sem toalhas. Ainda havia papéis na mesa, dispostos em uma pilha organizada. Dei uma olhada neles, mas só encontrei um exemplar do *Times* de três dias antes e algumas revistas de esportes. A cesta de lixo tinha sido esvaziada. Não havia marcas no papel mata-borrão. Olhei embaixo da cama, mas o chão estava imaculado. Abri a cômoda, mas as gavetas tinham apenas algumas roupas íntimas muito gastas e um par de meias que precisavam ser cerzidas. Os lenços, no entanto, tinham um brasão bordado. Passei para o guarda roupa. Havia um smoking e um par de camisas brancas limpas pendurados. Vasculhei os bolsos do smoking, mas não encontrei nada. Porém, quando fui devolvê-lo ao cabide, vi que ele não encaixava. Ternos de cavalheiros são feitos com perfeição, não podem escorregar do cabide. Tentei nos bolsos de novo e descobri que o tecido de um bolso interno estava rasgado. Tateei dentro do tecido rasgado e tirei um rolo de papel. Arquejei de surpresa quando vi o que era: um rolo compacto de dinheiro – centenas de notas de cinco libras –, bem, talvez não fossem centenas, mas era um maço grande e gordo. Fiquei ali parada, fitando o dinheiro. Para alguém como eu, que durante a maior parte da vida não tivera um tostão, aquilo significava uma fortuna. *Se eu pegar, quem vai saber?* As palavras ecoaram na minha cabeça. Ganhos ilícitos de um homem morto – claro que ninguém ia descobrir. Mas meus ancestrais de ambos os lados triunfaram. "Antes a morte que a desonra."

Eu estava prestes a colocá-las de novo no bolso quando percebi que talvez estivesse manipulando evidências e, sem o menor cuidado, tinha deixado minhas impressões digitais nas notas e em todo o quarto! Não dava para acreditar na minha estupidez. Eu não sabia se a polícia costumava verificar impressões digitais em dinheiro, mas achei melhor não arriscar. Limpei rapidamente o rolo com meu avental e o devolvi ao lugar. Em seguida, limpei todas as superfícies que havia tocado no quarto.

Havia um bloco de notas ao lado do telefone. Parecia não ter sido usado, mas, olhando com atenção, percebi que havia uma marca na folha de cima, como se alguém tivesse forçado a caneta ao escrever. Fui até a janela e olhei contra a luz.

Dizia: *R – 10h30!*

Eu me perguntei se a polícia havia arrancado o papel de cima. Até o oficial menos inteligente seria capaz de deduzir que *R* significava "Rannoch". As coisas não pareciam muito boas para Binky, a menos que eu conseguisse descobrir de onde tinha vindo aquela grande soma de dinheiro.

O quarto não revelou mais segredos, e eu voltei ao parapeito, fechando com cuidado a janela atrás de mim. Comecei a engatinhar de volta. Eu tinha acabado de chegar à janela do 315 quando ouvi vozes no aposento. Congelei. Para meu horror, ouvi alguém dizer: "Não está abafado aqui?" e ouvi o som da janela sendo aberta. Eu me levantei com dificuldade e fiquei ao lado da moldura, colada à parede e agarrada à tubulação externa, lutando para salvar a minha vida. Um rapaz jovem, de cabelos cor de areia, olhou para fora. Eu o ouvi dizer: "Pronto, está satisfeito agora?" e se afastar de novo. Agora eu teria que me arriscar a passar pela janela aberta ou voltar para o quarto 317 e me arriscar a ser vista saindo.

Decidi pela última opção. Quando tentei me ajoelhar de novo, o cano se mexeu comigo. Começou a se desprender da parede. Eu me agarrei desesperadamente aos tijolos do edifício. Acho que devo ter gritado, pois uma voz atrás de mim perguntou:

– O que diabos você está fazendo? Era o jovem de cabelo cor de areia, espiando pela janela.

– Desculpe, senhor. Deixei cair o espanador no peitoril quando estava tirando o pó – respondi. – E, quando subi aqui para pegá-lo, não consegui voltar.

– Minha querida jovem, não vale a pena arriscar a vida por um espanador – disse ele. – Me dê sua mão e entre aqui. – Ele me ajudou a voltar para o quarto.

– Obrigada, o senhor é muito gentil – falei, com o que esperei que fosse um sotaque irlandês.

Ele enfiou a mão no bolso do colete e tirou um soberano.

– Tome, isso deve comprar um novo espanador para você não ter problemas.

– Ah, não, senhor. Eu não posso aceitar.

– Pegue. Por acaso, eu tive uma excelente semana.

Ele me obrigou a aceitar o dinheiro.

– Obrigada, senhor. É muito generoso da sua parte.

Acenei para o outro rapaz que surgiu do banheiro e saí apressada. Não havia nenhum sinal da criada irlandesa.

Cantarolei baixinho enquanto vestia a capa de chuva e descia a escada de emergência. Um soberano por todo aquele esforço. Eu devia pensar em trabalhar em um hotel!

Vinte e um

Rannoch House (sem o corpo)
Segunda-feira, 2 de maio de 1932

MEU AVÔ ESTAVA ESPERANDO POR MIM debaixo do toldo enquanto a chuva caía. Infelizmente, ele não tinha muito a relatar. Contei a ele sobre as notas de cinco libras e sugeri que ligasse para a polícia, dando uma dica anônima sobre a jogatina de De Mauxville. Achei que o mínimo que eu podia fazer era convidá-lo para almoçar e quase tive que arrastá-lo até a Lyons Corner House. Tentei distraí-lo, sendo alegre e espirituosa, mas ele pareceu ansioso e preocupado o tempo todo. Quando nos separamos, me olhou firme e longamente.

– Tome cuidado, está bem? E, se preferir ficar na minha casa, você sabe que é mais do que bem-vinda.

Sorri para ele.

– É muito gentil da sua parte, vovô, mas tenho que ficar na cidade para vigiar Binky e descobrir mais coisas.

– Acho que sim – disse ele com um suspiro. – Mas tome cuidado.

– Não se preocupe comigo. Vou ficar bem – respondi, com mais coragem do que sentia. Olhei para trás uma vez e o vi ali de pé, me observando.

Quando Belinda seguiu sua rotina de lady Macbeth descendo a escada por volta das duas horas, comuniquei a ela minha decisão de voltar a morar na Rannoch House.

– Georgie, você tem certeza? – perguntou ela.

– Fui lá hoje de manhã. Todos os traços do corpo foram removidos, e parece tolo da minha parte continuar dormindo no seu sofá quando eu tenho a minha cama.

– Acho que é muito corajoso da sua parte – respondeu ela, mas deu para perceber que estava aliviada.

– Mas tenho um favorzinho a lhe pedir – falei. – Você se importaria de me fazer companhia hoje à noite? Não sei se vai ser difícil, e vai ser bom saber que você está lá comigo, pelo menos na primeira noite.

– Quer que eu durma na Rannoch House? – Percebi que ela estava lutando para assimilar a ideia. Em seguida, disse: – É claro. Por que não? Já está na hora de eu ter uma noite sem festas e dormir cedo. Vi olheiras se formando quando me olhei no espelho.

Então, naquela noite, depois que a imprensa e todos os curiosos tinham ido embora, subimos os degraus e entramos na casa.

– Este lugar sempre me pareceu assustador, até nas melhores épocas – disse Belinda. – É sempre tão frio e úmido.

– Comparado com o Castelo de Rannoch, é uma fornalha – comentei, rindo, inquieta, porque também o achava frio e úmido.

Eu estava prestes a sugerir que voltássemos para o confortável chalé de Belinda, mas me lembrei que uma Rannoch nunca foge do perigo. Trocamos de roupa e nos preparamos para dormir, depois desci a escada e servi uma dose de uísque para nós duas para acalmar os ânimos. Sentamos na minha cama, conversando sobre qualquer coisa em vez de apagar a luz.

– Minha querida, estou louca para saber os detalhes de ontem à noite – disse Belinda. – Quase acordei você quando cheguei em casa. Você estava com um sorriso tão adorável que eu concluí que o Sr. O'Mara tinha lhe revelado os mistérios da vida e do amor.

– Ele quis.

– Mas você não quis?

– Não é que eu não quisesse. Na verdade, eu queria, e muito.

– Então por que não fez?

– Simplesmente não consegui. Percebi que ele não seria um marido adequado e tive a horrível sensação de que eu ia acabar como a minha mãe.

– Mas ela teve muitos maridos.

– Mas eu quero alguém que me ame e fique comigo pelo resto da vida.

– Querida, que coisa mais antiquada. Alguém tem que livrar você desse fardo terrível. E quem melhor do que Darcy?

– Você lhe daria uma carta de recomendação, então?

Ela olhou para mim e soltou uma gargalhada deliciosa.

– Ah, então é isso! Você achou que Darcy e eu... e não quis me chatear. Você é um amor.

Eu não quis explicar que não queria ficar com as sobras de ninguém.

Naquele momento, uma grande rajada de vento desceu pela chaminé. A tempestade estava se formando o dia todo, e nós nos entreolhamos, alarmadas.

– Você não acha que o fantasma dele está preso aqui, querendo vingança, acha? – perguntou Belinda.

– O Castelo de Rannoch é cheio de fantasmas. Estou acostumada com eles.

– É sério? Você já viu um?

– Mais ou menos. Sabe quando você vê uma coisa pelo canto do olho?

– É verdade que fica muito frio antes de eles aparecerem?

– No Castelo de Rannoch isso não quer dizer nada.

Houve um estrondo na rua lá embaixo.

– O que foi isso? – perguntou Belinda, nervosa.

Fui até a janela.

– Não consigo ver daqui – respondi.

– Pareceu perto. Talvez no seu porão.

– Deve ser só um gato ou uma lata de lixo derrubada. Mas podemos descer e ver.

– Você está louca? Um assassino esteve nesta casa.

– Belinda, somos duas. Vamos levar alguma coisa para nos defender. A casa está cheia de armas. É só escolher.

– Está bem.

Ela não parecia nada bem, mas de repente eu fiquei com muita raiva. Minha vida inteira tinha sido virada do avesso. Meu irmão era suspeito de um crime, e eu queria que aquilo acabasse. Desci a escada pisando duro e peguei uma das lanças zulu que um membro da família havia trazido da Guerra dos Bôeres.

Fomos até a cozinha sem acender a luz para alertar quem quer que estivesse ali. Na metade da cozinha, vimos, projetada no chão, a sombra de um homem do lado de fora da janela e pulamos nos braços uma da outra.

– Chega de bancarmos as heroínas. Chame a polícia – sibilou Belinda, e não pude deixar de concordar com ela.

Andamos furtivamente até o telefone e ligamos para a polícia, depois esperamos agarradas uma à outra, como se estivéssemos em um oceano assolado pela tempestade. Por fim, pensei ter ouvido gritos e uma luta e, em seguida, houve uma estrondosa batida na porta da frente. Abri uma fresta e constatei, aliviada, que havia dois policiais parados ali.

– Pegamos alguém bisbilhotando na sua casa, milady – disse um deles. Reconheci que era o policial da outra noite.

– Bom trabalho, oficial. Pode ser o homem que invadiu a casa e matou o francês. Onde ele está?

– Traga-o aqui para a luz, Tom – instruiu o policial.

Um colega apareceu trazendo um homem com uma capa de chuva. Olhei para ele e soltei um grito.

– Vovô! O que o senhor está fazendo aqui?

– Conhece esse homem, milady?

– É meu avô.

Ele o soltou.

– Perdão, senhor, a senhorita nos telefonou para dizer que ouviu ruídos do lado de fora.

– Tudo bem, oficial. Minha neta não sabia que eu estava aqui.

– Fico feliz por você estar aqui agora – falei.

Os policiais foram embora e meu avô entrou. Bebemos outra dose de uísque para acalmar os nervos e nos sentamos na sala matinal.

– O que o senhor estava fazendo aqui? – perguntei. – Quase morremos de medo quando vimos sua sombra lá fora.

Ele pareceu encabulado.

– Eu estava preocupado, então decidi vir para cá e ficar de olho em você. Só para garantir.

– O senhor acha que estou correndo perigo?

Ele assentiu.

– Ouça, meu amor. Morei em Londres a vida toda e só consigo lembrar de um ou dois acidentes ocorridos na linha do metrô. As pessoas simplesmente não caem das plataformas com facilidade.

– O que quer dizer?

– Quero dizer que talvez alguém esteja tentando matar você.

– Me matar? Por quê?

– Não faço ideia, mas passou pela minha cabeça que a pessoa que matou o francês pode ter pensado que ele era o seu irmão.

– Ah, claro que não. – Mas, quando falei isso, percebi que os dois tinham quase a mesma constituição.

– Bem, estou feliz que seu avô esteja aqui – disse Belinda, se levantando e bocejando. – Vamos arrumar uma cama para ele e dormir um pouco.

FIQUEI DEITADA, ESCUTANDO A TEMPESTADE vociferando lá fora, a chuva batendo nas janelas, o vento uivando pela chaminé. Acostumada aos perpétuos vendavais no Castelo de Rannoch, eu não devia me importar com uma amena tempestade londrina, mas naquela noite eu estava tão tensa que tinha um sobressalto a cada ruído. Tentei dizer a mim mesma que, agora que Belinda dormia ao meu lado e meu avô se encontrava ali, estava tudo bem. Mas ele havia inserido uma nova e alarmante faceta no pesadelo que eu vivia: a sugestão de que alguém estava tentando me matar. E que essa pessoa podia ter confundido De Mauxville com Binky. Forcei meu cérebro a raciocinar, mas não consegui imaginar quem estaria por trás disso nem por quê. Não éramos o tipo de gente que tem inimigos. Estávamos muito longe na linha de sucessão para que alguém quisesse nos eliminar. E nosso comportamento era tão adequado que chegava a ser enfadonho.

Revivi aquele momento na plataforma do metrô, tentando me lembrar se tinha visto um rosto vagamente familiar na multidão, mas tudo era apenas um grande borrão. Uma coisa estava muito evidente, no entanto: não fosse aquele operário gigantesco parado na plataforma ao meu lado, eu já estaria morta a essa altura.

Então lembrei de outra coisa: o acidente de barco na tarde anterior. Eu me sentei na cama com todos os músculos retesados. Não tinha sido um acidente. Posso ser desajeitada, mas como uma corda teria se enrolado com tanta força no meu tornozelo, a ponto de eu não conseguir desfazer o nó, a menos que alguém a tivesse amarrado de propósito? Lembrei que eu estava sentada na amurada do barco, com muitas outras pessoas em pé e sentadas à minha volta. Todos nós estávamos nos divertindo, e a verdade é que eu provavelmente não teria notado se alguém amarrasse uma corda no meu tornozelo e depois me desse um empurrão no momento certo. Era alguém que eu conhecia, então. Alguém do meu próprio meio social. Senti um frio terrível me envolver por completo.

– Belinda – sussurrei e cutuquei a forma que dormia ao meu lado.

– Hummmm – grunhiu ela, profundamente adormecida.

– Belinda, acorde. Preciso saber quem estava no barco.

– Que… barco?

– O barco do qual eu caí. Belinda, acorde, por favor. Preciso saber exatamente quem estava naquele barco. Você estava lá o tempo todo.

Ela se virou resmungando e semicerrou os olhos.

– As mesmas pessoas de sempre – disse ela – e alguns amigos do Eduardo. Eu não conhecia todo mundo.

– Então me diga quem você conhecia. E quem eram as pessoas que me conheciam.

– Não sei quem conhecia você. Creio que Whiffy Featherstonehaugh era uma delas. Daffy Potts também estava lá, e Marisa, a garota que ficou caindo de bêbada no casamento. Fora eles, eu não sei dizer mesmo. Agora posso voltar a dormir? – E foi o que ela fez.

Fiquei imóvel, escutando a respiração dela. Whiffy Featherstonehaugh. Não foi ele que ajudou Eduardo com o cordame e subiu a bordo no último minuto com uma corda na mão? Mas que tipo de ressentimento ele poderia nutrir contra mim e Binky? Eu me lembrei que ele não estava molhado quando falou comigo. Ele não tinha mergulhado para me salvar.

Vinte e dois

Rannoch House
Terça-feira, 3 de maio de 1932

Acordei assustada quando uma mão encostou em mim.
– Está tudo bem, meu amor. Sou eu. – Ouvi a voz calma do meu avô. – Telefone para você.
O sol entrava pela janela. A tempestade havia cessado durante a noite. Eu me levantei, vesti o roupão e desci a escada até o salão principal.
– Alô?
– Georgie, sou eu, Binky – disse a voz. – Estou na Scotland Yard. Eles me prenderam.
– Prenderam você? Eles estão loucos. Eles não têm provas. Estão só atirando a esmo. O que você quer que eu faça?
– Em primeiro lugar, entre em contato com Prendergast. Tentei telefonar, mas ainda não tem ninguém no escritório.
– Não se preocupe, Binky. Vou agora mesmo até a Scotland Yard para resolver as coisas. É aquele trapalhão do inspetor Sugg. Ele não consegue ver um palmo além do nariz. Vamos tirar você daí o mais rápido possível.
– Espero que sim. – Binky parecia desesperado. – Espero mesmo, de verdade. Quer dizer, que droga, Georgie. Isso não devia acontecer com um sujeito decente. É humilhante demais ser arrastado como um criminoso comum. Eles até tiraram minha caneta-tinteiro Conway-Stewart com ponta de ouro que ganhei no meu vigésimo primeiro aniversário. Acho que pen-

saram que eu podia querer me apunhalar com ela. E começo a tremer só de pensar no que Fig vai dizer quando descobrir. Na verdade, ser enforcado parece preferível a encará-la.

Tive que sorrir, apesar da gravidade da situação.

– Aguente firme, Binky, e não diga nada até o advogado chegar. Estou indo para aí agora mesmo.

Corri escada acima e vesti uma roupa elegante e cosmopolita – o tipo de modelito que eu usaria na inauguração de um evento beneficente. Eu precisava ter uma aparência adequada hoje. Depois, escrevi uma mensagem para o Sr. Prendergast mais novo e pedi ao meu avô para telefonar para o escritório dele quando o relógio batesse nove e meia. Consegui dar uns goles na xícara de chá que vovô me obrigou a beber, depois peguei o primeiro táxi que apareceu e mandei que ele seguisse a todo o vapor para a Scotland Yard.

– Sou lady Georgiana Rannoch. Vim ver o meu irmão – falei.

– Não será possível – respondeu um sargento robusto. – Ele está sendo interrogado neste momento. A senhorita se importa de sentar e esperar?

– Desejo falar com o superior do inspetor Sugg imediatamente – exigi. – É uma questão de vital importância.

– Verei o que posso fazer, Vossa Senhoria – disse o sargento.

Eu me sentei e esperei em um corredor sombrio. Após o que me pareceram horas, ouvi o som de passos rápidos, e um homem veio em minha direção. Ele vestia um terno muito bem-feito, uma camisa branca engomada e uma gravata listrada. Não consegui identificar imediatamente a escola, mas não ia usar isso contra ele naquele momento.

– Lady Georgiana? – perguntou ele. Sua voz dava a impressão de que ele tinha frequentado o tipo certo de escola.

Eu me levantei.

– Eu mesma.

– Sou o inspetor-chefe Burnall. – Ele estendeu a mão para mim. – Lamento tê-la feito esperar. Pode me acompanhar por aqui?

Ele me conduziu por um lance de escada até um escritório espartano.

– Por favor, sente-se.

– Inspetor-chefe – falei –, ouvi dizer que meu irmão foi preso. Isso é absolutamente ridículo. Espero que o senhor instrua seus subalternos a liberá-lo agora mesmo.

– Infelizmente não posso fazer isso, milady.

– Por que não?

– Porque temos elementos suficientes para acreditar que seu irmão é o principal suspeito do assassinato do Sr. De Mauxville.

– Tenho uma palavra para o senhor, inspetor-chefe: bobagem. A única coisa que vocês têm é um bilhete que supostamente foi escrito pelo meu irmão e que é uma falsificação óbvia. Deve haver impressões digitais nela. Vocês podem analisar a caligrafia.

– Já fizemos isso. As únicas impressões digitais são de De Mauxville, e não ficou claro que a caligrafia foi falsificada. Concordo que existem algumas diferenças vitais na forma como seu irmão escreve certas letras, mas isso poderia ter sido feito de propósito, para fazer o bilhete parecer uma falsificação.

– E meu irmão já lhe disse que jamais escreveria para alguém em um papel que não tivesse o brasão da família, a menos que estivesse no clube no momento, e nesse caso ele usaria um papel com o brasão do clube.

– Mais uma vez, ele pode ter usado um bloco de recados de qualidade inferior de propósito para tornar esse argumento viável.

Com o uso das palavras "bloco de recados", minha opinião sobre ele desabou. Ele não havia frequentado o tipo certo de escola, então.

– Devo lhe dizer, inspetor-chefe, que meu irmão nunca foi conhecido pela sagacidade nem pela inteligência. Ele jamais teria pensado em detalhes tão complicados. Além disso, que motivo ele teria para matar um homem que mal conhecia? Sem um motivo, o senhor não tem um caso.

Ele me fitou por muito tempo e com firmeza. Tinha os olhos azuis mais penetrantes que eu já vi, e achei difícil sustentar aquele olhar.

– Na verdade, achamos que ele tem um motivo muito forte, milady. Ele estava lutando para preservar a própria casa.

Ele deve ter notado meu rosto perturbado.

– E tenho certeza de que a senhorita estava ciente disso. Ou talvez os dois tenham planejado tudo juntos. Vamos investigar a fundo, mas madame parece ter um álibi para o dia em questão se sua amiga for confiável.

– Posso perguntar como obteve essa informação? – perguntei.

– Pura sorte. A especialista em caligrafia que chamamos para analisar as amostras era a mesma mulher que tinha sido chamada para verificar a caligrafia de seu pai. É claro que ela ficou encantada de nos mostrar a cópia do documento de De Mauxville. Talvez seu irmão tenha pensado que, por ter conexões com a realeza, estava acima da lei. Mas posso lhe assegurar que a lei é igual para todos, seja um duque ou um indigente. Achamos que ele matou Gaston de Mauxville e, se fez isso, será enforcado.

– Vocês ainda estão considerando outras pistas ou já decidiram que meu irmão é um bom bode expiatório? – Tentei parecer calma e controlada, embora minha boca estivesse tão seca que era difícil articular as palavras.

– Se encontrarmos outras pistas confiáveis, vamos analisá-las – respondeu ele com calma.

– Tenho feito perguntas sobre o falecido e descobri que esse De Mauxville era um jogador conhecido, além de um notório chantagista. Já lhe ocorreu que alguém que ele estava chantageando pudesse ter se cansado da situação?

Ele assentiu.

– Isso nos ocorreu, sim. Encontramos um maço de notas de cinco libras no bolso do terno dele. E achamos que ele também pudesse estar chantageando seu irmão.

Eu tive que rir.

– Lamento, inspetor-chefe, mas, se existe uma pessoa no mundo impossível de chantagear, é meu irmão. Hamish leva uma vida impecável, a ponto de ser entediante. Sem casos amorosos, sem dívidas, sem maus hábitos. Portanto, encontre alguém com um estilo de vida mais interessante, e o senhor terá o seu assassino.

– Admiro sua lealdade, lady Georgiana. Eu lhe asseguro que vamos analisar todas as possibilidades e que seu irmão terá um julgamento justo.

– Antes de vocês o enforcarem – retruquei com amargura e fiz uma saída majestosa.

Saí da Scotland Yard profundamente abatida. O que eu podia fazer para salvar Binky? Eu mal sabia andar em Londres. Teríamos que confiar em um advogado que deveria ter se aposentado anos atrás e se mudado para Worthing ou Bournemouth.

Ao passar por uma agência dos correios, percebi que havia esquecido completamente do meu novo empreendimento. Eu estava praticamente sem ânimo para limpar casas no momento, mas ia precisar de dinheiro se fosse zanzar por Londres em táxis para salvar Binky. Entrei e vi que havia recebido duas cartas. A primeira era de uma Sra. Baxter de Dullwich, que desejava uma equipe extra para a festa de 21 anos da filha. Como eu só podia fornecer uma equipe formada por uma pessoa, achei a tarefa bem improvável.

A próxima era da Sra. Asquey d'Asquey, a mãe da noiva do casamento da Grosvenor House. Sua filha (agora Primrose Roly Poley) ia voltar da lua de mel na Itália no dia sete, e ela queria surpreendê-la, fazendo com que a nova casa estivesse arejada, limpa e acolhedora, com as janelas abertas e flores frescas por toda parte. Fiquei tentada a aceitar. Eu estava precisando desesperadamente de dinheiro, mas o risco era muito grande. Eu não tinha nenhuma garantia de que a mãe de Primrose não estaria entrando e saindo com braçadas de flores frescas, reorganizando a mobília da filha, se minhas suspeitas estivessem corretas. Ela podia não ter reparado em mim no dia do casamento, quando todos estavam em estado de choque, mas com certeza ia me reconhecer se eu estivesse tirando o pó do quarto dela. Relutante, pensei em recusar, pois tinha muitas atribuições essa semana para atender às necessidades dela.

Voltei para casa e senti um cheiro celestial de comida. Meu avô estava fazendo uma torta de carne e rins. E mais: a caldeira estava funcionando, e a casa estava deliciosamente quente, tão aconchegante que nem parecia a Rannoch House. Belinda já tinha fugido para o conforto do próprio chalezinho, declarando que uma noite repleta de emoções era suficiente para ela, então eu e vovô nos sentamos juntos, debatendo o que poderia ser feito por Binky. Nenhum de nós conseguiu pensar em boas sugestões.

Às quatro horas, Fig telefonou. Ela estava indo para Londres no dia seguinte para ficar ao lado do marido. Será que eu podia deixar o quarto de dormir e o de vestir prontos para ela? Acender a lareira também seria bom, pois ela estaria cansada da viagem. Ela me culpava, a carta prosseguiu. Como eu tinha deixado Binky se meter naquela confusão? Agora ela teria que resolver tudo. Por um momento, tive pena dos policiais da Scotland Yard. Eu mal podia esperar para ver o encontro entre Fig e Harry Sugg. Se a situação não fosse tão horrível, eu teria rido.

Na manhã seguinte, eu estava limpando o quarto de vestir de Fig quando ouvi uma batida na porta da frente. Vovô, que agora havia se transformado em mordomo, além de cozinheiro, me informou que um policial queria falar comigo. O inspetor-chefe Burnall.

– Leve o inspetor até a sala matinal – falei com um suspiro, e tirei apressada o lenço que estava usando na cabeça para limpar.

O inspetor-chefe estava muito distinto e arrumado de maneira impecável, e eu tinha plena consciência de que estava vestindo uma saia velha, cuja lã havia desfiado com o passar dos anos. Ele se levantou quando entrei e me cumprimentou com uma reverência polida.

– Vossa Senhoria. Lamento incomodá-la de novo. Vejo que agora tem um mordomo na residência.

Seu olhar arrogante indicava que só não tínhamos serviçais em casa enquanto matávamos De Mauxville.

– Aquele não é nosso mordomo. É meu avô. Ele veio para ficar de olho em mim porque acha que a minha vida pode estar correndo perigo.

– Seu avô. Ora, quem diria.

– O que o traz aqui hoje de manhã? Boas notícias, espero. O senhor encontrou o verdadeiro assassino?

– Lamento desapontá-la, milady. Na verdade, hoje eu vim falar de um assunto muito diferente. Um assunto bem delicado.

– É mesmo? – Eu não conseguia imaginar do que ele poderia estar falando. – Acho que é melhor o senhor se sentar.

Nós nos acomodamos.

– Vossa Senhoria conhece a casa de sir William Featherstonehaugh, em Eaton Place?

– É claro que conheço. Roderick Featherstonehaugh foi um dos meus parceiros de dança quando debutei.

– Lamento informá-la de que vários itens de valor considerável foram dados como desaparecidos na casa quando lady Featherstonehaugh chegou na semana passada.

– Que horror. – Eu sentia meu coração batendo mais forte e torci para ele não ouvir.

– Ao que tudo indica, lady Featherstonehaugh contratou uma agência de empregados para abrir a casa para ela. Parece que o nome do estabelecimento era Limpeza Real. E, verificando os dados do anúncio no *Times*, descobrimos que a Limpeza Real é de propriedade de ninguém menos do que Vossa Senhoria, lady Georgiana. Isso está correto?

– Sim.

– Interessante. E milady tem alguma participação na administração do serviço ou é só a titular da agência?

– Eu participo diretamente.

– Entendo. Então eu ficaria muito grato se me fornecesse os nomes dos membros da equipe que trabalharam na casa de lady Featherstonehaugh naquele dia. Acredito que Vossa Senhoria tenha verificado todas as referências deles antes de empregá-los, correto?

Engoli em seco, tentando pensar em uma mentira plausível, mas não consegui inventar nenhuma.

– Isso fica estritamente entre nós, inspetor-chefe – falei. – Eu agradeceria se ninguém mais soubesse.

– Continue.

– A verdade é que eu sou a Limpeza Real. Por enquanto, ainda não tenho uma equipe.

Ele não pareceria mais chocado se eu tivesse contado que dançava nua em um clube de striptease.

– Vossa Senhoria limpa a casa de outras pessoas? Sozinha?

– Por mais estranho que pareça, faço isso por necessidade. Minha mesada foi cortada, e eu tenho que sobreviver. Essa me pareceu uma boa maneira de começar.

– Devo dizer que tiro meu chapéu para Vossa Senhoria – disse ele. – Certo. Bem, isso deixa tudo muito mais simples. Vou ler uma descrição dos objetos e talvez milady possa me dizer se notou a presença deles durante seus afazeres domésticos.

Ele começou a enumerá-los:

– Uma cafeteira de prata georgiana. Uma bandeja grande de prata. Duas miniaturas da escola Mogul da Índia. Uma estatueta chinesa da Deusa da Misericórdia.

– Posso responder pela última – retruquei. – Quebrei um braço dela por acidente. Eu a trouxe comigo, com a intenção de consertá-la e devolvê-la. Não imaginei que alguém ia notar a ausência dela entre tantas bugigangas.

– Parece que ela é do século oito.

– Puxa, é tão antiga assim? – Engoli em seco. – Quanto às outras coisas, eu me lembro de espanar uma mesa com tampo de vidro cheia de miniaturas, mas acho que não estava faltando nada, senão eu teria notado os espaços vazios. E não consigo me lembrar de ter visto uma cafeteira nem uma bandeja de prata.

Percebi que ele estava olhando ao redor da sala, como se esperasse ver a cafeteira escondida atrás do relógio ouropel.

– Vossa Senhoria mencionou que estava sem dinheiro. Talvez a tentação tenha sido grande demais.

Senti que ia personificar minha bisavó.

– Inspetor-chefe, o senhor já roubou alguma coisa?

Ele sorriu.

– Roubei maçãs de um pomar perto de casa quando era pequeno.

– Quando eu tinha três anos, peguei um biscoito amanteigado da prateleira onde a cozinheira os colocou para esfriar. Tinham acabado de sair do forno e ainda estavam quentes. Eu queimei a boca. Nunca mais roubei nada desde então. Mas o senhor pode revistar a casa se quiser.

– Acredito na sua palavra. Além disso, um penhorista ou joalheiro se lembraria de alguém como milady entrando na loja.

– O senhor está confiante de que os itens vão aparecer em uma loja de penhores ou joalheria?

– A menos que o ladrão seja profissional, pois aí eles seriam entregues a um receptor. Mas temos espiões trabalhando com essa possibilidade também. Um dos itens vai aparecer em breve em algum lugar.

– O senhor acha que o ladrão não é profissional?

– Não parece obra de um profissional. Se ele tinha acesso à casa, por que se limitar a poucos itens quando havia tantos objetos mais valiosos? Deve ser alguém que aproveitou a oportunidade para pegar algumas coisas. Então, uma pergunta: milady ficou sozinha na casa o tempo todo?

Abri a boca, mas nenhum som saiu. Eu não podia contar a ele sobre a visita de Darcy sem me colocar em sérios apuros, porque Darcy alegaria que tinha ido me visitar, e os Featherstonehaugh saberiam que eu havia limpado a casa deles. A notícia estaria na boca de toda Londres em dois segundos e chegaria ao palácio em três.

– Não o tempo todo – falei com cuidado, tentando evitar uma mentira completa. – O filho dos Featherstonehaugh chegou em um momento, acompanhado de um amigo.

– E ele a viu?

– Ele não me reconheceu. Eu estava ajoelhada na hora e tive o cuidado de não erguer o rosto. Além do mais, ninguém olha duas vezes para uma criada.

– Quando saiu, milady trancou a porta da frente?

Pensei um pouco.

– Sim, acho que ouvi o som do trinco atrás de mim. Não sei se Roderick Featherstonehaugh ainda estava lá quando saí. Talvez ele tenha deixado a porta aberta. Como meu irmão disse, quando alguém está acostumado a ter serviçais em casa, não pensa em trancar as portas.

Burnall se levantou.

– Lamento tê-la incomodado de novo, milady. Vossa Senhoria pode entrar em contato comigo se lembrar de ter visto algum desses itens? E a estatueta chinesa... se milady consertá-la logo, posso devolvê-la a lady Featherstonehaugh e serei bem vago ao dizer onde a localizamos.

– É muito gentil de sua parte, inspetor-chefe.

– É o mínimo que posso fazer, milady.

Meu avô nos esperava no vestíbulo com o chapéu do inspetor. Burnall inclinou a cabeça para mim e foi embora. Subi para terminar de preparar o quarto de Fig. Ouvir reclamações relacionadas a partículas de poeira era a última coisa que eu ia aguentar naquele momento. Na verdade, eu estava tão nervosa que achava que ia explodir a qualquer momento. Mais do que tudo, eu estava furiosa comigo mesma por ter sido tão ingênua. Darcy tinha me usado. Por que outro motivo teria procurado minha companhia após descobrir que eu era tão pobretona quanto ele? Eu não era o tipo de garota liberal e festeira de que ele gostava. Corri escada abaixo e vesti o casaco.

– Vou sair – gritei para meu avô e peguei um táxi para Chelsea.

Darcy parecia ter acabado de sair da cama. Estava descalço, com um roupão felpudo, não tinha se barbeado e o cabelo estava desgrenhado. Tentei não reparar em quão atraente ele estava. Os olhos dele brilharam quando ele me viu na porta.

– Ora, que surpresa. Bom dia para você, minha linda. Voltou para continuar de onde paramos na outra noite?

– Voltei para lhe dizer que você é um rato desprezível e que eu nunca mais quero vê-lo. Você tem muita sorte de eu não ter dado seu nome à polícia.

Os olhos azuis se arregalaram, assustados.

– Ei, espere um pouco. O que posso ter feito para gerar tanta desaprovação em lábios tão gentis?

– Você sabe muito bem o que fez – respondi. – Fui muito idiota de pensar que você pudesse se interessar por mim de verdade. Você estava me usando, não é? Fingiu que tinha ido à casa dos Featherstonehaugh para me ver quando, na verdade, queria uma desculpa para entrar na casa deles e surrupiar objetos de valor.

Ele franziu a testa.

– Objetos de valor?

– Ora, por favor, eu não sou tão estúpida, Darcy. Você entra sorrateiramente na casa, finge flertar comigo e, por milagre, vários itens valiosos desaparecem.

– E você acha que fui eu que peguei?

– Você mesmo me disse que não tem um tostão e que usa a inteligência para sobreviver. Imagino que seu estilo de vida, com todas as boates e mulheres, seja bem caro de manter. E quem ia notar o sumiço de uma estranha peça de prata georgiana? Você tem uma baita sorte por eu não ter contado à polícia, mas agora eu sou a principal suspeita. Já é ruim eles pensarem que eu e Binky matamos De Mauxville. Agora acham que eu também cometo roubos. Então, se você for um cavalheiro de verdade, vai devolver esses itens agora mesmo e confessar sua culpa.

– Então é isso que você pensa de mim? Que eu sou um ladrão?

– Não banque o inocente comigo. Eu fui estupidamente ingênua em relação a muitas coisas. Por que mais você fingiria estar interessado em mim depois de descobrir que eu não tinha um centavo? Eu certamente não poderia lhe proporcionar os mesmos prazeres que Belinda Warburton-Stoke.

Depois de dizer isso, fugi antes de começar a chorar. Ele não veio atrás de mim.

Vinte e três

Rannoch House
Quarta-feira, 4 de maio de 1932

EU ESTAVA DESOLADA. Fig tinha chegado e deixado bem claro que não gostava de ter o meu avô por perto. Ela encontrou defeitos em tudo, incluindo o fato de que a casa estava quente demais e era uma despesa absurda ligar uma caldeira para uma única pessoa. Meu avô bateu em retirada, dizendo que eu podia ir morar com ele, e fiquei sozinha com Fig e a criada dela. Acho que nunca me senti tão infeliz. "O que mais poderia dar errado?", eu me perguntei.

Não precisei esperar muito. A criada de Fig me entregou uma carta que tinha acabado de chegar do palácio. Sua Majestade queria me ver o mais rápido possível. O mais estranho é que Fig ficou bem incomodada com isso.

– Por que Sua Majestade quer ver você? – exigiu saber.

– Sou parente dela – respondi, esfregando na cara de Fig o fato de que ela não era.

– Talvez eu deva ir com você – disse ela. – Sua Majestade tem costumes antigos e não ia gostar da ideia de uma mulher solteira andando desacompanhada.

– É muito gentil da sua parte, mas não, obrigada – retruquei. – Não é provável que eu seja abordada subindo a Constitution Hill.

– O que ela pode querer? – continuou Fig. – Se ela quisesse falar com alguém sobre a situação do pobre Binky, deveria falar comigo.

– Não faço ideia – respondi.

Na verdade, eu tinha uma ideia. Eu desconfiava que ela havia descoberto sobre a agência Limpeza Real e estava prestes a me despachar para os rincões de Gloucestershire para segurar a lã do tricô e passear com cães pequineses. Vesti minha única roupa branca e preta elegante e, dessa vez, me apresentei na entrada correta de visitantes, à esquerda do pátio principal, tendo passado pelo crivo dos guardas. Fui escoltada escada acima até a ala traseira do palácio e cheguei ao escritório particular da rainha, com vista para o jardim. Era uma sala simples e tranquila, que espelhava com perfeição a personalidade de Sua Majestade. Os únicos adornos eram algumas peças Wedgwood adoráveis e uma mesinha de marchetaria. Não se devia especular como ou onde tinham sido adquiridas.

Sua Majestade estava sentada à escrivaninha, empertigada e séria, com óculos empoleirados no nariz. Ela ergueu os olhos quando fui anunciada.

– Ah, Georgiana, minha querida. Venha, sente-se aqui. Que situação horrível. – Ela balançou a cabeça e, em seguida, virou o rosto para receber o beijo obrigatório na bochecha e a reverência. – Fiquei muito aflita quando ouvi a notícia.

– Sinto muito, madame – respondi, sentando na frente dela, na cadeira listrada em estilo regencial.

– Não é sua culpa – disse ela de um jeito seco. – Você não pode ficar sempre cuidando daquele seu irmão tolo. Devo presumir que ele é inocente?

Soltei um enorme suspiro de alívio. Ela não tinha ouvido falar das minhas aventuras domésticas, então.

– Claro que ele é inocente, madame. Vossa Majestade conhece Binky. Consegue imaginá-lo afogando alguém em uma banheira?

– Sinceramente, não. Atirando em alguém por acidente, talvez. – Ela balançou a cabeça de novo. – O que está sendo feito por ele? É isso que quero saber.

– Os advogados de Binky já foram avisados. A esposa dele chegou e, neste exato momento, ele está enfrentando a polícia.

– Ora, se eles constituem toda a equipe de defesa do seu irmão, não tenho muita esperança de um final feliz – disse ela. – Eu queria ajudar, mas o rei disse que não podemos intervir. Devemos demonstrar ter plena fé no sistema jurídico do nosso país e não mexer os pauzinhos só porque se trata de um membro da família.

– Entendo perfeitamente, madame.

Ela me olhou por cima dos óculos.

– Estou contando com você, Georgiana. Seu irmão é um rapaz decente, mas não foi dotado de muita massa cinzenta. Você, por outro lado, sempre teve sagacidade e inteligência de sobra. Use-as em benefício do seu irmão, senão ele vai acabar confessando um crime que não cometeu.

Isso tudo era verdade.

– Estou fazendo o que posso, Vossa Majestade, mas não é fácil.

– Tenho certeza de que não. Esse francês que se afogou... você tem alguma ideia de quem poderia querer afogá-lo na sua banheira?

– Ele era um conhecido jogador e chantagista, madame. Acredito que alguém aproveitou a oportunidade de se livrar de uma dívida que tinha com ele, mas não sei como descobrir quem fez isso. Não conheço antros de jogatina.

– Claro que não. Mas também deve ter sido alguém que conhecia sua família, que mantinha relações em termos de igualdade, digamos assim. Ninguém corre o risco de afogar uma pessoa na banheira de um duque se for operário ou caixa de banco.

Concordei.

– É um dos nossos, então.

– Deve ter sido alguém que conhece pelo menos um pouco a Rannoch House. Alguém que conhece seu irmão razoavelmente bem, eu diria. Você sabe se algum amigo dele visitava a casa com frequência?

– Não tenho a menor ideia, madame. Eu vim raramente a Londres fora da minha temporada e fiquei poucas vezes na Rannoch House desde que meu pai morreu. Mas, pelo que sei do meu irmão, ele só vem à cidade quando necessário. Prefere passar o tempo na propriedade dele.

– Assim como o avô dele – disse a rainha. – A velha rainha praticamente teve que emitir uma ordem real para fazê-lo trazer a esposa à corte para visitar a mãe. Então você não sabe qual dos amigos do seu irmão está em Londres no momento?

– Eu nem sei quem são os amigos dele. Se ele os encontra, deve ser no clube.

– Talvez você possa perguntar discretamente no clube, então. Brooks, não é?

– É mais fácil falar do que fazer, madame. Já tentou persuadir o funcionário de um clube de cavalheiros a lhe dizer quem está no local?

– Não posso dizer que sim, já que meu marido não é de sair, mas tenho certeza de que minha antecessora, a rainha Alexandra, tinha que fazer isso com alguma regularidade. Mas talvez o palácio possa ajudar nessa questão. Vou pedir ao rei para mandar seu secretário particular fazer uma visita ao Brooks em nosso nome. Acho que ele é membro de lá. Duvido que eles se recusem a dar essa informação a ele e, se o fizerem, não deve ser tão difícil dar uma espiada no livro de adesão, não acha?

– É uma ideia esplêndida, madame.

– Nesse meio-tempo, fique de olho. O assassino pode querer saber como está indo a investigação. Talvez esteja apreciando a atual humilhação do seu irmão. Dizem que assassinos são vaidosos.

– Farei o possível, madame.

Ela assentiu.

– Bem, vamos ver o que sir Julian consegue descobrir para nós. Devemos ter alguma informação quando você voltar de Sussex na segunda-feira.

Sussex? Eu me esforcei para me lembrar dos parentes da realeza que moravam naquele condado. Sua Majestade franziu o cenho.

– Não me diga que se esqueceu da pequena tarefa que eu lhe atribuí... a festa na casa de lady Mountjoy.

– Ah, claro. A festa no campo. O príncipe de Gales. Aconteceu tanta coisa nos últimos dias que acabei me esquecendo.

– Mas você ainda planeja ir, não é? Apesar das infelizes circunstâncias atuais?

– Se Vossa Majestade desejar, terei o maior prazer em comparecer.

– É claro que quero. Além disso, alguns dias no campo vão lhe fazer bem e afastá-la do escrutínio dessa imprensa suja. Tudo que ouço sobre essa mulher é repugnante. Preciso saber a verdade, Georgiana, antes que eu e o rei façamos uma tentativa de cortar o mal pela raiz.

– Eu já a conheci – respondi.

Ela tirou os óculos e se inclinou mais para perto.

– É mesmo?

– É, ela foi ao ateliê da minha amiga.

– E?

- Ela foi terrivelmente desagradável. Eu a achei insuportável.

- Ah, exatamente o que pensei. Bem, até domingo espero que ela tenha dado corda suficiente para se enforcar. Ah, céus, não é uma boa metáfora, dada a atual situação. Venha tomar chá comigo na segunda-feira. Devo estar de volta da inauguração de uma clínica para mães e bebês no East End às três. Que tal às quatro horas? Então podemos trocar informações.

- Muito bem, madame – respondi, me levantando.

- Vou ligar para Heslop para acompanhá-la até a porta. Até segunda, então. E não se esqueça: você será meus olhos e ouvidos. Conto com você para ser minha espiã.

No momento em que cheguei em casa, Fig me bombardeou com perguntas.

- Sua Majestade tem um plano para salvar Binky?

- Tem: ela vai disfarçar o rei de Robin Hood e fazê-lo descer de tirolesa do Big Ben até a Scotland Yard.

- Pare de brincar, Georgiana. Sinceramente, seus modos estão pavorosos hoje em dia. Eu disse a Binky que seria um desperdício de dinheiro mandá-la para aquela escola horrível e cara.

- Se quer saber, Fig, não tinha nada a ver com Binky. Ela queria falar comigo sobre uma festa a que ela quer que eu compareça na sexta-feira.

Percebi de imediato que isso a aborreceu de verdade.

- Uma festa? Sua Majestade agora convida *você* para festas?

- Ela não me convidou. Ela quer que eu compareça em nome dela – respondi, aproveitando cada momento.

O rosto de Fig ficou roxo.

- Agora você representa Sua Majestade em um evento oficial? Você, cuja mãe era uma simples corista?

- Corista não, Fig. Atriz. Talvez ela pense que herdei o talento da minha mãe para ser simpática e graciosa em público. Nem todo mundo tem essa qualidade, sabia?

- Eu não entendo – murmurou Fig. – Seu pobre irmão está prestes a enfrentar o laço do carrasco e Sua Majestade a envia para se divertir no campo. Parece que eu sou a única a ficar ao lado do pobre Binky.

Ela levou um lenço de renda ao rosto e saiu da sala bufando. Fazia muito tempo que eu não desfrutava de um momento assim.

Mas ela estava certa. Eu realmente precisava fazer alguma coisa útil por Binky. Se ao menos alguém pudesse fazer uma visita aos clubes de jogatina que De Mauxville havia frequentado. Talvez alguma coisa significativa tivesse acontecido lá – ele podia ter trapaceado alguém ou recebido dinheiro de chantagem. Meu avô tinha mencionado o Crockford's, mas eu não podia ir a um lugar como esse, podia? Eu precisava de alguém com trânsito social e charme, alguém que conhecesse pessoas ousadas... É claro!

Corri na mesma hora até a casa de Belinda. Ela estava acordada e vestida, sentada à mesa da cozinha com um bloco de papel e um lápis na mão.

– Não me interrompa. Estou desenhando um vestido novo – disse ela. – Na verdade, recebi uma encomenda. O dono de uma fábrica de automóveis vai se tornar nobre, e a esposa dele quer o tipo de vestido que a aristocracia usa. E ela vai me pagar bem.

– Estou muito feliz por você, mas queria saber se tem planos para hoje à noite.

– Hoje à noite? Por quê?

– Quero que você vá ao Crockford's comigo.

– Crockford's? Não vai me dizer que você começou a jogar? Não é para o seu bico, minha querida. Eles atendem a elite dos jogadores... e as apostas são muito altas.

– Não quero jogar. O porteiro do Claridge disse que De Mauxville frequentava o local. Quero saber quem ele conheceu lá e se aconteceu alguma coisa importante... uma discussão, talvez.

– Eu adoraria ajudar, mas infelizmente tenho outros planos para hoje à noite – respondeu ela.

Respirei fundo.

– Então você pode me emprestar um vestido sensual, e eu vou sozinha.

– Georgie, é preciso ser membro. Eles nunca deixariam você entrar.

– Vou pensar em alguma coisa. Posso dizer que marquei de encontrar alguém lá. Mas é muito importante não parecer eu mesma, senão eles vão me reconhecer. Por favor, Belinda. Alguém tem que fazer isso, e minha cunhada não pode.

Ela olhou para mim, suspirou e se levantou.

– Ah, está bem. Ainda acho que não vai dar certo, mas posso encontrar uma roupa adequada para te emprestar.

Ela me levou ao andar de cima, me fez experimentar vários vestidos e, por fim, decidiu por um modelo longo, preto e sensual com uma capa vermelha franzida.

– E, se alguém perguntar quem o desenhou, pode entregar o meu cartão.

Ela encontrou um gorro preto com penas para esconder meu cabelo indomável e me mostrou os cosméticos na penteadeira para maquiar o meu rosto. O resultado foi surpreendente. Ninguém ia reconhecer a jovem sedutora com lábios vermelhos brilhantes e longos cílios pretos.

Fiquei na casa de Belinda, deixando Fig providenciar a própria ceia. Às nove horas, gastei mais um pouco do meu suado dinheirinho em um táxi e lá fui eu, tremendo nas bases, equilibrada nos sapatos de salto alto de Belinda, um número maior do que o meu.

O Crockford's era um dos mais antigos e pomposos clubes de jogatina de Londres e ficava na St. James's Street, a poucos passos do Brooks. Quando meu táxi encostou, os motoristas particulares estavam ajudando outros jogadores a saírem de seus Rolls-Royces e Bentleys. Eles se cumprimentaram com alegria e passaram com tranquilidade pelo porteiro uniformizado. Eu não.

– Posso ajudá-la, senhorita? – Ele entrou na minha frente.

– Marquei de encontrar meu primo aqui, mas não o vejo em lugar nenhum. – Fingi olhar em volta. – Ele disse nove horas, e já passa das nove. Você acha que ele pode ter entrado sem mim?

– Quem é o seu primo, senhorita?

Obviamente, eu não podia usar o nome de nenhum dos meus primos verdadeiros.

– Roland Aston-Poley – respondi, me parabenizando pelo raciocínio rápido. Pelo menos eu sabia que ele estava na Itália em lua de mel.

– Acho que não vi o Sr. Aston-Poley hoje – disse o porteiro –, mas, se quiser entrar, vou pedir para um dos funcionários acompanhar a senhorita.

Ele me conduziu pela porta até um gracioso vestíbulo. Através de uma arcada, vislumbrei uma cena de elegância faiscante: o brilho de candelabros e diamantes, o retinir de fichas, o barulho da roleta, vozes empolgadas, risos, palmas. Por um momento, desejei ser o tipo de pessoa que tinha meios de frequentar lugares como aquele. Depois me lembrei que meu pai tinha sido esse tipo de pessoa e se suicidara.

Um homenzinho de pele escura usando um smoking veio até nós. Houve palavras murmuradas entre ele e o porteiro. O homenzinho lançou olhares de esguelha na minha direção, mas não me importei.

– A senhorita disse Sr. Aston-Poley? – Ele espiou pelas portas. – Acho que ele ainda não chegou, senhorita...? – Ele esperou que eu desse meu nome, mas não o fiz. Depois acrescentou: – Por favor, queira se sentar. Vou verificar para a senhorita.

Eu me sentei em uma cadeira de cetim dourado. O porteiro voltou para seu posto. Mais membros chegaram. Eu os vi assinar o livro em uma mesa lateral. No momento em que fiquei sozinha, corri até o livro. Comecei a virar as páginas. De Mauxville tinha sido morto na última sexta-feira, então eu precisaria das datas anteriores a isso... Mas não esperava a presença de tantos membros toda noite. Fiquei surpresa com a quantidade de pessoas que tinham renda para jogar no Crockford's. Mas localizei um nome que eu conhecia: Roderick Featherstonehaugh tinha estado ali em várias ocasiões. E encontrei outro nome que eu não esperava ver: o honorável Darcy O'Mara também estivera ali.

Dois homens passaram por mim fumando charuto.

– Perdi dez mil na outra noite – disse um, com sotaque americano –, mas, se os poços de petróleo continuarem jorrando, quem vai reclamar?

Ambos riram.

Meu coração batia tão forte que parecia ecoar pelo vestíbulo.

– Sinto muito, senhorita. – Dei um pulo quando ouvi a voz atrás de mim. O homenzinho de smoking havia voltado. – Seu primo não está aqui. Acabei de verificar nas salas privadas. Tem certeza de que a senhorita veio na data correta?

– Ah, céus, talvez eu tenha cometido um erro – respondi. – Ele esteve aqui ontem à noite?

Ele virou as páginas, permitindo que eu desse uma olhada por cima do seu ombro.

– Nem ontem à noite nem na anterior. Parece que ele não veio aqui esta semana. Só esteve aqui no sábado passado.

– Sábado passado? – As palavras escaparam.

Ele assentiu. Parecia que Primrose Asquey d'Asquey, agora Roly Poley, estava passando a lua de mel sozinha, pelo menos parte dela. Não era à toa que a mãe achava que precisava animá-la.

– Sinto muito não podermos ajudá-la. – O homenzinho começou a me conduzir em direção à porta. – Se ele vier mais tarde, direi que a senhorita estava esperando por ele. Qual é o nome que devo informar?

Tentei pensar em um nome, mas tive uma ideia súbita e entreguei um cartão.

– Belinda Warburton-Stoke – falei.

O rosto dele adotou uma expressão de hostilidade e suspeita.

– Isso é alguma brincadeira? – perguntou ele.

– O que o senhor quer dizer?

– Que a senhorita certamente não é Belinda Warburton-Stoke. Essa jovem é muito conhecida por aqui. Tenha uma boa noite.

Fui enxotada até o lado de fora com o rosto em brasas. Por que Belinda não tinha mencionado que frequentava o Crockford's? Como ela podia se dar ao luxo de frequentar um lugar como aquele? E o que mais ela tinha esquecido de me dizer?

Vinte e quatro

Rannoch House
Quinta-feira, 5 de maio de 1932

Felizmente, Belinda já havia saído quando voltei para devolver as roupas. Fui para casa. Fig tinha ido dormir e eu me enfiei na cama, me sentindo muito infeliz. Parecia que não havia mais ninguém em quem confiar e, na escuridão, minhas suspeitas se multiplicaram. Belinda estava sentada ao meu lado naquele barco. Lembrei que ela havia se curvado para endireitar a meia em algum momento. Será que havia amarrado a corda no meu tornozelo? Mas por quê?

De manhã, descobri que Fig tinha diminuído a caldeira até o ponto de jorrar água morna da torneira de água quente. Não que eu desejasse tomar banho, de qualquer maneira. Eu ansiava por alguns dias de luxo – refeições extravagantes, uma casa quentinha, convidados divertidos, e tudo que eu precisava fazer era ficar de olho em uma mulher americana específica. Peguei o convite que havia deixado em cima do console da lareira e lembrei que era um baile à fantasia. Eu não tinha tempo nem dinheiro para alugar uma roupa cara no momento, então cortei a saia do uniforme de arrumadeira que estava usando até acima do joelho, encontrei um avental branco com babados e decidi ir como criada francesa. Ulalá.

Experimentei a roupa e estava me admirando, bem satisfeita com o resultado, quando a campainha tocou. Fui atender sem pensar e vi Tristram ali parado. Ele ficou boquiaberto.

– Ah, é você, Georgie. Achei que tinha contratado uma nova criada.

– Eu jamais contrataria alguém que usasse saias nesse comprimento – falei, rindo. – É para um baile à fantasia. Sou uma criada francesa. O que acha?

– Encantadora – respondeu ele. – Mas você precisa de meias arrastão e saltos altos para completar o figurino.

– Boa ideia. Vou sair e comprar ainda hoje.

– É para o baile dos Mountjoys, imagino.

– Você sabe da festa na casa dos Mountjoys?

– Claro. Eu também fui convidado.

– Eu não sabia que você os conhecia.

– É óbvio, na verdade, já que a propriedade é vizinha a Eynsleigh. Eu costumava brincar com os filhos deles.

– Os Mountjoys têm filhos?

Os próximos dias poderiam se revelar muito promissores, no fim das contas.

– Ambos estão longe, pelo que eu soube. Robert está na Índia e Richard em Dartmouth. – (Ele pronunciou "Wobert" e "Wichard", naturalmente.) – A família toda é da Marinha, sabe? Eu vim perguntar se você quer uma carona até a casa deles amanhã. Consegui um carro emprestado.

– Quanta gentileza! Eu agradeço. Estava mesmo me perguntando como iria.

Ele deu um sorriso largo, como se eu tivesse acabado de lhe dar um presente.

– Que maravilha. Lá pelas dez está bom para você? Devo avisar que o carro é um pouco pequeno. Não consegui arrumar um Rolls. – (É claro que ele disse "Wolls".)

– Perfeito. Obrigada mais uma vez.

– Talvez possamos caminhar até Eynsleigh juntos e reviver os velhos tempos.

– Contanto que você não me convide para brincar nas fontes.

Ele deu uma risada.

– Ah, céus, não. Que vergonha. – E o rosto dele ficou sério. – Pensei em dar uma passada para ver você porque achei que devia estar muito chateada com o que aconteceu com seu irmão. Que coisa horrível.

– É, é uma situação muito chocante – comentei. – É claro que Binky é inocente, mas não vai ser fácil provar. A polícia parece ter certeza de que ele é culpado.

– Os policiais são obtusos – disse ele. – Entendem tudo errado. Olhe, eu só preciso voltar ao escritório daqui a mais ou menos uma hora. Posso fazer o que prometi e lhe mostrar a cidade para animá-la.

– É muito amável da sua parte, Tristram, mas, sinceramente, não quero passear pela cidade hoje. Estou com muita coisa na cabeça. Em um momento mais feliz, talvez.

– Entendo perfeitamente. A situação é lamentável. E que tal uma xícara de café? Com certeza há alguma cafeteria aqui por perto, e eu preciso desesperadamente de uma xícara antes de voltar ao trabalho.

– Há muitas ao longo da Knightsbridge, incluindo um Lyons.

– Ah, acho que não precisamos descer a esse nível. Que tal procurarmos outra? Depois que você trocar de roupa.

– Ah, sim. – Eu sorri, olhando para meus trajes. – Entre e me espere na sala matinal. É o único cômodo adequado para receber visitas no momento. – Eu o conduzi pela escada até o primeiro andar. – Puxe uma cadeira. Não vou demorar. Ah, e minha cunhada está em casa, então não se assuste se uma mulher desconhecida quiser saber quem você é.

Troquei de roupa depressa. Quando desci, encontrei Tristram sentado com uma expressão tão tensa no rosto que soube na mesma hora que ele havia conhecido Fig.

– Sua cunhada é um pouco difícil, não é? – murmurou ele quando saímos de casa. – Ela disse que não sabia que você estava recebendo cavalheiros desacompanhada e que isso não era maneira de se comportar quando eles foram tão generosos em deixar você ficar na casa. Ela olhou para mim como se eu fosse um Don Juan. Quer dizer, eu pareço um Don Juan?

– Ah, céus – falei. – Mais problemas. Mal posso esperar para viajar amanhã e ir para um lugar com paz, sossego e alegria.

– Eu também – respondeu ele. – Não consigo descrever como é monótono trabalhar naquele escritório. Tudo que faço é arquivar documentos, fazer cópias de listas e arquivar mais documentos. Tenho certeza de que sir Hubert jamais me condenaria a trabalhar lá se soubesse como é. Ele não aguentaria ficar ali por dois minutos. Ia enlouquecer de tédio.

– E como ele está? – perguntei. – Alguma novidade?

Ele mordeu o lábio como um garotinho.

– Nada mudou. Ainda está em coma. Eu queria muito ir ficar com ele, mas não tem nada que eu possa fazer, ainda que tivesse como arcar com a passagem. Eu me sinto tão impotente.

– Sinto muito.

– Ele é a única pessoa que eu tenho no mundo. Mas essas coisas acontecem, acho. Vamos falar sobre assuntos mais alegres. Vamos nos divertir muito nesse baile à fantasia. Você vai dançar comigo?

– Claro, se seus pés aguentarem meu estilo de dança.

– Eu também tenho o hábito de pisar nos pés das pessoas. Nós dois vamos dizer "ai" ao mesmo tempo.

– Você vai de quê? – perguntei.

– Lady Mountjoy disse que tem algumas fantasias para emprestar. Pensei em aceitar a oferta gentil. Não tenho tempo nem dinheiro para visitar as lojas de fantasias no West End. Ela mencionou um salteador de estrada e devo dizer que gostei da ideia. Você sabe que eu adoro uma fanfarronice.

Nós dois rimos e chegamos à movimentada rua de Knightsbridge. Logo encontramos um lugar pequeno e tranquilo e pedimos um café. Uma mulher corpulenta estava sentada à mesa ao lado. Seu rosto estava maquiado demais, e uma pele de raposa sorria para nós no pescoço dela. A mulher sorriu e acenou quando nos sentamos.

– Lindo dia, não? Um dia perfeito para jovens como vocês passearem no parque. Eu vou à Harrods, embora a loja não seja mais a mesma, não é? Aquele lugar se rendeu às massas, é o que eu sempre digo. – Ela ficou quieta enquanto a garçonete colocava uma xícara diante dela e servia os nossos cafés. – Obrigada, queridinha – disse ela –, e não se esqueça da minha bomba de creme, está bem? Preciso dela para recuperar minhas forças.

– Vou buscar para a senhora – disse a garçonete.

Tristram olhou para mim e sorriu.

– Açúcar? – Ele deixou cair um torrão no café e me ofereceu o açucareiro.

– Não, obrigada. Eu bebo sem açúcar.

Senti um tapinha nas costas.

– Com licença, senhorita, mas posso pegar seu açúcar emprestado? Não tem nenhum açucareiro na minha mesa. Os estabelecimentos estão muito relaxados hoje em dia, não é?

Peguei a tigela da mão de Tristram e entreguei à mulher, percebendo que suas mãos rechonchudas estavam cobertas de anéis. Ela deixou cair vários torrões em uma xícara de café e depois me devolveu o açucareiro, olhando com expectativa para a bomba de creme que estava chegando. Eu mal tinha me virado para o meu café quando escutei um ruído de alguém se engasgando. Olhei em volta. A mulher gorda estava quase roxa, sacudindo as mãos, em pânico.

– Ela está sufocando.

Tristram se levantou com um salto e começou a bater nas costas dela. A garçonete ouviu a comoção e correu para ajudar. Mas não adiantou. O som de sufocamento se transformou em gorgolejo e ela desabou com o rosto no prato.

– Chame ajuda rápido! – gritou Tristram.

Fiquei imóvel, em estado de choque, enquanto a garçonete saía correndo, aos gritos.

– Não podemos fazer nada? – indaguei. – Tente tirar o que está obstruindo a garganta dela.

– A essa altura, o que ela engoliu deve estar muito fundo, senão já teria subido. Acho que vou piorar ainda mais a situação se tentar alguma coisa. – Tristram parecia muito pálido. – Que horror. Não é melhor eu levar você para casa?

– Temos que ficar aqui até chegar ajuda – apontei –, embora não haja nada que possamos fazer.

– Sinto muito, mas acho que ela pediu isso – disse ele. – Viu como ela enfiou aquela bomba na boca?

A ajuda chegou na forma de um policial e um médico que por acaso estavam passando ali. O médico começou a trabalhar na mesma hora e verificou o pulso.

– Não há nada que possamos fazer – disse ele. – Ela está morta.

Demos nossos depoimentos para o policial e fomos para casa. Tristram teve que voltar ao trabalho, e eu tentei fazer as malas para a festa no campo. Fig tinha saído para algum lugar, provavelmente para atormentar a Scotland Yard de novo. Vaguei pela casa vazia, tentando me livrar da sensação de medo que simplesmente não me abandonava. Se fosse meu primeiro contato com a morte, teria sido diferente. Mas o fato de, em menos de uma semana, eu ter encontrado um corpo na minha banheira, ter sido arrastada por um barco e quase atropelada por um trem fez com que essa morte parecesse muita coincidência. O pensamento perturbador de que o mesmo assassino havia tentado me matar mais uma vez surgiu na minha mente.

O açucareiro – a mulher pediu açúcar emprestado e eu entreguei a ela o nosso açucareiro. Será que alguém tinha envenenado o açúcar? A única pessoa que poderia ter feito isso era Tristram. Balancei a cabeça. Era impossível. Ele não tinha encostado no açucareiro até pegar um torrão para si mesmo e depois oferecê-lo a mim. E não poderia saber com antecedência para onde estávamos indo, porque eu é que tinha sugerido a Knightsbridge e escolhido o café. E, pelo menos até onde eu sabia, Tristram não tinha estado no barco no domingo.

Foi aí que me lembrei de uma coisa que fez meu sangue gelar. No meu primeiro encontro com Darcy, no Lyons, ele tinha feito uma piada sobre envenenar o chá e se livrar dos clientes mortos. E Darcy tinha estado no barco no domingo. Eu estava muito feliz porque ia fugir disso tudo e ficar em segurança no campo. Eu não via a hora de chegar o dia seguinte.

$\mathcal{V}$inte e cinco

Farlows, próximo a Mayfield, Sussex
Sexta-feira, 6 de maio de 1932

Eu não sabia mais no que acreditar. O incidente do dia anterior talvez não passasse de uma mulher gulosa que engasgou até a morte, mas aconteceu depois que entreguei a ela o meu açucareiro. Eu estava quase disposta a acreditar que havia uma intrincada conspiração contra mim e meu irmão. Talvez Darcy, Belinda e até mesmo Whiffy Featherstonehaugh estivessem nisso juntos. Era bem possível que Tristram também fizesse parte dela, embora eu achasse que ele não tinha estado no barco no domingo. A única coisa que eu não conseguia imaginar era um motivo. Por que alguém iria querer me matar?

Por isso, foi com alguma apreensão que entrei no pequeno automóvel de dois lugares ao lado de Tristram e o observei guardar minha bagagem no porta-malas. Ele me flagrou olhando para ele e sorriu animado. Era tão ridículo suspeitar dele, pensei. Mas era igualmente ridículo suspeitar de Belinda ou Whiffy. Eu também não queria suspeitar de Darcy, mas com ele não dava para ter certeza. De qualquer forma, Tristram ficaria com as mãos no volante durante todo o trajeto até a residência dos Mountjoys.

Fig havia decidido que viajar sozinha com um rapaz, ainda mais quando ela nunca tinha ouvido falar dele até aquele momento, era muito inadequado. Eu praticamente tive que arrancar o telefone das mãos dela enquanto ela tentava chamar um táxi para me levar à Victoria Station.

– Fig, eu já passei dos 21. Você e Binky deixaram bem claro que não são mais responsáveis por mim – disparei. – Se quiser restabelecer minha mesada e pagar pelos meus criados, aí, sim, pode começar a me dar ordens. Caso contrário, minhas atividades e as companhias que escolho não são da sua conta.

– Nunca falaram assim comigo em toda a minha vida – balbuciou ela.

– Já estava mais do que na hora.

– Parece que a falta de educação que você herdou do lado da sua mãe finalmente aflorou. – Ela fungou. – Não tenho dúvidas de que se envolverá com um homem inadequado atrás do outro, assim como ela.

Dei um sorriso sereno.

– Ah, mas pense como ela se divertiu com isso.

Ela não conseguiu formular uma resposta.

E agora avançávamos alegremente. A cidade deu lugar a áreas residenciais arborizadas quando entramos na Portsmouth Road. Elas, por sua vez, se transformaram em verdadeiras paisagens campestres, com castanheiras e carvalhos espalhados pelos campos e cavalos espiando pelos portões. Senti o peso dos últimos dias diminuir pouco a pouco. Tristram tagarelava animado. Paramos em uma padaria para comprar enroladinhos de linguiça e pãezinhos de Chelsea, depois ficamos à toa em um dos lados do espinhaço de Hog's Back e subimos no topo para admirar a vista. Enquanto estávamos sentados na beira da estrada, comendo nosso piquenique improvisado, dei um suspiro de satisfação.

– É bom estar no campo de novo, não é? – falei.

– Sem dúvida. Você também desgosta da cidade tanto quanto eu?

– Eu não desgosto. Na verdade, poderia ser bem divertido se eu tivesse dinheiro, mas, no fundo, tenho uma alma bucólica. Preciso cavalgar e caminhar ao longo do lago e sentir o vento soprando no rosto.

Ele olhou para mim por muito tempo antes de dizer:

– Sabe, Georgie, eu não estava brincando no outro dia. Você poderia se casar comigo. Eu sei que não tenho muito dinheiro agora, mas um dia serei abastado. Talvez pudéssemos viver em Eynsleigh e colocar aquelas fontes para funcionar de novo.

– Você é um doce, Tris. – Acariciei a mão dele. – Mas eu já lhe disse que pretendo me casar por amor. Você é como um irmão para mim. E eu nunca me casaria por conveniência.

– Tudo bem. Eu entendo. Ainda assim, sempre posso ter esperança de convencê-la a mudar de ideia, não é?

Eu me levantei.

– É tão lindo aqui, não é? O que será que tem depois das árvores?

Comecei a seguir por um pequeno atalho. Foi incrível a rapidez com que o carro e a estrada desapareceram e eu estava no meio do bosque. Pássaros cantavam nas árvores, um esquilo correu na minha frente. Durante toda a vida, sempre preferi ficar ao ar livre. De repente, senti que a floresta tinha emudecido. Parecia tensa, como se tudo tivesse olhos e ouvidos. Olhei em volta, inquieta. Eu estava a alguns metros do carro. Eu não podia estar correndo perigo, não é? Então me lembrei da plataforma lotada do metrô. Eu me virei e corri de volta para a estrada.

– Ah, aí está ela – disse uma voz cordial. – Estávamos nos perguntando aonde você tinha ido.

Outro carro havia estacionado ao nosso lado. Whiffy Featherstonehaugh estava ao volante e os outros passageiros eram Marisa Pauncefoot-Young e Belinda, que agora estavam estendendo a própria toalha de piquenique na grama.

– Para onde vocês estão indo? – indaguei.

Minha pergunta provocou risadas alegres.

– Para o mesmo lugar que você, bobinha. Também fomos convidados para a festa no campo.

– Venha se sentar conosco. – Whiffy deu um tapinha na toalha ao lado dele. – A mãe de Marisa mandou uma comida deliciosa da Fortnum.

Eu me sentei e os acompanhei em um piquenique muito melhor do que o nosso, mas não consegui apreciar o faisão frio, nem a torta de carne de porco, nem o queijo Stilton, porque não conseguia me livrar do pensamento de que as mesmas pessoas que eu tentava evitar agora estariam comigo no campo.

Partimos mais uma vez. Fitei o automóvel Armstrong Siddeley à nossa frente. Será que a inquietude que senti no momento em que eles chegaram tinha sido o meu sexto sentido celta me alertando?

Era tudo tão ridículo. Eu conhecia essas pessoas havia muito tempo e convivi com elas durante boa parte da vida. Eu disse a mim mesma que estava exagerando. Todos aqueles acidentes da semana passada tinham sido obra do acaso, nada mais sinistro. Eu os tinha interpretado daquele modo por causa do cadáver na banheira e porque estava sozinha e me sentindo deslocada em Londres. Agora eu teria alguns dias de tranquilidade e diversão e tentaria esquecer o que tinha acontecido comigo e com o pobre Binky.

O Armstrong Siddeley, muito mais potente, nos deixou para trás, e passeamos devagar pelas estradas frondosas. Por fim, Tristram desacelerou o carro e apontou.

– Ali, entre as árvores, fica Eynsleigh. Você se lembra?

Fitei uma longa e bonita entrada de automóveis com plátanos enfileirados. Depois dela havia uma ampla mansão Tudor de tijolos vermelhos e brancos. Lembranças felizes vieram à minha mente. Eu tinha cavalgado nessa entrada de automóveis em um cavalo gordo chamado Squibs. E sir Hubert tinha feito uma casa na árvore para mim.

– Consigo entender por que você a ama tanto – falei. – Eu me lembro dela como um lugar muito feliz.

Seguimos em frente e logo nos aproximamos de outra casa adorável. Esta era Farlows, lar dos Mountjoys. Era em estilo georgiano, com linhas elegantes, a balaustrada coroada com estátuas clássicas de mármore. Havia uma colunata com mais estátuas ao longo da entrada.

– Uma exibição muito impressionante, não acha? – perguntou Tristram.

– Obviamente, tem muito dinheiro envolvido no ramo de armamentos. Há sempre uma guerra acontecendo em algum lugar. Até as estátuas parecem violentas, não acha? Elas conseguem ser mais assustadoras do que aquele anjo feroz na sua casa.

Passamos por um lago ornamental com fontes jorrando e paramos ao lado de um lance de degraus de mármore que davam na porta da frente. Criados de libré saíram no mesmo instante, murmurando "Bem-vinda, milady" enquanto levavam minha bagagem. No alto dos degraus, fui recebida pelo mordomo.

– Boa tarde, milady. Permita-me dizer que fiquei arrasado ao ler sobre a difícil situação de Sua Graça. Lady Mountjoy a espera na longa galeria se quiser tomar um chá.

Eu estava de volta a um mundo cujas regras conhecia muito bem. Segui o mordomo até a longa galeria, onde Whiffy e seu grupo já atacavam os bolinhos com Imogen Mountjoy. Várias pessoas mais velhas estavam sentadas juntas. Reconheci os pais de Whiffy entre eles. Lady Mountjoy se levantou e veio me cumprimentar.

– Minha querida, que bom que você veio, mesmo em um momento tão desconcertante. Nós todos sentimos muito pelo seu pobre e querido irmão. Que lástima. Esperamos que eles resolvam logo esse caso. Venha ver Imogen e conhecer nossos hóspedes americanos.

Imogen fingiu estar entusiasmada:

– Georgie! Que bom que você veio.

Nós nos cumprimentamos com um beijo no ar perto das bochechas. Olhei em volta, esperando ver a Sra. Simpson, mas "os americanos" eram apenas um tal de Sr. e Sra. Wilton J. Weinberger.

– Quer dizer que seu irmão é o bode expiatório sobre o qual temos lido nos jornais – disse ele enquanto apertava minha mão.

Lady Mountjoy me levou embora antes que eu pudesse ser interrogada sobre o assunto. Ela disse:

– E estes são os nossos vizinhos, o coronel e sua esposa, a Sra. Bantry--Bynge.

Eu tinha mesmo me perguntado por que aquela mulher me pareceu vagamente familiar. Senti o rosto corar e achei que estava condenada. O coronel Bantry-Bynge apertou minha mão.

– Como vai? – perguntou calorosamente.

A Sra. Bantry-Bynge também apertou minha mão.

– Prazer em conhecê-la, Vossa Senhoria. – E fez uma pequena reverência.

Seus olhos estavam baixos, e eu não tive como saber se ela havia me reconhecido como a criada que abrira a sua casa. Se ela tivesse reconhecido, obviamente não diria nada, já que eu sabia demais. Fiquei ali com o grupo, trocando algumas cortesias sobre a "sua deliciosa propriedade no campo e como Willy estava decepcionado por não poder caçar", então fui arrastada por Imogen para ver fotos de sua recente viagem a Florença.

– Nossos parceiros de dança se resumem a esses dois? – sussurrei para ela. – Whiffy e Tristram?

Ela fez uma careta.

– Eu sei. Horrível, não é? Mas mamãe diz que este fim de semana não é dedicado aos jovens, e sim ao príncipe e seus amigos. De qualquer maneira, ela está tentando arrumar mais rapazes a tempo para o baile de amanhã. Whiffy não é um parceiro de dança ruim, mas Tristram com certeza vai pisar nos nossos pés. Ele é incorrigível, não é? Eu odiava quando ele vinha brincar conosco. Estava sempre quebrando os nossos brinquedos, caindo de árvores e nos colocando em apuros.

– Imogen, por que não leva seus amigos aos aposentos deles? – sugeriu lady Mountjoy. – Tenho certeza de que vocês, jovens, têm muito o que conversar.

– Boa ideia. Vamos, então. – E ela nos levou escada acima, marchando de uma maneira nada graciosa. – Qualquer coisa para fugir daquelas pessoas horríveis – falou, olhando para baixo, pela escada curva. – Graças a Deus não é temporada de caça, senão aquele Wilton iria arruinar nossos cavalos. Até agora, não tem ninguém interessante, não acham? Quer dizer, eu tinha esperança em relação ao príncipe de Gales, mas parece que ele tem outro interesse.

– Que, inclusive, vai chegar com o próprio marido – disse Belinda, rindo.

– É mesmo? – perguntou Marisa, fascinada.

– Sim. Ela arrasta o pobre coitado para cima e para baixo como um cachorro na coleira.

Marisa fez uma careta.

– Só não me deixem beber muito e fazer papel de boba na frente de Sua Alteza Real. Vocês sabem como eu sou.

Chegamos ao primeiro patamar – um lugar imenso, com bustos de mármore em nichos e um corredor imponente que seguia para os dois lados.

– É aqui que você fica, Georgie – disse Imogen. – Você recebe tratamento de realeza nos melhores aposentos, juntamente com Sua Alteza Real. O resto de nós fica nas espeluncas do andar de cima.

– Espero que certos hóspedes também estejam neste andar – sussurrou Belinda –, senão vai ter gente subindo e descendo furtivamente a escada durante a noite.

– Não sei se já chegaram a esse estágio – disse Imogen. – Mas posso lhe adiantar que certo casal vai ficar em quartos neste andar, só que do outro lado da grande escadaria, então no mínimo vai ser uma longa caminhada com pés gelados no piso de mármore. – Imogen deu uma risadinha. – Se ouvir um gritinho agudo, Georgie, já sabe do que se trata: pés gelados.

Meu quarto ficava no fim do corredor. Era encantador, com janelas projetadas que davam para o lago e o parque. Minha mala já tinha sido desfeita e minhas roupas estavam guardadas.

– Você trouxe sua criada ou quer que eu mande uma para vesti-la? – perguntou Imogen.

– Minha criada ficou na Escócia, mas eu aprendi a me vestir sozinha – respondi.

– É mesmo? Que esperta.

– Minha criada está chegando de trem – disse Belinda. – Se quiser, posso emprestá-la.

Eu podia sentir a tensão que havia entre nós duas, embora eu não soubesse dizer se era só da minha parte. Percebi que Belinda não parecia tão amigável como antes.

– Vamos deixar você se trocar, então. Enquanto isso, vou levar essas duas a seus humildes aposentos lá em cima – disse Imogen. – Os coquetéis serão servidos às sete. Mas primeiro descanse um pouco. – Na porta, ela se virou. – Ah, antes que eu me esqueça: bem ao lado do seu quarto tem uma escadinha que leva à longa galeria, onde vamos beber os coquetéis.

Assim que fiquei sozinha, me deitei na cama, mas não consegui relaxar. Eu me levantei e comecei a andar de um lado para outro. Da janela, vi Whiffy Featherstonehaugh saindo de casa a passos largos. A certa altura, ele se virou e olhou para a casa, depois seguiu em frente, apressado. Eu o observei com um turbilhão de pensamentos. Era alguém que eu conhecia havia tanto tempo... um oficial da Guarda, um pouco rígido e enfadonho, talvez, mas com certeza não um assassino. Mas ele também era um assíduo frequentador do Crockford's, inclusive nas ocasiões em que De Mauxville estava presente. E... eu me lembrei de outra coisa... a marca em baixo-relevo no bloco de notas ao lado do telefone no quarto de De Mauxville: *R – 10h30*. O primeiro nome de Whiffy era Roderick. De alguma forma, eu precisava confrontá-lo neste fim de semana. Eu precisava descobrir a verdade. Eu estava cansada de viver com o perigo.

Deixei de lado esses pensamentos e comecei a me vestir para o jantar. Naquele momento, eu precisava parecer respeitável. Havia levado um vestido de seda creme com mangas bordô que combinava muito bem com a minha pele e cujo excelente caimento não me deixava parecendo um varapau. Eu me aventurei a passar um pouquinho de ruge no rosto, um toque de batom nos lábios e coloquei o colar de pérolas que ganhei no meu vigésimo primeiro aniversário. Fiquei muito orgulhosa de ter feito tudo isso sem ajuda. Arrumada e pronta para socializar, saí do quarto. A luz do fim do corredor estava apagada e desci a escadinha em espiral com cautela. Um passo de cada vez. De repente, perdi o equilíbrio, caí para a frente e fui arremessada para baixo. Não havia corrimão, e minhas mãos deslizaram pelas paredes lisas. Acho que tudo aconteceu muito rápido, mas era quase como se eu caísse em câmera lenta. Vi uma armadura surgindo à minha frente um instante antes de colidir com ela. Notei que o machado estava levantado e ergui os braços para me defender. Houve um estrondo, um retinir de metais e eu me vi sentada com pedaços de armadura caindo ao meu redor.

As pessoas vieram correndo do andar de baixo na mesma hora.

– Georgie, você está bem?

Rostos preocupados me encaravam enquanto as pessoas me ajudavam a ficar de pé. Passei as mãos pelo corpo e parecia que eu não tinha sofrido nenhum dano sério além de alguns arranhões nos braços e uma meia-calça desfiada.

– Eu deveria ter avisado sobre essa escada – disse lady Mountjoy. – A iluminação é péssima. Já falei com William.

– Sinceramente, Georgie – disse Belinda, tentando rir da situação para me distrair. – Juro que, se você estivesse no meio de um grande salão com piso encerado, ainda encontraria uma coisa para tropeçar. Ah, tadinho do seu braço. Ainda bem que você não estava usando luvas compridas, senão estariam destruídas. Vamos voltar para o seu quarto e limpar tudo. Você desfiou a meia-calça. Quer outro par?

Todos foram muito gentis comigo. Deixei que cuidassem de mim e percebi o cuidado com que me guiaram escada abaixo de novo.

– Aqui está ela, sã e salva. – Lady Mountjoy parecia aliviada. – Venha ser apresentada a Sua Alteza Real. – Ela me levou até onde meu primo David estava com lorde Mountjoy e dois rapazes solenes que, obviamente, eram os escudeiros de Sua Alteza Real.

– Ei, Georgie – disse David antes que lady Mountjoy fizesse a apresentação –, ouvi dizer que você andou lutando contra armaduras.

– Foi só um tombo infeliz, Sua Alteza Real – disse lady Mountjoy antes que eu pudesse responder. – Mas agora está tudo bem. Quer uma taça de champanhe, Georgiana, ou prefere um coquetel?

– Ela precisa de um conhaque depois desse susto – disse lorde Mountjoy, e alguém trouxe um para mim.

Eu não quis admitir que não gosto de conhaque e fiquei grata por ter alguma coisa para bebericar. Porque eu ia precisar de uma grande quantidade para acalmar meus nervos naquele momento. Enquanto eu estava sendo cuidada no andar de cima, encontrei uma coisa na minha saia. Era um pedaço de barbante preto bem resistente. Não consegui imaginar como ele tinha ido parar ali até me ocorrer que alguém poderia tê-lo amarrado no topo da escada – alguém que provavelmente sabia que eu seria a única pessoa que ia usá-la naquela noite. A pessoa que atentava contra a minha vida estava na mesma casa que eu.

Vinte e seis

Farlows
Sexta-feira, 6 de maio de 1932

No entanto, não tive tempo para pensar, pois fui levada para conhecer as senhoras. Vi a Sra. Simpson no mesmo instante. Ela usava um terninho parecido com o que eu tinha exibido de um jeito tão desastroso no ateliê de Belinda e estava sentada no sofá mais confortável, sendo o centro das atenções e fazendo o que parecia uma imitação da gagueira do duque de York. Fomos apresentadas.

– Acho que já a vi em algum lugar, não? – disse ela, com uma voz arrastada, me olhando de um jeito crítico.

– É possível – respondi, tentando parecer desinteressada e lembrando de todas as grosserias que ela havia feito.

– Vejamos, então. Você é filha daquela mulher que era "atriz" e agarrou um duque, certo? – Ela fez a palavra parecer um eufemismo para uma coisa menos respeitável.

– Isso mesmo – respondi. – Se a senhora tiver a chance de conhecê-la, talvez ela possa lhe dar algumas dicas sobre como agir como uma princesa – respondi, sorrindo com doçura.

Ouvi risinhos baixos, mas ela me fuzilou com o olhar. Eu pedi licença e, enquanto me afastava, escutei-a dizer em voz alta:

– Pobre garota, tão alta e desajeitada. Se ela se casar um dia, vai ter que se contentar com um fazendeiro rude.

– Que, sem dúvida, será muito melhor na cama do que qualquer coisa que ela tenha neste momento – disse uma voz no meu ouvido. Lá estava minha mãe, deslumbrante em seu vestido azul-pavão com gola de penas do mesmo pássaro. – E que bobagem é essa sobre Binky? Se ele matou alguém, espero que tenha sido Fig.

– Não tem graça, mãe. Ele pode ser enforcado.

– Duques não são enforcados, querida. Ele seria solto por insanidade. Todo mundo sabe que os membros da alta sociedade são malucos.

– Mas ele é inocente.

– Claro que é. Ele não é do tipo violento. Ele costumava vomitar toda vez que os cães pegavam uma raposa.

– O que você está fazendo aqui? – perguntei, excepcionalmente feliz em vê-la.

– Max tem negócios com lorde Mountjoy. Os dois trabalham no ramo de armamentos, e ele também caça com Sua Alteza Real, então aqui estamos – disse ela. – Venha conhecer o Max. O inglês dele é atroz.

– Mas você não fala alemão, não é? Como vocês conseguem se comunicar?

Ela soltou aquela risada deliciosa e contagiante que costumava lotar os teatros.

– Minha querida, nem sempre é preciso falar.

Ela enfiou o braço no meu e me levou até um homem de cabelos loiros, atarracado porém imponente, que estava profundamente imerso na conversa com o príncipe e lorde Mountjoy.

– Sim... javali. – Nós o escutamos dizer, com um forte sotaque alemão. – Bang bang.

– Está vendo o que eu quero dizer? – sussurrou minha mãe. – Ele tem uma grande deficiência aí. Mas o sexo é celestial.

A menção ao sexo me lembrou de uma questão urgente.

– Quem será que vai ser meu acompanhante no jantar hoje à noite? Espero que não seja lorde Mountjoy. Detesto ter que manter uma conversa educada com pessoas mais velhas.

– Parece que ele vai acompanhar aquela americana horrorosa – sussurrou minha mãe. – Como se ela estivesse oficialmente com você sabe quem. O pobre Sr. S., que você vai ver escondido lá no fundo, no fim da fila, vai ser obrigado a ir sozinho até a mesa. Coitado, isso não se faz.

– Então acho que vou ficar com Whiffy Featherstonehaugh ou Tristram. A conversa não vai ser das mais brilhantes.
– Pobre Tristram. Como ele está?
– Bem, acho. Ele me pediu em casamento.
Ela riu.
– Que horrível. Quase um incesto. Vocês tiveram a mesma babá, pelo amor de Deus. Ainda assim, acho que ele vai ser um bom partido se o pobre e velho Hubie morrer.
– Mãe, ele é um amor, mas você consegue imaginar como seria estar casada com ele?
– Sinceramente, não. Mas acho que ouvi lady Mountjoy dizer que eles tinham convidado um parceiro para você.
Naquele momento, as portas duplas se abriram e o mordomo entrou na sala e anunciou:
– Sua Alteza Sereníssima, o príncipe Siegfried da Romênia.
Siegfried, com seu cabelo louro-claro lambido, seu traje festivo militar adornado com mais ordens e medalhas do que qualquer general, entrou na sala, marchou até lady Mountjoy, bateu os calcanhares e fez uma reverência.
– Quanta gentileza – disse ele.
Depois foi até o príncipe de Gales e bateu os calcanhares de novo. Eles trocaram palavras em alemão e Siegfried foi trazido até mim.
– Acredito que já conheça lady Georgiana, Vossa Alteza.
– Naturalmente. Enfim nos encontramos de novo. – Ele se curvou para beijar minha mão com aqueles lábios grandes e frios de peixe morto. – Como tem passado?
Eu estava fervendo de raiva. *Aquela raposa velha*, pensei. Ela não queria que eu espionasse David. Tinha planejado tudo isso para que eu me encontrasse com Siegfried de novo. Ela sabia que eu havia fugido do encontro na Escócia e não ia me deixar escapar. Bem, você pode colocar a faca e o queijo na mão de uma pessoa, mas não pode obrigá-la a se casar com alguém que ela despreza.
Contudo, eu tinha sido muito bem educada. Fui polida e atenciosa enquanto Siegfried falava de si mesmo:
– A temporada de esqui foi excelente neste inverno. Onde você costuma esquiar? Sou um magnífico esquiador. Não tenho o menor medo.

O gongo do jantar soou e formamos a fila para entrar na sala de jantar. Eu, é claro, fui colocada ao lado de Siegfried, logo atrás do príncipe e de lady Mountjoy. Sentamos em nossos lugares e meus olhos vagaram pela mesa. Quem tinha sido traiçoeiro a ponto de amarrar o barbante preto na escadaria? Era um milagre que eu ainda estivesse viva. Se eu tivesse aterrissado no chão de um jeito um pouquinho diferente, o machado teria caído em cima de mim ou eu teria quebrado o pescoço. Encarei Whiffy e depois Tristram. Nenhum dos dois tinha o que eu chamaria de um grande intelecto. Mas Belinda tinha sido uma das garotas mais inteligentes na escola. Balancei a cabeça, incrédula. Por que diabos Belinda iria querer me matar?

Ainda havia um lugar vago à mesa. Assim que notei isso, a porta se abriu mais uma vez.

– O honorável Darcy O'Mara – anunciou o mordomo, e Darcy entrou, muito elegante em seu smoking.

– Sr. O'Mara – disse lady Mountjoy, quando ele se desculpou por ter chegado atrasado. – Que bom que o senhor conseguiu vir. Por favor, sente-se. Eles começaram a servir a sopa.

Darcy me lançou um breve olhar enquanto se sentava na minha frente, depois começou a conversar com Marisa, à esquerda dele. Senti que meu rosto estava em chamas. O que ele estava fazendo aqui? Quem o tinha convidado e por quê?

A voz estridente da Sra. Simpson se destacou entre o murmúrio educado das conversas:

– Vamos ver se eu entendi. Devemos chamá-la de "frau", "Vossa Senhoria" ou apenas "senhora"?

Ela estava, claro, se dirigindo à minha mãe, que, por imprudência, havia se sentado perto do pelotão de fuzilaria.

– Apenas "senhora" – respondeu minha mãe com doçura –, e quanto a você? Ainda é casada com alguém?

Houve um silêncio sepulcral antes que os convidados voltassem a conversar sobre o tempo e o jogo de golfe do dia seguinte.

– Amanhã podemos cavalgar, não acha? – me perguntou Siegfried. – Eu monto magnificamente. Sou um cavaleiro magnífico. Não tenho o menor medo.

Isso não podia estar acontecendo comigo. Eu estava presa em uma sala com minha mãe, a Sra. Simpson, o Peixe-Morto, Darcy e/ou alguém que estava tentando me matar. Até que ponto as coisas podiam piorar?

De alguma forma, sobrevivi ao jantar. O que compensou foi a excelente comida. Para quem estava vivendo à base de feijões cozidos, havia um prato inebriante atrás do outro: sopa de tartaruga, linguado à Veronique, pombo assado e rosbife, seguidos de charlotte russa e anchovas na torrada. Fiquei surpresa com a quantidade de comida que consegui ingerir, levando em conta o meu estado nervoso. E havia vinho para acompanhar cada prato.

Notei que a Sra. Simpson só beliscou a comida e lançava olhares na direção do príncipe, que a fitava o tempo todo com olhos compridos.

– Tenho que comer como um passarinho, senão acabo engordando – comentou ela com quem estava por perto. – Você tem muita sorte. Os alemães gostam de mulheres gordas. – A última observação foi dirigida à minha mãe, claro.

– Nesse caso, eu começaria a me empanturrar se fosse você – retrucou minha mãe, olhando para o príncipe, cujo ancestral da realeza incluía um membro do Eleitorado de Hanôver e o príncipe Albert de Saxe-Coburgo--Gotha.

Ela estava claramente se divertindo. Fiquei aliviada quando lady Mountjoy indicou que as senhoras deveriam se retirar, e nós a seguimos até a sala de estar, onde o café nos esperava. Minha mãe e a Sra. Simpson, agora inimigas mortais, continuaram trocando farpas deliciosamente afáveis. Eu ia gostar de observar esse espetáculo, mas Belinda estava sentada ao meu lado e se ofereceu para colocar creme e açúcar no meu café. Recusei a oferta.

– Mas você sempre falava que, se bebesse café puro à noite, não conseguia dormir – disse ela.

Olhei para minha mãe. Será que eu podia contar com ela como aliada? Ela não tinha exatamente cumprido o papel de mãe, mas com certeza desejaria proteger sua única filha. Os homens chegaram logo depois.

– David, venha se sentar aqui. – A Sra. Simpson deu um tapinha no sofá ao lado dela.

Houve um arquejo quase perceptível dos outros convidados. Um príncipe é sempre "sir" em público, mesmo para os amigos mais próximos. Sua Alteza sorriu e correu para se empoleirar no braço do sofá ao lado dela. O

Sr. Simpson não estava em nenhum lugar visível. Tinha ido jogar bilhar, pelo que me disseram. Darcy se instalou entre Marisa e Imogen e não olhou na minha direção nem uma única vez.

– Ouvi dizer que você levou um tombo feio – disse Whiffy. – A iluminação é tão fraca nos corredores, não é? O velho Tris tropeçou em uma armadura no nosso andar. Isso é normal para ele. É desajeitado que só. A propósito, você o viu?

Naquele momento ele apareceu, conversando animado com o príncipe Siegfried. Ambos vinham na minha direção. Eu não ia aguentar mais nem um minuto daquilo. Pedi licença assim que pude e fui para o meu quarto. Subi a escadinha, procurando pistas com todo o cuidado. Estava muito escuro para ver alguma coisa, mas me ajoelhei e examinei o terceiro degrau, onde eu havia tropeçado. Não havia nenhum sinal de pregos onde um barbante pudesse ser amarrado, mas havia buracos reveladores nas paredes. Meu adversário (ou minha adversária) achou que tinha eliminado as evidências, mas não era possível remover furos.

Entrei no meu quarto e tranquei a porta, mas não consegui dormir. Toda casa tem um conjunto de chaves mestras que meu assassino poderia surrupiar, mas pelo menos eu estaria preparada para ele. Olhei em volta à procura de uma arma adequada, achei um aquecedor de camas pendurado na parede e o coloquei ao meu lado. Se escutasse alguém perto da minha porta, eu estaria a postos, armada e pronta para golpeá-lo na cabeça e berrar a plenos pulmões.

As horas foram passando. Uma coruja piou e, em algum lugar do parque, escutei um grito. Devia ser uma raposa que pegou um coelho. Em seguida, ouvi as tábuas do assoalho em frente à minha porta rangerem. Era um som levíssimo, mas fiquei de pé em um instante, com o aquecedor de camas na mão, ao lado da porta. Prendi a respiração, à espera, mas nada aconteceu. Por fim, não consegui mais aguentar. Destranquei a porta o mais silenciosamente possível e olhei para o corredor. Uma figura de roupão escuro passava sorrateiramente, como se não quisesse acordar ninguém. No início, pensei que fosse o príncipe de Gales voltando de uma visita à Sra. Simpson ou vice-versa. Mas dava para ver que a pessoa era mais alta do que o príncipe e do que a americana. A silhueta passou pela suíte do príncipe e seguiu em frente. Por fim, parou diante de uma porta, bateu com suavidade e entrou.

Saí furtivamente para o corredor, contando as portas e tentando entender o que eu tinha acabado de ver. Passei pela suíte do príncipe de Gales. O quarto só podia ser o do príncipe Siegfried. E, pelo contorno da figura contra a luz do patamar, constatei que ela não poderia ser ninguém além de Tristram. Eu nem sabia que Tristram conhecia o príncipe. Por que ele o estava visitando no meio da noite? Por mais ingênua que eu fosse, só consegui chegar a uma conclusão. E, ainda ontem, ele tinha me pedido em casamento. Como tudo o mais no momento, aquilo não fazia sentido.

Vinte e sete

Farlows
Sábado, 7 de maio de 1932

CONSEGUI DORMIR DEPOIS DE COLOCAR uma cadeira sob a maçaneta da porta. Acordei ao ouvir a maçaneta sendo sacudida com força e, em seguida, uma batida alta na porta. O dia já estava claro. Abri a porta e encontrei a criada com meu chá matinal. Estava um dia lindo, disse ela, e os cavalheiros tinham saído para jogar golfe. As senhoras americanas iam se juntar a eles. Se eu quisesse fazer o mesmo, teria que me apressar.

Eu não tinha a menor intenção de sair de perto da minha mãe, de lady Mountjoy e de Marisa. Era mais seguro andar em bando. Eu me vesti e, quando desci para tomar o desjejum, encontrei Belinda ocupada atacando a comida.

– Está tudo ótimo – disse ela. – Eu tinha esquecido o quanto sinto falta desse tipo de coisa.

Sorri para ela e fui até o aparador para me servir.

– Você anda muito quieta – disse ela. – Está preocupada com o seu irmão?

– Não, estou preocupada comigo. – Eu a encarei. – Alguém está tentando me matar.

– Ah, Georgie, é claro que você está imaginando coisas. Você costuma se acidentar, você sabe disso.

– Mas vários acidentes em uma semana? Nem eu sou desajeitada a esse ponto.

– É horrível, eu concordo, mas, mesmo assim, são só acidentes.

– Ontem à noite não foi um acidente – falei. – Alguém amarrou um barbante preto atravessado no topo da escada. Encontrei um pedaço na minha saia.

– E tinha pregos na parede?

– Não, mas tinha uns buracos onde os pregos podiam ter sido colocados. A pessoa que está tentando me matar deve ter tirado. É alguém obviamente muito esperto.

– Quem você acha que pode ser, então?

– Não faço ideia – respondi, ainda a encarando. – Alguém que, de algum modo, está ligado à morte de De Mauxville. Me diga uma coisa: Tristram Hautbois estava naquele barco no domingo?

– Tristram? Não estava, não.

– Bem, uma teoria a menos, então.

Belinda se levantou.

– Eu realmente acho que você está exagerando na imaginação – disse ela. – Todos nós somos seus amigos. Conhecemos você há anos.

– Mas não têm sido totalmente sinceros comigo.

– O que você quer dizer?

– Que você não me contou que costumava ir ao Crockford's. Segundo os funcionários, você é uma frequentadora assídua.

Ela olhou para mim e riu.

– Você não perguntou. Tudo bem, eu confesso que adoro uma jogatina. Na verdade, sou muito boa nisso. É o que me ajuda a sobreviver em termos financeiros. E raramente aposto o meu dinheiro. Homens mais velhos adoram fazer amizade com uma jovenzinha charmosa e desamparada. – Ela limpou a boca com um guardanapo. – Você descobriu alguma coisa lá?

– Só que várias pessoas que eu conheço jogam mais do que deveriam.

– É preciso ter um pouco de emoção na vida, não acha? – disse Belinda. Ela se levantou e me deixou sozinha na mesa do desjejum, ainda sem saber se ela era suspeita ou não.

Minha mãe apareceu antes que eu tivesse terminado de comer, e eu me agarrei a ela. Max estava jogando golfe, então ela não se opôs a passar algum tempo com a filha. Ela me levou para o quarto dela, para termos um "momento das meninas", como ela o chamou, e me fez experimentar potes e mais potes de cosméticos e perfumes diversos. Fingi me interessar enquanto tentava encontrar um jeito de dizer a ela que minha vida estava correndo perigo. Conhecendo-a, ela só ia me dizer para não ser boba e ia continuar falando como se nada tivesse acontecido.

– O que você anda fazendo da vida? – perguntou ela. – Ainda está trabalhando na Harrods com aquele avental rosa horrível?

– Não, fui demitida graças a você.

– Eu fiz você ser demitida? Euzinha?

– Alegaram que eu fui rude com uma cliente, e eu não podia dizer a eles que você era minha mãe.

Ela deu uma grande gargalhada.

– Hilário, querida.

– Quando você precisa de dinheiro para comprar comida, não é. Não estou mais recebendo nada de Binky, sabia?

– Pobre Binky. Talvez ele nunca mais possa dar nada a ninguém. Que coisa horrível. Para começar, como é que aquela criatura horrorosa do De Mauxville foi parar na sua casa?

– Você o conhece?

– É claro. Todo mundo na Riviera o conhece. Um homem odioso. Quem quer que o tenha afogado fez um favor ao mundo.

– Mas esse favor deve fazer Binky ser enforcado por um crime que não cometeu, a menos que eu consiga descobrir quem o matou.

– Deixe esse tipo de coisa para a polícia, querida. Tenho certeza de que eles vão resolver tudo muito bem. Não se preocupe. Quero que você se divirta... saia da sua concha, comece a flertar um pouco mais. Está na hora de arranjar um marido.

– Mãe, vou arranjar um marido quando achar que estou pronta.

– E o Príncipe Estudante no jantar de ontem à noite? Você jamais encontraria um homem com mais ordens ou medalhas.

– Nem com lábios mais flácidos – falei. – Ele parece um bacalhau, mãe.

Ela riu.

– Parece mesmo. E imagino que seja mortalmente enfadonho. Ainda assim, um posto de futura rainha não deve ser desprezado.

– Você tentou ser duquesa e não aguentou muito tempo.

– É verdade. – Ela me lançou um olhar crítico. – Você precisa de roupas melhores, agora que debutou. Isso é óbvio. Vou ver se consigo arrancar alguma coisinha de Max. Que pena que você não veste o meu tamanho. Estou sempre me desfazendo de peças fabulosas que não posso usar porque são do ano anterior. É claro que, se o pobre Hubie morrer mesmo, imagino que você vai conseguir comprar um guarda-roupa decente e uma casa para combinar com ele.

Eu a encarei.

– Você disse que eu era mencionada no testamento dele, mas...

– Hubie é podre de rico, querida, e para quem mais ele deixaria todo esse dinheiro? O pobre Tristram deve receber a parte dele, mas tive a impressão de que Hubie queria ter certeza de que você teria um amparo financeiro.

– É mesmo?

– Ele gostava tanto de você. Eu devia ter continuado com ele pelo seu bem, mas você sabe que eu não aguentava tantos meses sem sexo enquanto ele atravessava o rio Amazonas em uma jangada ou escalava uma montanha. – Ela me puxou e fez com que eu me levantasse. – Vamos dar um passeio? Ainda não tive a chance de explorar o terreno.

– Está bem.

Uma caminhada seria uma boa chance de contar a ela sobre os meus "acidentes".

Descemos a escada de braços dados. A casa estava muito quieta. Parecia que a maior parte do nosso grupo tinha ido jogar golfe. Um vento forte soprava, e minha mãe decidiu que tinha que voltar para casa e encontrar um lenço para cobrir o cabelo, senão ficaria com uma aparência assustadora. Esperei do lado de fora, pensando em um monte de coisas. Se eu ia herdar dinheiro do testamento de sir Hubert, Tristram tinha um motivo para querer casar comigo. Mas para me matar? Não fazia sentido. Ele ia receber a parte dele da herança. E ele não estava no barco, e eu também não o tinha visto na plataforma do metrô. Além disso, ele parecia o tipo de pessoa que desmaiava ao ver sangue. Ele com certeza parecia prestes a desmaiar quando aquela mulher morreu sufocada ao nosso lado.

Houve um som acima de mim. Quando ergui a cabeça para ver o que era, a voz da minha mãe gritou:

– Cuidado!

Eu pulei, e uma das estátuas de mármore da balaustrada caiu ao meu lado. Minha mãe desceu correndo a escada, com o rosto pálido como o de um defunto.

– Você está bem? Que coisa horrível! É claro que isso poderia acontecer, está ventando muito hoje. Aquela coisa já devia estar prestes a cair há anos. Graças a Deus você está bem. Graças a Deus eu não estava ao seu lado.

Os criados saíram correndo. Todos estavam tentando me confortar. Mas eu me afastei deles e corri para dentro da casa. Estava cansada de ser vítima. Não aguentava mais. Corri escada acima, um lance após outro. E esbarrei em Whiffy Featherstonehaugh, que estava descendo.

– Você! – gritei, bloqueando seu caminho. – Eu devia ter imaginado quando você não pulou na água para tentar me salvar. Eu até consigo entender que você queira matar De Mauxville, mas o que tem contra mim e Binky, hein? Vamos, desembuche!

Whiffy engoliu em seco. Seu pomo de adão subia e descia, e seus olhos nervosos desviaram dos meus.

– Não sei do que você está falando.

– Você acabou de subir no telhado, não foi? Vamos, não negue.

– No telhado? Meu bom Deus, não. O que eu estaria fazendo no telhado? Os outros pegaram as melhores fantasias. Lady Mountjoy disse que havia outro baú de fantasias no sótão, mas não consegui encontrá-lo.

– Boa desculpa – falei. – Você pensou rápido. Obviamente é mais esperto do que parece. Tem que ser, já que atraiu De Mauxville para a nossa casa e o matou. Mas por que nós? É isso que eu quero saber.

Ele olhava para mim como se eu fosse uma espécie nova e perigosa de animal.

– Olhe, Georgie. Eu não sei do que você está falando. Eu... eu não matei De Mauxville. Não tive nada a ver com a morte dele.

– Quer dizer que ele não estava chantageando você?

Ele ficou boquiaberto.

– Como diabos você sabe disso?

Eu não quis dizer que tinha sido um "mero palpite". De repente, em um lampejo de inspiração, percebi que Whiffy era muito alto, tinha cabelos escuros e uma aparência distinta.

– Descreveram um visitante exatamente igual a você no Claridge, eu vi seu nome no livro de membros do Crockford's e De Mauxville rabiscou alguma coisa sobre encontrar "R" em um bloco de notas.

– Ah, caramba. Então a polícia também sabe.

Eu provavelmente estava em uma escada com um assassino. Não era estúpida o bastante para admitir que a polícia não sabia de nada.

– Tenho certeza que sim – falei. – Você decidiu matá-lo para acabar com a chantagem?

– Mas eu não o matei. – Ele parecia desesperado. – Não posso dizer que não estou feliz por ele estar morto, mas juro que não fui eu.

– Eram dívidas de jogo? Você devia dinheiro a ele?

– Não exatamente. – Ele desviou o olhar. – Ele descobriu sobre minhas visitas a um clube específico.

– O Crockford's?

– Ah, meu bom Deus, não. O Crockford's é aceitável. Metade dos oficiais da Guarda joga.

– Então o que foi?

Ele olhava ao redor como um animal enjaulado.

– Prefiro não dizer.

– Era um clube de striptease?

– Não exatamente. – Ele olhava para mim como se eu fosse muito obtusa. – Olha, Georgie, não é da sua conta.

– Muito pelo contrário, é da minha conta, sim. Meu irmão foi preso por um assassinato que não cometeu. Estou correndo perigo e, até agora, você é o único que tem um motivo para querer De Mauxville morto. Vou descer agora mesmo e telefonar para a polícia. Eles vão verificar essa história a fundo.

– Não, não faça isso. Pelo amor de Deus. Eu juro que não o matei, Georgie, mas não posso deixar minha família descobrir.

De repente, eu compreendi. A conversa que eu havia escutado na casa de Whiffy... e Tristram andando na ponta dos pés pelo corredor até o quarto do príncipe Siegfried ontem à noite.

– Você está falando de clubes aonde rapazes vão para encontrar rapazes, não é? – perguntei. – Você e Tristram têm essa inclinação.

O rosto dele ficou vermelho como um tomate.

– Você consegue imaginar o que aconteceria se alguém descobrisse. Eu seria expulso da Guarda no mesmo instante, e minha família... Bem, eles jamais me perdoariam. São todos militares desde Wellington, sabia?

Outra ideia se formava na minha cabeça.

– Então como você conseguiu pagar De Mauxville? O soldo de um oficial da Guarda não seria o suficiente.

– Esse era o problema. Onde conseguir o dinheiro.

– Então você roubou coisas da casa da sua família em Londres?

– Meu Deus, Georgie... você consegue ler mentes ou algo assim? É, eu peguei uma coisinha aqui e acolá. Coloquei tudo no prego, sabe, nos arredores de Londres. Mas eu planejava recuperar tudo.

– E você não sabe quem matou De Mauxville?

– Não, mas estou muito feliz por ter acontecido. Que Deus abençoe o assassino.

– E você viu alguém lá em cima quando estava indo para o sótão?

– Não. Não sei dizer. Mas posso ir até lá com você para verificar se quiser.

Eu hesitei. Não seria má ideia ter um oficial da Guarda robusto ao meu lado se eu fosse enfrentar um assassino, mas eu também poderia ficar presa no telhado sozinha com ele.

– Vamos pedir aos criados para fazerem uma revista – falei e desci com ele.

A busca não revelou ninguém escondido no telhado, mas meu agressor teria tido muito tempo para descer enquanto eu interrogava Whiffy. Todos, menos eu, pareciam pensar que tinha sido um terrível acidente. Eu não me sentia mais segura em lugar nenhum e tinha uma coisa que eu precisava saber. Escapuli da casa quando ninguém estava olhando e desci pela entrada de automóveis. Depois de quase um quilômetro, segui pela longa estrada até chegar à enorme mansão Tudor de sir Hubert.

A porta foi aberta por uma criada, e o mordomo foi chamado.

– Lamento, mas o mestre não está na residência – disse ele quando veio me receber. – Sou Rogers, mordomo de sir Hubert.

– Eu me lembro de você, Rogers. Sou lady Georgiana e houve uma época em que eu conhecia essa casa muito bem.

O rosto dele se iluminou.

– A pequena lady Georgiana. Bem, eu nunca imaginaria... Milady se tornou uma bela dama. É claro que acompanhamos o seu progresso pelos jornais. A cozinheira até guardou os recortes de quando milady foi apresentada à corte. É muito amável da sua parte vir nos fazer uma visita em um momento tão triste.

– Lamento muito saber de sir Hubert – falei. – Mas, na verdade, vim até aqui por causa de um assunto muito delicado e espero que o senhor possa me ajudar.

– Por favor, venha até a sala de estar. Posso lhe servir uma xícara de café ou um cálice de xerez?

– Não, obrigada. É sobre o testamento de sir Hubert. Minha mãe deu a entender que meu nome é mencionado no documento. Veja bem, não estou atrás do dinheiro de sir Hubert, posso garantir que prefiro que ele continue vivo, mas coisas estranhas têm acontecido com a minha família e me ocorreu que talvez elas tenham alguma coisa a ver com esse testamento. Fiquei pensando se por acaso haveria uma cópia do testamento na propriedade.

– Acho que tem uma cópia no cofre – disse ele.

– Em circunstâncias normais, eu nem sonharia em pedir para vê-lo, mas tenho motivos para acreditar que minha vida está em perigo. Por acaso o senhor sabe a combinação?

– Infelizmente não, milady. Era o tipo de coisa que só o mestre sabia.

– Ah, tudo bem – falei, suspirando. – Pelo menos eu tentei. O senhor pode me dizer quem são os advogados de sir Hubert?

– O escritório se chama Henty e Fyfe, em Tunbridge Wells – respondeu ele.

– Obrigada. Mas eles só devem estar disponíveis na segunda-feira, não é? – Eu me senti à beira das lágrimas. – Espero que não seja tarde demais.

Ele pigarreou.

– Por acaso, milady, eu conheço o conteúdo do testamento – disse ele –, porque me pediram para ser testemunha.

Olhei para ele.

– Havia pequenos legados para os empregados e uma generosa doação à Royal Geographical Society. O restante da herança foi dividido em três partes iguais: mestre Tristram receberia uma, Vossa Senhoria, outra, e a terceira parte iria para o primo do mestre Tristram, um dos parentes franceses de sir Hubert, um homem chamado Gaston de Mauxville.

Vinte e oito

Eynsleigh e Farlows
Perto de Mayfield, Sussex
Sábado, 7 de maio de 1932

Eu o encarei, tentando assimilar a informação.

– Eu vou ficar com um terço dos bens? Deve haver algum engano – gaguejei. – Sir Hubert mal me conhecia. Ele não me vê há anos…

– Ah, mas ele nunca deixou de gostar de Vossa Senhoria. – O mordomo sorriu para mim com benevolência. – Ele tentou adotá-la uma vez, sabia?

– Quando eu era uma adorável criança de cinco anos e gostava de subir em árvores.

– Ele nunca perdeu o interesse em milady, nem mesmo quando sua mãe decidiu… – E terminou a frase discretamente, com uma tosse. – E, quando seu pai morreu, ele ficou muito preocupado. "Não gosto de pensar naquela menina crescendo sem um centavo no nome dela", foi o que ele me disse. Deu a entender que sua mãe jamais iria sustentá-la.

– Foi tão bondoso da parte dele – murmurei, comovida, à beira das lágrimas –, mas com certeza o Sr. Hautbois deveria ficar com a maior parte dos bens. Afinal, ele é pupilo de sir Hubert.

– O mestre achou que ter muito dinheiro talvez não fizesse bem para o Sr. Tristram – disse o mordomo de um jeito seco. – Nem a monsieur De Mauxville, embora ele fosse o único filho da irmã do mestre. Parece que era viciado em jogos. Frequentava círculos duvidosos.

Lutei para manter a compostura enquanto o mordomo me levava escada abaixo para ver a cozinheira e comer uma fatia do seu famoso pão de ló, que eu adorava quando pequena. Durante todo esse tempo, meus pensamentos estavam muito perturbados. O testamento dava a Tristram um motivo para querer que eu e De Mauxville estivéssemos mortos, mas eu não tinha nenhuma prova de que ele havia feito alguma coisa. Pelo contrário, a constituição franzina de Tristram, em comparação com a de Mauxville, tornava difícil acreditar que ele havia cometido aquele assassinato. A menos que ele tivesse um cúmplice. Eu me lembrei da conversa íntima na casa de Whiffy, quando eu estava de joelhos, limpando o chão, e eles não sabiam que eu falava francês. Podia ter sido uma conspiração benéfica para ambos. O que significava que eu tinha duas fontes de perigo, e não uma, esperando por mim em Farlows.

A coisa óbvia a fazer era ir à polícia e até mesmo chamar o inspetor-chefe Burnall, da Scotland Yard, mas percebi que tudo que eu dissesse a ele seria pura suposição. Meu agressor tinha sido muito inteligente. Todos esses ataques poderiam ser considerados acidentes. E, quanto à morte de Mauxville, não havia nada que ligasse Tristram ao crime.

Quando saí para a estrada, outra ideia me ocorreu. Talvez Tristram não fosse o assassino. Eu não tinha descoberto quem herdaria a propriedade de sir Hubert, caso eu e Tristram morrêssemos. Whiffy havia mencionado alguma coisa sobre Tristram caindo sobre uma armadura na noite anterior. E se houvesse outra pessoa à espreita, esperando uma oportunidade de se livrar de mim e de Tristram?

Eu tinha chegado ao impressionante portal de pedra que levava a Farlows e hesitei. Seria mesmo sensato voltar lá? Decidi que não ia fugir. Eu tinha que saber a verdade. Olhei para a colunata de estátuas no alto quando passei. Havia alguma coisa nelas... Franzi a testa. Eu não sabia dizer exatamente o que era. Quando cheguei ao lago, encontrei Marisa, Belinda e Imogen fazendo uma caminhada.

– Ah, aí está você! – exclamou Marisa. – Todo mundo estava se perguntando aonde você tinha ido. O pobre Tristram estava enlouquecendo, não é, Belinda? Ficou nos importunando e perguntando por você.

– Só fui dar uma caminhada para ver uma casa onde eu costumava ficar. Onde está Tristram agora?

– Não sei – respondeu Marisa. – Mas ele parece muito interessado em você, Georgie. Ele é um amor... parece um menininho perdido, não é, Belinda?

Belinda deu de ombros.

– Se é esse o tipo que a agrada, Marisa.

– E onde está o restante do grupo? – perguntei casualmente.

– A maior parte dos jogadores de golfe ainda não voltou. Parece que a Sra. Simpson quis ir às compras em Tunbridge Wells... como se alguma loja estivesse aberta em uma tarde de sábado – disse Imogen.

– É só uma desculpa para ficar a sós com o príncipe, você sabe disso – acrescentou Marisa.

– A única pessoa com paradeiro certo é o seu querido príncipe Cara de Peixe – anunciou Belinda com um sorriso. – Ele caiu do cavalo tentando pular um portão. Ele foi e o cavalo ficou. Acho que ele não vai estar no baile hoje à noite.

Apesar de tudo, tive que rir.

– Então você vai ter que aguentar Tristram pisando nos seus pés, no fim das contas. – Imogen passou o braço pelo meu. – A menos que um dos vizinhos venha. É sempre muito mais fácil quando meus irmãos estão aqui.

Começamos a caminhar em direção à casa, passando pela última estátua da longa fileira.

– Ouvi dizer que uma das nossas estátuas quase caiu em cima de você hoje – disse Imogen. – Você anda muito azarada, Georgie.

De repente, entendi o que estava me incomodando. Percebi que Tristram havia se entregado. Ele tinha comparado aquelas estátuas ao anjo vingativo na Rannoch House. Mas ele só poderia ter visto a estátua de lá se tivesse subido até o patamar do segundo andar, onde ficava o banheiro.

Agora pelo menos eu tinha certeza de quem era o meu adversário. Fiquei perdida em pensamentos durante todo o caminho de volta para a casa, onde lady Mountjoy apareceu para nos dizer que o chá estava sendo servido e recomendou que comêssemos muito, pois o jantar só seria servido às dez. Nós a seguimos até a galeria e encontramos minha mãe atacando a comida. Para uma pessoa pequena e esguia, ela com certeza tinha muito apetite. A Sra. Bantry-Bynge estava tentando conversar com ela, mas sem sucesso. Para alguém que havia nascido plebeia, minha mãe era excelente em ignorar qualquer um que ela considerasse insignificante.

– Se alguém precisar passar a fantasia a ferro, é só me avisar – disse lady Mountjoy. – Espero que todos tenham trazido uma fantasia. Os rapazes de hoje são incorrigíveis. Nunca trazem nada. Tive que montar fantasias para eles a manhã inteira, e o jovem Roderick reclamou que não queria ser um antigo bretão. Sinto muito, eu disse a ele. Consegui arrumar uma de salteador para Tristram e uma de carrasco para o Sr. O'Mara, mas não havia mais nada além das peles de animais e da lança. Eu o mandei procurar outras indumentárias no sótão. Nunca se sabe o que se vai encontrar lá.

Isso significava que pelo menos essa parte da história de Whiffy era verdadeira. E agora eu sabia que Darcy seria um carrasco. Seria fácil distingui-lo nessa fantasia. Demorei o máximo que pude no chá, mas nem Darcy nem Tristram apareceram. Quando chegou a hora de trocar de roupa, perguntei se as garotas não queriam se arrumar no meu quarto, já que era bem espaçoso e tinha bons espelhos. Elas concordaram e, assim, fiquei protegida até a hora de ir para o baile.

Elas conversavam animadas, mas eu estava uma pilha de nervos. Se eu queria provar, sem sombra de dúvida, que Tristram era o assassino, teria que me oferecer como isca. Só precisava que alguém ficasse de olho em mim e mais tarde pudesse atuar como testemunha.

– Ouçam, meninas – falei –, não importa o que vocês digam, eu acredito que alguém nesta casa está tentando me matar. Se vocês me virem saindo do salão com algum homem, por favor, vão atrás de nós e fiquem de olho em mim.

– E se encontrarmos você presa em um abraço ardente? Devemos ficar e assistir? – perguntou Belinda.

Dava para ver que ela ainda estava tratando a questão como uma piada. Decidi que minha única esperança era Darcy. Ele era forte o suficiente para enfrentar Tristram. Mas, depois da maneira como eu o tinha tratado, será que eu tinha algum direito de esperar que ele me ajudasse? Eu teria que implorar pelo perdão dele assim que tivesse a chance de ficar sozinha com ele.

Eu ainda estava muito nervosa quando Belinda, Marisa e eu descemos a grande escadaria. Uma banda tocava animada, e mais convidados chegavam pela porta da frente. Havia um lacaio no pé da escada com uma bandeja, distribuindo máscaras para os convidados que chegavam sem elas. Marisa pegou algumas e nos entregou.

– Essa não – disse Belinda. – Ela cobre a boca. Não vou conseguir comer nada. Essa fininha, estilo salteador de estradas, é melhor.

– Tem um salteador bem ali – sussurrou Marisa. – Deve ser Tristram. Eu não sabia que ele tinha pernas tão bonitas.

– Estou procurando um carrasco – falei. – Me avisem se virem um.

– Espero que você não esteja pensando em seguir seus ancestrais até o cadafalso – disse Marisa.

– Ela está falando de Darcy O'Mara, sua tonta – disse Belinda, me lançando um olhar significativo.

Eu sorri e levei o dedo aos lábios. O salão de baile começou a encher rapidamente. Encontramos uma mesa e nos sentamos. Belinda foi chamada para dançar quase no mesmo instante. Vestida de odalisca, ela começou a balançar os quadris de um jeito sedutor assim que pisou na pista de dança. Whiffy Featherstonehaugh se aproximou de nós, parecendo muito desconfortável vestido de antigo bretão, com peles de animais nos ombros.

– Quer sacudir o esqueleto na pista, minha cara? – me perguntou ele.

– Agora não, obrigada – respondi. – Por que não dança com Marisa?

– Certo. Vou tentar não pisar nos seus pés, Marisa – disse ele, levando-a pela mão.

Eu me sentei e tomei um gole do coquetel. Todo mundo estava se divertindo, dançando e rindo como se não tivesse nenhuma preocupação no mundo. Eu estava consciente do salteador, parado do outro lado do salão de baile, me observando. Pelo menos eu estava segura no meio de tantas pessoas. Se ao menos eu conseguisse encontrar Darcy...

Por fim, vi o capuz preto e o machado de carrasco em meio à multidão do outro lado do salão. Eu me levantei e fui até ele.

– Darcy? – Agarrei a manga dele. – Preciso falar com você. Quero pedir desculpas e dizer que preciso muito da sua ajuda. É muito importante.

A banda começou a tocar a música "Post Horn Gallop" e os casais começaram a correr pelo salão gritando "Tally-ho!", como se estivessem em uma caçada e acabassem de ver uma raposa.

Peguei o braço de Darcy.

– Vamos lá fora. Por favor.

– Tudo bem – murmurou ele por fim.

Saímos do salão de baile. Ele permitiu que eu o levasse até o terraço na parte de trás da casa.

– Estou no aguardo – disse ele.

– Darcy, sinto muito por tê-lo acusado – falei. – Eu pensei... bem, pensei que não podia confiar em você. Eu não sabia o que pensar. Quer dizer, você entrou na casa de Whiffy naquele dia, e eu não consegui acreditar que foi só para me ver... E todas aquelas coisas estranhas aconteceram. Eu não me sentia segura. E agora eu sei quem estava por trás de tudo, mas preciso da sua ajuda. Temos que pegá-lo. Precisamos obter provas.

– Pegar quem? – sussurrou Darcy, embora estivéssemos sozinho.

Eu me inclinei para perto dele.

– Tristram. Foi ele quem matou De Mauxville e agora está tentando me matar.

– Sério? – Ele estava parado perto de mim e, antes que eu me desse conta do que estava acontecendo, uma mão com uma luva preta tapou a minha boca, e eu estava sendo arrastada até as sombras na beirada do terraço.

Eu me contorci para fitar o rosto encapuzado. O sorriso não era o de Darcy. E percebi, tarde demais, que ele havia cortado o "r" da palavra "sério".

– Aquele pilantra do O'Mara ficou com o traje de salteador de estrada – disse ele enquanto eu me debatia. – Mas, no fim das contas, foi até melhor. Eu peguei o lenço dele.

Lutei para morder os dedos dele enquanto ele enrolava o lenço no meu pescoço. Tentei bater nele, chutá-lo, arranhar as mãos, mas ele tinha a vantagem de estar atrás de mim. E era muito mais forte do que eu esperava. Devagar e com firmeza, ele estava me arrastando para trás, para longe das luzes e da segurança, com a mão ainda tapando a minha boca.

– Quando você for encontrada flutuando no lago, o lenço de O'Mara vai denunciá-lo – sussurrou ele no meu ouvido. – E ninguém jamais vai suspeitar de mim – acrescentou, torcendo o lenço com força. Lutei para respirar enquanto ele me puxava para trás.

Senti um zumbido no ouvido e manchas dançavam diante dos meus olhos. Se eu não fizesse alguma coisa logo, seria tarde demais. Qual seria a última coisa que ele esperava que eu fizesse? Ele esperava que eu tentasse me afastar e me libertar dele. Em vez disso, reuni todas as minhas forças e dei uma cabeçada nele. Deve ter doído muito, porque me machucou. Ele soltou um grito de dor. Tristam podia ser mais forte do que eu esperava, mas ainda era muito leve. Ele caiu para trás, comigo em cima dele.

– Sua desgraçada.

Ele arquejou e voltou a apertar o lenço.

Quando tentei ficar de pé, ele me puxou para baixo de novo, rosnando como um animal, enquanto torcia o lenço. Com minhas últimas forças, eu me levantei e me joguei de costas contra ele. Minha pontaria deve ter sido boa. Ele soltou um uivo e, por um segundo, o lenço ficou frouxo. Dessa vez, engatinhei para longe dele e tentei me levantar. Ele me agarrou. Abri a boca para pedir socorro, mas nenhum som saía da minha garganta.

– E você bancando a virgem inocente – disse uma voz sobre nós. – Esse é o sexo mais selvagem que eu já vi. Você precisa me ensinar alguns desses movimentos na próxima vez que nos encontrarmos.

E lá estava o salteador mascarado, estendendo a mão para mim. Eu cambaleei e fiquei de pé, ofegando e tossindo enquanto ele me amparava.

– Tristram... – sussurrei. – Ele tentou me matar. Não deixe ele fugir.

Tristram também estava lutando para ficar de pé. Ele começou a correr. Darcy o derrubou com uma investida.

– Você nunca foi muito bom no rúgbi, não é, Hautbois? – perguntou ele, se ajoelhando nas costas de Tristram e torcendo o braço dele. – Sempre achei que você não prestava. Mentia, trapaceava, roubava, colocava os colegas em apuros na escola... sempre foi assim, não é?

Tristram gritou quando Darcy esmagou o rosto dele no cascalho com muita satisfação.

– Mas matar? Por que ele estava tentando matar você?

– Para conseguir minha parte de uma herança. Ele matou De Mauxville pelo mesmo motivo – consegui dizer, embora minha garganta ainda estivesse ardendo.

– Achei mesmo que tinha alguma coisa estranha acontecendo. Desde que você caiu daquele barco – disse Darcy.

– Me deixe levantar. Você está me machucando – choramingou Tristram. – Eu não queria machucá-la. Ela está exagerando. Estávamos só nos divertindo.

– Eu vi tudo. Não me pareceu divertido – disse Darcy.

Ele ergueu os olhos ao escutar passos no cascalho atrás de nós.

– O que está acontecendo aqui? – indagou lorde Mountjoy.

– Chame a polícia – gritou Darcy para ele. – Peguei esse sujeito tentando matar Georgie.

– Tristram? – exclamou Whiffy. – Mas que diabos...

– Tire esse cara de cima de mim, Whiffy. Ele entendeu tudo errado – gritou Tristram. – Foi só uma brincadeira. Eu não quis fazer nada de mau.

– Que bela brincadeira – retruquei. – Você ia deixar meu irmão morrer enforcado no seu lugar.

– Não, não fui eu. Eu não matei De Mauxville. Não matei ninguém.

– Matou, sim, e eu posso provar – falei.

Tristram começou a soluçar enquanto o ajudavam a ficar de pé.

Darcy pôs um braço ao meu redor enquanto levavam Tristram para longe.

– Você está bem?

– Muito melhor agora. Obrigada por ter me salvado.

– Tive a impressão de que você estava se virando muito bem sem mim – disse ele. – Adorei assistir.

– Quer dizer que você estava assistindo e nem tentou me ajudar? – perguntei, indignada.

– Eu precisava ter certeza de que poderia testemunhar que ele estava realmente tentando matar você – disse ele. – Devo dizer que você é uma excelente lutadora. – Ele colocou as mãos nos meus ombros. – Não me olhe assim. Eu teria intervindo antes se tivesse visto você escapulir da sala. Belinda estava fazendo uma dança de odalisca e eu me distraí por um segundo. Não, espere, Georgie. Volte aqui... – Ele correu atrás de mim quando me desvencilhei dos braços dele e fugi.

Caminhei pela escuridão até chegar na balaustrada com vista para o lago.

– Georgie! – chamou Darcy de novo.

– Não interessa o que você e Belinda fazem juntos – falei.

– Pode parecer estranho, mas não fiz nada com Belinda além de me sentar ao lado dela na roleta. Ela não faz o meu tipo. É fácil demais. Eu gosto de desafios. – Ele colocou os braços nos meus ombros.

– Darcy, se você tivesse vindo antes, teria me ouvido pedindo desculpas. Pensei que você estivesse fantasiado de carrasco, entendeu? Estou me sentindo péssima com as coisas horríveis que eu te disse.

– Imagino que tenha sido uma suposição natural.

Eu estava muito consciente daquele braço quente no meu ombro.

– Por que me seguiu até aquela casa?

– Por mera curiosidade e pela oportunidade de ficar sozinho com você. – Ele respirou fundo. – Olha, Georgie. Preciso confessar uma coisa. Depois daquele casamento, eu fiquei muito bêbado. Apostei que eu conseguiria levar você para a cama em uma semana.

– Então, quando você me levou para a sua casa, depois do acidente de barco, não foi porque se importava comigo. Você estava tentando ganhar uma aposta estúpida?

Ele apertou meu ombro com mais força.

– Não, isso não passou pela minha mente de maneira nenhuma. Quando tirei você da água, percebi que gostava de verdade de você.

– Mas tentou me levar para a cama mesmo assim.

– Bem, eu sou humano, e você estava me olhando como se gostasse de mim. Você gosta de mim, não é?

– Talvez – respondi, desviando o olhar. – Se eu tivesse certeza de que...

– A aposta está cancelada – disse ele.

Ele me virou e me beijou com sofreguidão. Os braços dele me esmagavam. Parecia que eu estava me fundindo a ele, e eu não queria parar. O rebuliço que ainda ocorria no terraço caiu no esquecimento, como se só existíssemos nós dois no universo inteiro.

Mais tarde, quando voltamos para casa juntos, abraçados, eu perguntei a ele:

– Com quem você fez a aposta?

– Com sua amiga Belinda – respondeu ele. – Ela disse que eu estaria lhe fazendo um favor.

Vinte e nove

Rannoch House
Domingo, 8 de maio de 1932

Já era quase de manhã quando finalmente caí na cama. Passei o resto da noite dando declarações à polícia. O inspetor-chefe Burnall chegou da Scotland Yard em algum momento durante a noite, e eu tive que repetir tudo. Por fim, Tristram foi levado, gritando e chorando de um jeito vergonhoso. Sir Hubert teria ficado horrorizado com aquele comportamento. De acordo com Darcy, ele não valia nada desde os tempos da escola: costumava colar nas provas e fez Darcy levar a culpa por alguma coisa que ele roubou.

Voltei para casa com Whiffy, Belinda e Marisa na tarde seguinte e cheguei à Rannoch House bem na hora de testemunhar o retorno triunfante de Binky. Ao ouvir as últimas notícias, uma multidão havia se reunido do lado de fora da casa e, quando Binky desceu do carro da polícia, todos aplaudiram. Ele ficou corado e pareceu satisfeito.

– Não tenho como lhe agradecer o suficiente, minha cara – disse ele, quando estávamos em segurança dentro de casa e ele havia servido um uísque para nós dois. – Você literalmente salvou a minha vida. Tenho uma dívida eterna com você.

Eu não queria sugerir que ele encontrasse um jeito de retomar minha mesada como um presentinho de agradecimento.

– Então, como foi que eles descobriram que foi aquele patife do Hautbois que matou De Mauxville? Ele confessou? – perguntou ele. – Só ouvi informações vagas até agora.

– Ele foi pego tentando me estrangular – falei –, o que foi uma sorte, pois, se não fosse por isso, eles não teriam como ligá-lo à morte de Mauxville. Nem aos outros atentados contra a minha vida.

– Atentados contra a sua vida?

– É, Tristram tentou me empurrar da plataforma do metrô, me envenenar, me fazer cair da escada e quase ser esmagada por uma estátua. Fico feliz em dizer que sobrevivi a tudo isso. – A única coisa que ele não fez, parecia, foi me empurrar do barco. Aquilo foi um acidente estranho, mas fez com que ele pensasse que seria fácil se livrar de mim. – Eu sou famosa por ser propensa a acidentes, então ninguém jamais suspeitaria – falei, com um tremor involuntário.

– Então eles não tinham provas de que ele era o assassino?

– Na verdade, agora eles têm. Uma autópsia revelou que havia cianeto no organismo de Mauxville e na pobre mulher que ele matou por acaso.

– Matou por acaso?

– Ele tinha a intenção de me envenenar com um cubo de açúcar batizado com cianeto, mas uma mulher pediu o açucareiro emprestado e morreu no meu lugar.

Binky parecia perplexo.

– Um cubo de açúcar envenenado? E como ele sabia que você ia pegar o cubo certo? Ele tinha envenenado o açucareiro todo?

– Não, ele era sortudo e oportunista. Estava com o cianeto no bolso, esperando uma oportunidade de usá-lo. Quando a mulher da mesa ao lado começou a falar comigo, eu me virei por tempo suficiente para ele envenenar um cubo. Depois ele pegou um cubo para o café dele, para manter as aparências, e deixou o envenenado em cima dos outros.

– Bem, estou abismado – disse Binky. – Ele é um sujeito inteligente, então.

– Muito inteligente – falei. – Ele bancava o bobalhão simpático tão bem que ninguém jamais suspeitou dele.

– E tudo isso por dinheiro – disse Binky com repugnância.

– Dinheiro é uma coisa muito útil de se ter – retruquei. – Você só percebe como ele é útil quando não tem o bastante.

– Isso é verdade – disse Binky. – O que me faz lembrar de uma ideia brilhante que eu tive quando estava preso e tinha muito tempo livre para pensar. Vamos abrir o Castelo de Rannoch para o público. Vamos levar americanos ricos para uma experiência de caça nas Terras Altas. Fig pode preparar o chá da tarde.

Comecei a rir.

– Fig? Você consegue imaginar Fig servindo chá a uma caravana de plebeus?

– Bem, ela não precisa servi-los pessoalmente. Basta administrar a experiência. Alguma coisa como "Conheça a duquesa", sabe...

Mas eu ainda estava rindo. As lágrimas escorriam pelo meu rosto enquanto eu gargalhava até perder o fôlego.

Trinta

Palácio de Buckingham
Westminster, Londres
Mais tarde, em maio de 1932

— Extraordinário — disse Sua Majestade. — Pelo que li nos jornais, entendi que esse rapaz é parente de sir Hubert Anstruther.

— Um parente distante, madame. Sir Hubert o resgatou da França.

— Quer dizer que ele é francês? E o homem que ele matou também era francês, acredito. Bem, as coisas finalmente foram esclarecidas, não é? — Ela olhou para mim por cima da xícara Wedgwood. — O que não entendo é por que ele escolheu a Rannoch House para cometer o assassinato.

— Ele sabia por que De Mauxville estava em Londres e percebeu que eu e meu irmão teríamos um forte motivo para querer matá-lo.

— Um rapaz inteligente. — Ela pegou uma fatia fina de pão preto do prato que lhe foi oferecido. — Eu sempre acho uma pena quando bons cérebros são desperdiçados. — E olhou para mim, assentindo em aprovação. — Mas você parece ter feito um uso admirável do seu, Georgiana. Muito bem. Eu soube que seu irmão foi recebido como herói quando voltou para a Escócia.

Eu concordei. Por algum motivo, havia um nó na minha garganta. Eu não tinha percebido como gostava de Binky.

— E ainda não tive a chance de lhe perguntar sobre a festa, com toda essa comoção — prosseguiu a rainha. — Suponho que meu filho e aquela mulher estivessem lá.

– Estavam, madame.

– E?

– Eu diria que Sua Alteza está apaixonado. Ele não conseguia tirar os olhos dela.

– E ela também está apaixonada por ele?

Eu pensei antes de responder.

– Acho que ela gosta da ideia de ter poder sobre ele. Sua Alteza está comendo na mão dela.

– Ah, céus. Era exatamente o que eu temia. Vamos esperar que seja mais um caso passageiro ou que ela se canse dele. Preciso falar com o rei. Esse pode ser um bom momento para enviar David para uma longa viagem pelas colônias.

Ela deu outra mordida delicada no pão. Eu tinha acabado de pegar uma segunda fatia na esperança de que ela não reparasse.

– E você, Georgiana? – perguntou ela. – O que vai fazer, agora que toda essa agitação terminou?

– Acabamos de receber a excelente notícia de que sir Hubert saiu do coma e vai voltar para casa – respondi. – Pensei em ir até Eynsleigh para fazer companhia a ele. Vai ser um choque terrível quando ele souber de Tristram.

– E que foi tudo em vão – disse a rainha. – Sir Hubert é conhecido por ter uma constituição forte. Imagino que ele ainda vá viver por muitos anos.

– Esperamos que sim, madame – respondi, pensando que teria que voltar a limpar casas, no fim das contas.

– Avise-me quando voltar da casa de sir Hubert – disse Sua Majestade. – Acho que tenho outra tarefinha para você...

LEIA AGORA UM TRECHO DO
SEGUNDO LIVRO DA SÉRIE *A ESPIÃ DA REALEZA*

O caso da princesa da Baviera

Um

Rannoch House
Belgrave Square, Londres
Segunda-feira, 6 de junho de 1932

O DESPERTADOR ME ACORDOU HOJE DE MANHÃ às oito da madrugada. Um dos ditados preferidos da minha babá era "Cedo na cama, cedo no batente faz o homem saudável, próspero e inteligente". Meu pai fazia as duas coisas e veja só no que deu: morreu, sem um tostão, aos 49 anos.

Pela minha experiência, só existem dois bons motivos para acordar junto com as galinhas: para caçar ou para pegar o Flying Scotsman, o trem de Edimburgo a Londres. Eu não estava prestes a fazer nenhum dos dois. Não era época de caça, e eu já estava em Londres.

Alcancei o alarme na mesinha de cabeceira e bati nele até silenciá-lo.

– Circular da corte, 6 de junho – anunciei em uma audiência imaginária enquanto me levantava e abria as pesadas cortinas de veludo. – Lady Georgiana Rannoch embarca em mais um agitado dia de turbilhão social. Almoço no Savoy, chá no Ritz, uma visita ao ateliê de Scapparelli para experimentar seu mais novo vestido de baile, depois jantar e dança no Dorchester. Ou nenhuma das alternativas anteriores – acrescentei.

Para ser sincera, fazia muito tempo que eu não tinha nenhum evento na minha agenda, e minha vida social nunca foi um turbilhão alucinado. Quase 22 anos e nenhum convite sobre a lareira. Ocorreu-me o terrível pensamento de que eu deveria aceitar que tinha dobrado o cabo da Boa Esperança e estava destinada a ser uma solteirona pelo resto da vida. Talvez minha única alternativa fosse a sugestão de Sua Majestade de me tornar dama de companhia da única filha sobrevivente da rainha Vitória, que é minha tia-avó e mora nos confins de Gloucestershire. Longos anos passeando com pequineses e segurando lã para tricô dançaram diante dos meus olhos.

Acho que devo me apresentar antes de prosseguir: meu nome é Victoria Georgiana Charlotte Eugenie de Glen Garry e Rannoch, Georgie para os íntimos. Sou da casa de Windsor, prima em segundo grau do rei Jorge V, trigésima quarta na linha de sucessão ao trono e, neste momento, estou completamente falida.

Ah, espera! Tinha outra opção: me casar com o príncipe Siegfried da Romênia, da linhagem Hohenzollern-Sigmaringen – que apelidei secretamente de Cara de Peixe. Esse assunto não tinha surgido nos últimos tempos, graças a Deus. Talvez outras pessoas também tivessem descoberto que ele tem predileção por homens.

Era evidente que seria um daqueles dias de verão inglês que inspiram passeios em ruas arborizadas, piqueniques na campina com morangos e creme, croqué e chá no gramado. Até no centro de Londres os pássaros cantavam como loucos. O sol brilhava nas janelas do outro lado da praça. Uma leve brisa agitava as cortinas de voile. O carteiro assobiava enquanto trabalhava. E quais eram os meus planos?

– Ah, meu Deus! – exclamei quando de repente me lembrei do motivo para o despertador ter tocado e comecei a me mexer.

Eu tinha que ir a uma residência na Park Lane. Eu me lavei, me vesti com alinho e desci para fazer chá e torradas. Dá para notar a aptidão que desenvolvi para as tarefas domésticas em apenas dois meses. Quando fugi do nosso castelo na Escócia, em abril, eu nem sabia ferver água. Agora consigo fazer feijões cozidos e ovos. Pela primeira vez na vida, eu estava vivendo sem criados, pois não tinha como arcar com a despesa. Meu irmão, o duque de Glen Garry e Rannoch, conhecido como Binky, tinha prometido me enviar uma criada da nossa propriedade na Escócia, mas até agora nenhuma tinha se materializado. Acho que nenhuma mãe escocesa presbiteriana e temente a Deus deixaria a filha solta no covil de iniquidade que Londres parece ser. Quanto a me dar dinheiro para eu contratar uma empregada daqui... bem, Binky está tão falido quanto eu. Caso você não saiba, quando nosso pai se matou com um tiro depois da quebra da bolsa em 1929, Binky herdou a propriedade e ficou sobrecarregado com os mais horrendos impostos sobre a herança.

Então, até agora estou me mantendo sem criados e, sinceramente, estou muito orgulhosa de mim mesma. A chaleira ferveu. Fiz meu chá, espalhei geleia de laranja da Cooper's na torrada (sim, eu sei que deveria estar economizando, mas há limites para o que uma pessoa pode suportar) e limpei depressa as migalhas enquanto vestia o casaco. Ia fazer muito calor para usar qualquer tipo de agasalho, mas eu não podia correr o risco de que alguém visse o que eu estava vestindo enquanto caminhava por Belgravia – território da nata da alta sociedade logo ao sul do Hyde Park, onde ficava a nossa casa.

Um motorista que esperava ao lado de um Rolls-Royce prontamente me saudou quando passei. Eu me embrulhei melhor no casaco. Atravessei a Belgrave Square, subi a Grosvenor Crescent e parei para olhar por um bom tempo para a extensão frondosa do Hyde Park antes de enfrentar o tráfego na Hyde Park Corner. Ouvi o barulho de cascos, e um casal de cavaleiros surgiu da Rotten Row. A garota montava um cavalo cinza esplêndido e estava vestida com elegância, usando um chapéu-coco preto e uma jaqueta de couro bem ajustada. As botas brilhavam de tão engraxadas. Olhei para ela com inveja. Se eu tivesse ficado em casa na Escócia, poderia estar como ela. Meu irmão e eu costumávamos cavalgar todo dia pela manhã. Me perguntei se minha cunhada, Fig, estaria montando e estragando a boca do meu cavalo. Ela costumava puxar as rédeas com furor excessivo e era muito mais forte do que eu. Notei outras pessoas paradas na esquina. Não eram homens muito bem vestidos. Carregavam cartazes e placas que diziam: *Preciso de emprego. Trabalho por comida. Faço trabalho pesado.*

Eu tinha crescido protegida das duras realidades do mundo. Agora, eu me deparava com elas todos os dias. Estávamos passando por uma depressão, e as pessoas faziam fila para comer pão e sopa. Um dos homens que estava parado embaixo do Wellington's Arch tinha uma aparência distinta, com sapatos bem engraxados, casaco e gravata. Ele até usava medalhas. *Ferido no Somme. Aceito qualquer emprego.* Dava para ver no rosto dele o desespero e a aversão por ter que fazer isso, e eu desejei ter dinheiro para contratá-lo na mesma hora. Mas, no fundo, eu estava no mesmo barco que a maioria deles.

Um policial apitou, o tráfego parou e eu atravessei a rua até a Park Avenue. O número 59 era bem modesto para os padrões da Park Lane – uma típica e elegante casa georgiana de tijolos vermelhos com detalhes brancos, degraus que levavam à porta da frente e grades ao redor do fosso que abrigava os aposentos dos serviçais sob a escada. Não era muito diferente da Rannoch House, embora nossa casa em Londres fosse bem maior e mais imponente. Em vez de subir até a porta da frente, desci com cuidado os degraus escuros até a área dos serviçais e peguei a chave debaixo de um vaso de flores. Entrei em um corredor escuro e apavorante, onde pairava um cheiro de repolho.

É isso, agora você sabe meu terrível segredo: tenho ganhado a vida limpando casas. Meu anúncio no *Times* me apresenta como Limpeza Real, recomendada por lady Georgiana de Glen Garry e Rannoch. Não faço uma limpeza realmente pesada. Nada de esfregar pisos ou, Deus me livre, vasos sanitários. Eu não teria nem ideia de por onde começar. Minha função é abrir as casas de Londres para aqueles que estão em suas propriedades no campo e não querem ter a despesa e o incômodo de enviar os serviçais na frente com essa incumbência de sacudir os lençóis que cobrem os móveis, fazer as camas, varrer e tirar o pó. Isso é o que eu consigo fazer sem quebrar nada com muita frequência – já que outra coisa que você deve saber sobre mim é que tenho uma tendência a episódios ocasionais de destrambelhamento.

É um trabalho muitas vezes repleto de perigos. As casas pertencem a pessoas do meu meio social. Eu morreria de vergonha se topasse com uma colega debutante ou, pior ainda, com um parceiro de dança enquanto estivesse de joelhos e com uma touca branca. Até agora, só a minha melhor amiga, Belinda Warburton-Stoke, e um patife não confiável chamado Darcy O'Mara sabem do meu segredo. E, quanto menos se falar sobre ele, melhor.

Até começar esse trabalho, eu nunca tinha pensado muito em como a parcela menos privilegiada do mundo vivia. Minhas recordações de descer a escada até os serviçais giravam em torno de grandes cozinhas aquecidas cheirando a comida no forno e de poder ajudar a esticar a massa e lamber a colher. Encontrei o armário de limpeza e peguei um balde e panos, um espanador e uma vassoura. Graças a Deus era verão e não haveria necessidade de acender as lareiras dos quartos. Carregar carvão por três lances de escada não era minha ocupação preferida, nem me aventurar no depósito de carvão, segundo meu avô me ensinara, para encher os baldes. Meu avô? Ah, desculpe. Acho que ainda não falei dele. Meu pai era primo do rei Jorge e neto da rainha Vitória, mas minha mãe era uma atriz de Essex. O pai dela ainda mora lá, em uma casinha com anões de jardim. É um policial aposentado e verdadeiro nativo do leste de Londres. Eu o adoro. É a única pessoa a quem posso contar tudo.

No último segundo me lembrei de pegar a touca de criada do bolso do casaco e cobrir meu cabelo rebelde com ela. As criadas nunca são vistas sem toucas. Empurrei a porta de feltro que levava à parte principal da casa e me deparei com uma grande pilha de bagagens, que desabou na hora com um estrondo. Quem diabos pensou que apoiar malas na porta dos serviçais era uma boa ideia? Antes que eu conseguisse pegar as malas espalhadas, ouvi um grito e uma mulher idosa vestida de preto da cabeça aos pés saiu da porta mais próxima, acenando com um bastão para mim. Ela ainda estava usando um chapéu antiquado amarrado sob o queixo e uma capa de viagem. Tive um pensamento terrível de que talvez eu tivesse me confundido e estivesse na casa errada.

– O que está acontecendo? – perguntou a senhora em francês. Ela olhou para minha roupa. – *Vous êtes la bonne?*

Perguntar "Você é a criada?" em francês era um jeito bem estranho de cumprimentar uma serviçal em Londres, onde a maioria delas mal sabe falar inglês direito. Felizmente eu havia sido educada na Suíça, e meu francês é muito bom. Respondi que eu era, sim, a criada enviada pela empresa de serviços domésticos para abrir a casa, e que tinham me informado que os ocupantes só chegariam no dia seguinte.

– Viemos mais cedo – disse ela, ainda em francês. – Jean-Claude nos levou de Biarritz a Paris de automóvel e pegamos o trem noturno.

– Jean-Claude é o motorista? – perguntei.

– Jean-Claude é o marquês de Chambourie – disse ela. – Ele também é piloto de corridas. Fizemos a viagem até Paris em seis horas. – Então ela percebeu que estava conversando com uma criada. – Como é que você fala um francês tão razoável para uma britânica? – perguntou ela.

Fiquei tentada a dizer que meu francês era muito bom, obrigada, mas em vez disso balbuciei alguma coisa sobre viajar para Côte D'Azur com a família.

– Confraternizando com marinheiros franceses, era de se esperar – murmurou ela.

– E a senhora é a governanta da madame? – perguntei.

– Eu, minha cara jovem, sou a condessa viúva Sophia de Liechtenstein – disse ela.

E, caso você esteja se perguntando por qual razão uma condessa de um país de língua alemã estava falando em francês comigo, devo salientar que as damas bem-nascidas da geração dela costumavam falar francês, independente de qual fosse sua língua materna.

– Minha empregada está tentando preparar um quarto para mim – continuou ela com um aceno de mão para o alto da escada. – Minha governanta e o resto da equipe vão chegar de trem amanhã, conforme planejado. Jean-Claude dirige um automóvel de apenas dois lugares. Minha criada teve que vir empoleirada na bagagem. Acredito que tenha sido muito desagradável para ela. – A condessa parou e me olhou aborrecida. – E é muito desagradável, para mim, não ter onde me sentar.

Eu não sabia muito bem qual era o protocolo da corte de Liechtenstein e como eu deveria me dirigir a uma condessa viúva daquela terra, mas aprendi que, em caso de dúvida, era sempre melhor exagerar.

– Sinto muito, Vossa Graça, mas me disseram para vir hoje. Se eu soubesse que a senhora tinha um parente que era piloto de corrida, teria preparado a casa ontem. – Tentei esconder a ironia ao dizer isso.

Ela franziu a testa para mim, tentando verificar se eu estava sendo atrevida ou não, imagino.

– Humpf – foi tudo o que ela conseguiu emitir.

– Vou tirar os lençóis de uma poltrona confortável para Vossa Graça – falei, entrando em uma grande sala de estar escura e puxando o lençol de uma poltrona, o que levantou uma nuvem de poeira. – Então, vou primeiro preparar seu quarto. Tenho certeza de que a viagem foi cansativa e a senhora precisa de um descanso.

– O que eu quero é um belo banho quente – disse ela.

Ah, pode ser que isso seja um probleminha, pensei. Eu tinha visto meu avô acendendo a caldeira na Rannoch House, mas ainda não tinha feito nada relacionado a caldeiras com minhas próprias mãos. Talvez a criada da condessa fosse mais familiarizada com essas coisas.

Alguém teria que ser. Fiquei pensando em como dizer "caldeiras não estão no meu contrato" em francês.

– Vou ver o que pode ser feito – falei, me curvando e saindo da sala.

Peguei meu material de limpeza e subi a escada.

A criada parecia tão velha e mal-humorada quanto a condessa, o que era compreensível, já que ela teve que ficar empoleirada na bagagem durante toda a viagem de Biarritz até Paris. Ela havia escolhido o melhor quarto, na frente da casa com vista para o Hyde Park, e já tinha aberto as janelas e retirado os lençóis de cima dos móveis. Tentei falar com ela em francês, depois em inglês, mas parecia que ela só falava alemão. Meu alemão não passava de "Eu gostaria de uma taça de vinho quente" e "Onde fica o teleférico?", então eu gesticulei que ia fazer a cama. Ela pareceu em dúvida. Encontramos lençóis e fizemos a tarefa juntas. Foi uma sorte, pois ela era muito meticulosa para dobrar os cantos de um jeito específico. Ela também arrebanhou quase uma dúzia de cobertores e edredons de outros quartos no mesmo andar, pois, pelo jeito, a condessa sentia muito frio na Inglaterra. Foi isso o que deu para entender.

Depois de pronta, a cama parecia adequada para uma rainha.

Depois de limpar o pó e varrer o chão sob o olhar crítico da criada, levei-a ao banheiro e abri as torneiras.

– *Heiss Bad für...* Condessa – falei, esticando meu alemão até o limite.

Por milagre, houve um barulho alto e a água quente saiu de um daqueles pequenos dispositivos de gêiser sobre a banheira. Eu me senti uma maga e desci a escada triunfante para dizer à condessa que o quarto estava pronto e que ela poderia tomar banho quando desejasse.

Ao chegar no último lance de degraus, ouvi vozes vindo da sala de estar. Eu não havia percebido que tinha mais uma pessoa na casa. Hesitei na escada. Naquele momento, ouvi uma voz masculina falando em um inglês com sotaque carregado:

– Não se aflija, tia. Vou ajudá-la. Eu carrego sua bagagem até o quarto se a senhora achar que é demais para sua criada. Se bem que eu não entendo por que você traz uma criada que não consegue fazer nem as tarefas mais simples. A culpa é toda sua por tornar a sua própria vida desconfortável.

E um jovem saiu da sala. Era magro e pálido, com um porte ultra-empertigado. O cabelo era loiro quase branco e estava penteado todo para trás, o que lhe dava uma aparência fantasmagórica de caveira – Hamlet encarnado. O rosto tinha uma expressão extremamente arrogante, como se ele estivesse sentindo um cheiro desagradável, e os grandes lábios de bacalhau ficavam franzidos quando ele falava. Eu o reconheci no mesmo instante, é claro. Era ninguém menos que o príncipe Siegfried, mais conhecido como Cara de Peixe, o homem com quem todos esperavam que eu me casasse.

Dois

Levei um instante para reagir. Fiquei plantada no mesmo lugar, apavorada, e não consegui fazer o corpo obedecer à ordem do cérebro para correr. Siegfried se abaixou e pegou uma caixa de chapéu e uma mala de trem ridiculamente pequena e começou a subir a escada. Suponho que, se eu fosse capaz de um pensamento racional na hora, poderia cair de joelhos e fingir que estava limpando o chão. Os aristocratas não prestam atenção nos criados que estão trabalhando. Mas vê-lo me deixou tão atordoada que fiz o que minha mãe fez tantas vezes com tanto sucesso e com tantos homens: me virei e fugi.

Subi correndo o segundo lance de degraus enquanto Siegfried subia o primeiro com uma agilidade extraordinária. *Não vá para o quarto da condessa*. Pelo menos esse grau de coerência eu consegui. Abri uma porta nos fundos do patamar e entrei correndo, fechando-a sem fazer barulho. Era um quarto de fundos, de onde tínhamos tirado os cobertores extras.

Ouvi os passos de Siegfried no mesmo andar.

– Este é o quarto que ela escolheu? – escutei-o dizer. – Não, não, este não vai dar certo de jeito nenhum. Barulhento demais. Ela vai ficar acordada a noite toda por causa do trânsito.

E, para meu pavor, ouvi os passos vindo na minha direção. Olhei ao redor. Não havia nenhum guarda-roupa, só uma cômoda alta. Tínhamos tirado os lençóis que cobriam o móvel e a cama. Não havia realmente nenhum lugar em que eu pudesse me esconder.

Ouvi uma porta próxima se abrir.

– Não, não. Incrivelmente feio – eu o ouvi dizer.

Corri até a janela e a abri. Era uma longa queda até o pequeno jardim lá embaixo, mas ao lado havia uma calha e uma pequena árvore ao alcance, cerca de três metros para baixo. Não esperei nem mais um segundo. Dei um impulso para fora da janela e me agarrei à calha. Ela pareceu bem resistente, e eu comecei a descer. Agradeço a Deus pela minha educação na escola de etiqueta na Suíça. A única coisa que aprendi a fazer, além de falar francês e onde sentar um bispo à mesa de jantar, foi descer por calhas para encontrar instrutores de esqui na taberna local.

O uniforme de criada era apertado e nada prático. A saia pesada se enrolava nas minhas pernas enquanto eu tentava deslizar pela calha. Pensei ter ouvido alguma coisa se rasgar ao procurar um apoio para o pé. Ouvi a voz de Siegfried alta e clara no quarto acima.

– *Mein Gott*, não, não, não. Este lugar é uma calamidade. Uma calamidade absoluta. Tia! Você alugou uma calamidade, e não tem nem um jardim!

Ouvi a voz se aproximar da janela. Acho que já falei da minha falta de jeito em momentos de estresse. De alguma forma, minhas mãos escaparam da calha e eu caí. Senti galhos arranhando meu rosto enquanto desabava na árvore e soltei um berro. Segurei o galho mais próximo e me agarrei a ele para salvar minha vida. A árvore toda balançava de forma alarmante, mas eu estava segura no meio das folhas. Esperei até a voz desaparecer, depois me soltei e fui até o chão, saí correndo pelo portão lateral, peguei meu casaco no saguão dos criados e fugi. Eu teria que telefonar para a condessa e dizer que, infelizmente, a jovem criada que eu havia enviado à casa dela tinha adoecido de repente. Ao que parecia, ela havia desenvolvido uma reação violenta à poeira.

Eu tinha andado apenas alguns metros pela Park Lane quando alguém gritou meu nome. Por um instante terrível pensei que Siegfried pudesse ter olhado pela janela e me reconhecido, mas me ocorreu que ele não me chamaria de Georgie. Só meus amigos me chamam assim.

Eu me virei e lá estava minha melhor amiga, Belinda Warburton-Stoke, correndo de braços abertos na minha direção. Ela era uma visão lindíssima em seda turquesa, com debrum em rosa-choque e mangas que balançavam com a brisa enquanto ela avançava, dando a impressão de que voava. O conjunto era arrematado por um chapeuzinho de penas cor-de-rosa, empoleirado de maneira travessa acima de um olho.

– Querida, é você mesma! – disse ela, me abraçando em uma nuvem de perfume francês caro. – Faz séculos que não nos vemos. Estava morrendo de saudade!

Belinda é totalmente diferente de mim em todos os sentidos. Eu sou alta, com cabelos louro-avermelhados e sardas. Ela é baixinha, com cabelo escuro e grandes olhos castanhos, sofisticada, elegante e muito marota. Eu não devia ficar feliz em vê-la, mas fiquei.

– Não fui eu que fui passear no Mediterrâneo.

– Minha querida, se você fosse convidada para passar duas semanas em um iate cujo dono fosse um francês divino, você iria recusar?

– Provavelmente não – respondi. – Foi tão divino quanto você esperava?

– Divino, mas estranho – disse ela. – Eu achei que ele tinha me convidado porque gostasse de mim, entende? E, como ele é incrivelmente rico e, além disso, é duque, pensei que eu podia ganhar alguma coisa. E você tem que admitir que os franceses são amantes incríveis! Tão libertinos e, ao mesmo tempo, tão românticos! Bom, acabou que ele também convidou a esposa e a amante, e, zelosamente, se revezou entre as cabines em noites alternadas. Fui deixada de lado e fiquei jogando buraco com a filha de doze anos dele.

Dei uma risadinha.

– E flertando com os marinheiros?

– Minha querida, os marinheiros tinham mais de quarenta anos e eram barrigudos. Não tinha nenhum bruto bonitão entre eles. Voltei subindo pelas paredes e descobri que todos os homens desejáveis tinham fugido de Londres para o campo ou para o continente. Portanto, ver você é um raio de sol na minha tão sombria vida. Mas, querida Georgie – ela agora estava me encarando –, o que você tem feito?

– O que parece que eu tenho feito?

– Lutado contra um leão na selva? – Ela me observou desconfiada. – Querida, você está com um arranhão horroroso em uma bochecha, uma mancha na outra, e seu cabelo está cheio de folhas. Ou foi uma rolada selvagem no feno do parque? Me conte, estou louca de curiosidade e vou ficar morrendo de inveja se for a última alternativa.

– Tive que sair correndo de um homem – expliquei.

– O bruto tentou te atacar? Em plena luz do dia?

Comecei a rir.

– Nada do tipo. Eu estava ganhando meu dinheirinho como sempre, preparando uma casa para as pessoas que iam chegar do continente, mas os novos ocupantes apareceram um dia antes, e um deles era ninguém menos que o pavoroso príncipe Siegfried.

– O Cara de Peixe? Que horror! O que ele disse quando viu você vestida de criada? E, mais importante, o que você disse a ele?

– Ele não me viu – respondi. – Eu fugi e tive que descer por uma janela do andar de cima. Foi ótimo ter tido tanta prática com as calhas em Les Oiseaux. E foi assim que consegui os arranhões e as folhas no cabelo. Eu caí em uma árvore. Resumindo, uma manhã muito difícil.

– Minha pobre e doce Georgie... que provação! Venha cá. – Ela tirou as folhas do meu cabelo, pegou um lenço de renda na bolsa e limpou a minha bochecha. Uma onda de Chanel me engolfou. – Está um pouco melhor, mas você precisa se animar. Já sei, vamos almoçar em algum lugar. Pode escolher.

Eu queria demais almoçar com Belinda, mas estava totalmente sem dinheiro.

– Tem umas cafeteriazinhas na Oxford Street. Ou podemos ir a algum café numa loja de departamentos qualquer – sugeri. – Elas fazem almoços para mulheres, não fazem?

Belinda deu a impressão de que eu tinha sugerido comer enguias gelatinosas na Old Kent Road.

– Uma loja de departamentos? Querida, essas coisas são para mulheres idosas cheirando a naftalina e donas de casa dos arredores de Coulsden, mulherzinhas que o maridão deixou ir à cidade para um dia de compras. Pessoas como você e eu causaríamos muito rebuliço se entrássemos num lugar desses; seria como um pavão entrando no meio de um monte de galinhas. Deixaria todo mundo perdido. Mas vamos pensar: aonde podemos ir? O Dorchester seria razoável, acho. O Ritz é aqui perto, mas acho que a única coisa que eles fazem bem lá é chá. O Brown's a mesma coisa... só tem velhinhas de tweed. Não faz sentido comer onde não podemos ser vistas pelas pessoas certas. Acho que vai ter que ser o Savoy. Pelo menos temos certeza que a comida lá é decente...

– Mas, Belinda – eu a interrompi no meio da frase –, ainda estou limpando casas em troca de uma ninharia. Não tenho dinheiro para ir a esses lugares que você está falando.

– É por minha conta, querida – disse ela, acenando a mão com uma luva turquesa. – Aquele iate parou em Monte Carlo por uma ou duas noites, e você sabe como eu sou boa nas apostas. Além do mais, vendi um vestido. Alguém realmente pagou por uma das minhas criações.

– Belinda, isso é maravilhoso! Quero saber os detalhes.

Ela entrelaçou o braço no meu e começamos a caminhar de volta pela Park Lane.

– Bem, você se lembra do vestido roxo? Aquele que tentei vender para aquela horrível Sra. Simpson porque acreditava que era a ideia de realeza das americanas?

– Claro – respondi, corando ao lembrar do fiasco da minha breve carreira de modelo. Belinda me chamou para fazer uma demonstração daquele vestido e... bem, não importa.

– Bem, querida, eu conheci outra senhora americana no Crockford's. Sim, eu admito, infelizmente estava apostando de novo. Contei a ela que eu era uma estilista promissora e fazia trajes para a realeza, e ela foi até meu ateliê e comprou o vestido, simples assim. Ela até pagou na hora e... – Ela parou de falar quando uma porta de entrada se abriu e um homem saiu, parando no topo da escada com um olhar de desdém absoluto.

– É o Siegfried – sibilei. – Ele vai me ver. Corre!

Era tarde demais. Ele olhou na nossa direção enquanto descia os degraus.

– Ah, lady Georgiana. Nos encontramos de novo. Que surpresa agradável. – Pelo seu rosto, a surpresa não era de forma alguma agradável, mas ele fez uma reverência sutil.

Agarrei meu casaco e fechei-o bem para o uniforme de empregada não aparecer. Eu estava muito consciente do arranhão na minha bochecha e do meu cabelo desgrenhado. Eu devia estar medonha. Não que eu quisesse que Siegfried me achasse atraente, mas ainda tenho meu orgulho.

– Vossa Alteza. – Fiz uma reverência nobre. – Permita que eu lhe apresente minha amiga Belinda Warburton-Stoke.

– Acredito que já tivemos o prazer de nos conhecer – disse ele, embora as palavras não transmitissem as mesmas insinuações da maioria dos jovens que conheceram Belinda. – Na Suíça, acho.

– Claro – disse Belinda. – Como vai, Vossa Alteza? Vai passar muito tempo em Londres?

– Minha tia acabou de chegar do continente, então é claro que tive que fazer a visita obrigatória, mas a casa que ela alugou... que calamidade! Não serve nem para um cachorro.

– Que terrível para o senhor – comentei.

– Vou ter que aguentar – disse ele, a expressão sugerindo que estava prestes a passar a noite nas masmorras da Torre de Londres. – E para onde as senhoritas estão indo?

– Vamos almoçar no Savoy – respondeu Belinda.

– O Savoy. A comida de lá não é ruim. Talvez eu deva me juntar às senhoritas.

– Seria adorável – disse Belinda com candura.

Cravei meus dedos no antebraço dela. Eu sabia que essa era a ideia dela de diversão, mas com certeza não era a minha. Decidi tentar a sorte:

– Quanta gentileza, Vossa Alteza. Temos tantos assuntos para colocar em dia. Tem cavalgado nos últimos tempos? Desde o infeliz acidente, quero dizer? – perguntei com doçura.

Vi um espasmo de aborrecimento cruzar o semblante dele.

– Ah – disse o príncipe –, acabei de me lembrar que prometi encontrar um colega no clube dele. Sinto muito. Outra hora, talvez? – Ele bateu os calcanhares naquele estranho gesto europeu e fez uma reverência com a cabeça. – Agora me despeço. Lady Georgiana. Srta. Warburton-Stoke. – E saiu marchando pela Park Lane o mais rápido que as botas conseguiram carregá-lo.

Conheça outros livros da coleção mistérios em série

Maisie Dobbs
Jacqueline Winspear

Em seu primeiro caso, na Inglaterra dos anos 1920, a brilhante psicóloga e investigadora Maisie Dobbs mostra por que merece figurar entre os detetives mais célebres da literatura.

Aos 13 anos, Maisie Dobbs começa a trabalhar como criada em uma residência da aristocracia londrina. Sua patroa, a sufragista lady Rowan Compton, logo descobre a sede de conhecimento da menina e resolve patrocinar seus estudos.

Seu tutor é o famoso investigador Maurice Blanche, que percebe os dons intuitivos da moça e a ajuda a ser admitida na prestigiosa Girton College, em Cambridge.

O início da Primeira Guerra acaba mudando seus planos. Maisie se alista como enfermeira e parte para a França, servindo no front, onde perde – e também encontra – uma parte importante de si mesma.

Anos depois, na primavera de 1929, ela abre seu escritório como investigadora particular, seguindo os passos de Maurice, que lhe ensinou que coincidências são sempre significativas e a verdade, ilusória. Seu primeiro caso parece uma questão trivial de infidelidade, mas se revela algo muito diferente, que a obrigará a enfrentar o fantasma que a assombra há mais de uma década.

Natureza-morta
Louise Penny

Em Natureza-morta, Louise Penny apresenta o inspetor-chefe Armand Gamache, que conduz esta brilhante e premiada série de mistério.

O experiente inspetor-chefe Armand Gamache e sua equipe de investigadores da Sûreté du Québec são chamados a uma cena do crime suspeita em Three Pines, um bucólico vilarejo ao sul de Montreal. Jane Neal, uma pacata professora de 76 anos, foi encontrada morta, atingida por uma flecha no bosque.

Os moradores acreditam que a tragédia não passa de um infeliz acidente, já que é temporada de caça, mas Gamache pressente que há algo bem mais sombrio acontecendo. Ele só não imagina por que alguém iria querer matar uma senhora tão querida por todos.

No entanto, o inspetor-chefe sabe que o mal espreita por trás das belas casas e das cercas impecáveis e que, se observar bem de perto, a pequena comunidade começará a revelar seus segredos.

Natureza-morta dá início à série policial de grande sucesso de Louise Penny, que conquistou leitores no mundo todo graças ao cativante retrato da cidadezinha, ao carisma de seus personagens e ao seu estilo perspicaz de escrita.

Para saber mais sobre os títulos e autores da Editora Arqueiro,
visite o nosso site e siga as nossas redes sociais.
Além de informações sobre os próximos lançamentos,
você terá acesso a conteúdos exclusivos
e poderá participar de promoções e sorteios.

editoraarqueiro.com.br